Textos imprescindibles

Raúl Méndez Rodríguez

Fernanda

Textos imprescindibles

Textos imprescindibles

Raúl Méndez Rodríguez

DIMENSIÓN
INÉDITA

Muchos años han quedado atrás

y con ellos miles de vivencias.

Ahora tengo páginas repletas de historias

esperando la llegada de alguien especial

que las lea y las guarde en su corazón.

He escrito, borrado y reescrito tantas cosas

que he besado la locura y acariciado el olvido,

para dejar de ser, para ver y contar.

Pero sabes, no me arrepiento

pues he dado lo mejor de mí.

Tengo páginas repletas de letras

esperando ser leídas por alguien especial

y esa persona por fin ha llegado.

Estas historias las escribí para ti.

Índice

Nota final

Prólogo

Rocío Mylene Ramírez González

Escribir es un ritual de búsqueda, un espacio donde el alma se mece entre la inmediatez, la memoria y lo esperado. Las letras se convierten en guardianes de múltiples realidades y de lenguajes sostenidos con sentido de la vida que emerge, como un flujo de luz, sobre las cosas esenciales.

Raúl Méndez Rodríguez, nos presenta textos tejidos con diferentes puntadas pero que crean la manta que nos arropa con retazos de esas cosas necesarias que marcan nuestro ser.

Textos imprescindibles es un mosaico de sueños y de meditación profundos, que nos hace vernos en el espejo desde la imagen misma del autor. Por una parte, se palpa el reflejo de la necesidad de hacernos cargo de los asuntos desatendidos, y por otra, nos mira el hambre de acariciar el espacio propio, el espectro que se mantiene a flote en el naufragio de pensamientos materializados desde la propia existencia del tiempo, esa mano fría y quebrada que pone sus huellas destructoras donde se posa, pero que también es capaz de llevarnos a los lugares felices que nos habitan.

A través de sus escritos, Méndez nos llama a hablarnos a nosotros mismos, como se le habla a un niño que nos mira desde adentro, atrapado en un mundo tan intenso donde cada momento bien diferenciado, construye su amalgama y su verdad, mordiendo y desmoronando las palabras para que vuelvan a brotar.

La vida está en el centro germinal de este libro como sustancia fundacional de los aconteceres de cada día. Todo sucede en un fluir en movimiento, en no detenerse nunca frente a la grandeza del tránsito, hacia la aventura de vivir, del estar en ruta, en el camino, en el comienzo continuado de cada amanecer. Pero todo este proceso de conocimiento y desmemoria se da en el territorio sagrado de lo que reconocemos como nuestro, como más nuestro, como más profundo en cada peldaño de la pervivencia del tiempo.

Esa es la invitación, vivir, que la memoria florezca en jardines y en patios, pero también en los *besos.*

Nota del autor

La niña comienza a subir las gradas mientras
canta:

«Voy subiendo con el monopatín. Voy subiendo
con el monopatín».

En ese momento su padre la oye y le recuerda que
no puede patinar arriba.

Un instante después se escucha:

«Voy bajando con el monopatín. Voy bajando con
el monopatín».

Delirios

Prosa

El sorteo

Víctor Vega había soñado con el número setenta y siete tres días seguidos y por ello estaba seguro de que este iba a salir el domingo en la lotería nacional. La cosa era que no tenía ni un cinco para comprar lotería y no tuvo suerte cuando salió a ver quién le prestaba diez mil colones, porque nadie le creyó el cuento de que los pagaría apenas le devolvieran una plata.

Llegó a su casa exhausto, pues en su búsqueda había ido caminando hasta donde doña Elvira, con la mala fortuna de no hallar a alguien en la vivienda. Al entrar vio que Ana, su esposa, estaba cosiendo en la sala y a esta le bastó con levantar las cejas para preguntarle el resultado de la aventura. Víctor dio las malas noticias bajando la mirada y luego comenzó a desabotonarse la camisa. Entonces su mujer comentó:

—En la tarde vino Manuel a traerme más ropa.

—Ajá —gruñó Víctor, quien terminó de desabotonarse la camisa y se agachó para deshacer las ataduras de sus zapatos.

—Y me pagó la planchada por adelantado. Ahí en la mesa está la plata, alcanza para un kilo de huevos y algunas verduras.

Aquello tomó por sorpresa al hombre, quien se acercó a la mesa y miró un billete de diez mil colones colocado bajo el florero. Se frotó las manos, tomó el dinero, lanzó un beso a su mujer y salió de la casa sin haberse abotonado la camisa. Ana sabía que no iba a traer ni los huevos ni las verduras con la seguridad que dan veintitrés años de vida matrimonial, y aun así siguió tejiendo un sombrerito sin perturbarse.

Una hora más tarde apareció Víctor, emocionado por haber comprado una plana de lotería del número deseado. Su esposa ya había ido a acostarse y por ello él se sentó en la parte más cómoda del sillón de la sala. Después tomó el periódico que había leído por la mañana y comenzó a releerlo para matar el tiempo y disimular sus ansias. Cinco minutos antes de iniciar el sorteo encendió la radio, sacó los billetes de lotería que había doblado y guardado en su billetera, y los colocó en la mesita para no perderlos de vista.

Esperó a que anunciaran el número ganador del premio mayor con una paciencia de santo. La bolita vencedora salió casi al final de la transmisión y entonces Víctor lanzó una maldición, apagó la radio y se dirigió al cuarto.

Su mujer estaba despierta.

—¿Ganamos? —preguntó sin moverse.

Él se quitó los zapatos y se metió a la cama sin responder. Apagó la luz de la lámpara y se quedó mirando el techo. Pasaron algunos minutos de silencio y luego Ana escuchó en la penumbra a su marido decir:

—Nos llevó el carajo —y era lo que de verdad él pensaba—. Pegamos el premio mayor.

El guanacasteco

Aquel hombre caminaba ya sin fuerza, intentando detener con su mano derecha el manantial de sangre fresca que brotaba de su abdomen, de una herida tan profunda y deforme, como extenso y torcido era el cuerno de aquel toro que, sin compasión, lo había embestido.

El calor de Guanacaste obligaba a sus cabellos a sudar los tristes llantos que sus ojos, dominados por su ego, retenían; aunque nadie los vería, a excepción de aquel ganado que, escondido entre los pastos, observaba su pesado caminar. Ya avanzaba enloquecido por sus propios pensamientos, pues sabía que su tiempo se filtraba por la herida, y sentía sin sentir sus tripas perforadas.

Su hogar estaba lejos. Distante hacia el oeste, más lejos que la muerte.

Llegado el ocaso, la triste realidad le hizo abandonar sus últimos anhelos: moriría sin poder despedirse de su esposa y sin besarle el vientre, inflado por el logro de un amor sincero. Después de mucho andar, aquel guanacasteco, en medio de un potrero, dejó caer su cuerpo, y levantando su mirada al cielo, clamó al universo un poco más de tiempo.

La inmensa hoguera que hacía arder el horizonte con el paso de los minutos mermó su intensidad, y las sombras, coreadas por el musical sonido de los grillos, comenzaron a cubrir la tierra.

Entonces contempló, lleno de congoja, como si otro fuera, su propia agonía.

En el bochorno de la noche, se combinó el olor de su sangre con el de su sudor y el de las dispersas boñigas, y aquella mezcla provocó el desconsuelo de sus músculos y le infundió unas inmensas ganas de expulsar lo que quizá ya había salido por su estómago.

Una leve brisa comenzó a soplar. Y una chicharra, no muy lejos de él, lanzó un pitido que invadió el mundo entero, un ruido tan agudo y desesperante, que logró meterse en lo más hondo de la agotada cabeza de aquel hombre. Rebotó y se repitió tantas veces, desde tantos lugares que, después de una feroz lucha, logró sacar a flote su locura. Y en ese momento se sintió tan indefenso e insignificante, tan ignorado por la vida y hasta olvidado por la muerte, que una furia incontrolable lo envolvió. El enojo le avivó unas ambiciones inhumanas de acabar con la espera que había comenzado desde que vio hundirse el blanco cuerno de aquella bestia en la suave piel de su abdomen.

De repente, los sonidos de los insectos llegaron a sus oídos como risas. Eran burlas de la muerte que, escondida en la oscuridad, lo veía agonizar sin concederle el último beso.

Su alma rebasó de cólera. Sus manos buscaron la herida, aquella que aún manaba sangre, y sin sentir amor por su cuerpo, introdujo dos dedos de cada mano en el agujero de su vientre, moviéndolos de un lado a otro para abrirse paso al interior, apretando los dientes para aguantar su dolencia, y cuando con las yemas tocó sus resbalosas tripas, y aunque su corazón se rompía de dolor, comenzó a halar sus manos aferradas a la piel y la carne, desgarrando su estómago, mostrándole sus vísceras a la noche. Y de pronto como un resorte, en medio de un sonido grotesco, salieron sus intestinos, livianos y cálidos.

Un olor insulso le inundó el rostro y en medio de un placer casi infinito, cayó desmayado sobre lo que antes estaba dentro de él.

Por fin había creado una herida digna de causarle su final.

Las horas corrieron y el sol naciente comenzó a iluminar el inicio del último día de octubre. En lo alto se veía un zopilote volando en círculos sin descanso, el olor de la muerte había llamado su atención. Bajo él, yacía aquel guanacasteco, tirado en el pasto manchado por sangre seca, con su abdomen abierto y sus tripas al viento. El ave no contuvo las ganas del festín y poco después descendió al lado de su próxima comida. Se acercó brincando, sin disimular su júbilo. Y sin detenerse, en cuanto pudo, tomó con su pico y haló las vísceras, que se estiraron y se le escaparon cuando estas no pudieron acompañarle, pues aún seguían pegadas al cuerpo.

Pero el negro animal no llegó a saborear de nuevo los inflados intestinos, pues el grito que lanzó aquel hombre al abrir los ojos, fue tan espantoso que emprendió el vuelo.

Aquel guanacasteco, tirado sobre hierba.
Aún tenía vida, aún no había muerto.
Su pecho retumbaba, con ímpetu de niño.

De octubre fue esa noche, de octubre es este día.

Asunto desatendido

Tantas veces nos habíamos visto en aquel sitio, que no existía motivo para pensar que algo iba a cambiar. Sin embargo, yo tenía asuntos importantes que decirle.

Allí nos encontrábamos, uno frente al otro, cuando comencé a hablar:

«Amigo, hace años que te conozco y me siento con el derecho y también con el deber de comunicarle mis preocupaciones. Lo que sucede es que hace meses trabajas en un libro de cuentos por el que casi no sales a ver la luz del día, pues te encierras en tus libretas tratando de encontrar la combinación perfecta de palabras, buscando que estas, al leerlas, se escuchen como una canción que haga llorar o reír. Debo decirte que estoy preocupado por tu salud, ya que me he enterado de que solo has escrito en este tiempo dos relatos de corta extensión y de tanta calidad, según tú, que no dejan de ser incomprensibles para la mayoría.

Colega, ¿recuerdas el día que te presentaste ante mí como escritor?, yo te dije que tenías potencial. ¿Recuerdas cuando me leíste tu primer cuento?, yo te felicité y te anuncié grandes éxitos. Bueno, compañero, tanto en las buenas como en las malas he estado contigo y esta es una muy mala ocasión y quizá la última. Para serte franco, hace mucho que no escribes algo que agrade, que guste como lo hacían tus primeros relatos. Lo que te quiero decir, viejo compañero, es que tal vez es hora de que te olvides de la escritura y que busques nuevos caminos, porque tienes grandes talentos. Tu mirada me informa que tienes ira y era de esperar, pero creo que después de este trago vendrán momentos más agradables. Para terminar y retirarme, viejo amigo, y que así tengas oportunidad de pensar lo que te he dicho, te recuerdo que aunque te expresé mis preocupaciones puedes tomar la decisión que quieras y, cualquiera que sea, yo la respetaré. Y bueno, sin más que decir, me despido. Hasta luego, colega».

Después de esto me di la vuelta y me marché. Él me imitó y se alejó por la dirección opuesta. «Espero que analice mis palabras», pensé entonces. Luego me dirigí a mi cuarto para continuar con el cuento que había dejado a medias y olvidar así la amarga conversación con el hombre del espejo.

La pulpería

En la esquina más lejana trabajaba un viejo y ruidoso ventilador que, más que enfriar, expulsaba una ráfaga de aire caliente y sofocante que recorría de lado a lado la pequeña pulpería de doña Fernanda.

Nana, como le decían de cariño a la pulpera, se encontraba sentada en una banca tratando de soportar el bochorno de febrero cuando escuchó que la campanilla de la puerta anunciaba la llegada de un nuevo cliente.

Se levantó para atender con mayor eficacia y cuál fue su sorpresa al enterarse de que el hombre que había entrado no tenía cabeza. Y más anonadada quedó cuando el individuo se acercó al mostrador sin titubear y comenzó a mover las manos intentando saludar.

Fue extraño, pero no hizo falta que hablara: señaló una cajita que estaba en una repisa atrás de doña Fernanda y ella adivinó que necesitaba de las rojas y no de las azules. Con otra seña el hombre le hizo comprender que necesitaba más de una, exactamente cuatro, y esa cantidad colocó Nana en el mostrador.

La señora no salía de la impresión, sin embargo, no tuvo inconveniente en advertir que eso era todo lo que necesitaba su cliente. Tomó la calculadora y descubrió que en total debía cobrar dos mil doscientos colones y así lo hizo. De inmediato el señor comenzó a buscar el dinero, primero en su billetera y luego algunas monedas en las bolsas frontales de su pantalón.

Pagó con el monto exacto y por ello en vez de cambio, recibió de Nana su acostumbrado: «Que tenga un buen día caballero». El hombre se despidió, se volteó y caminó hacia la puerta, la abrió haciendo sonar de nuevo la campanilla y luego desapareció al cruzarla.

Fue hasta entonces que doña Fernanda comenzó a preguntarse cómo aquel individuo haría para ingerir las pastillas que había comprado y que servían para aliviar, entre otras cosas, la migraña.

Carajadas

Una noche levanté el universo con mi mano derecha. En ese momento no pasó nada, pero al día siguiente un dolor me atacó y el hueso de mi brazo se partió en dos sin motivo aparente. Anduve con un yeso por veintiocho días.

*

Otro día me topé con un escritor que había fallecido seis años antes. Estábamos a unos dos metros de distancia, sin embargo, no le hablé pues otro hombre, un expresidente, me tocó el hombro y me dijo, previendo mi actuar, que no lo saludara, que mejor lo dejara vivir su muerte en paz. No sé dónde se habrán metido después.

*

Un joven me preguntó si veía a sus familiares muertos detrás de él y yo le dije que sí, aunque la mujer estaba a su lado y no a su espalda. Quizá deba decírselo la próxima vez que me lo tope, porque no me gusta mentir.

*

El árbol del fruto prohibido es de mango. Lo vi en un viaje y no me pareció tan viejo. Un señor lo cuidaba y me preguntó que cuántos años creía que tenía el árbol. Yo le dije que muchos y él asintió.

*

Tuve la oportunidad de condenar a una bruja. La duración del castigo fue lo que yo duraba tomándome una taza de café. Al terminar ella

siguió actuando igual que antes y lamenté
habérmelo tomado tan rápido.

*

Viendo que mi brazo estaba frágil por haberse
roto recientemente el demonio me retó a un pulso.
Todos estaban viéndonos y entonces me dejé ganar,
luego de horas de batalla por parte de mi rival,
porque de otra manera hubiera tenido que gobernar
por los siglos de los siglos en un horno.

*

Lavándome los pies en un río purifiqué el agua.
Algún idiota la había convertido en vino.

*

Expliqué a una muchacha el sentido de la vida.
Ella pensó que yo hablaba de cocina y me juzgó un
mal cocinero.

*

Caminé kilómetros pensando que Dios no existía
y cuando estuve convencido de ello me topé con un
niño que miraba hacia el sol. Allí estaba Dios, o al
menos su corona.

*

Fui a un hogar de ancianos y me pidieron que
curara a una enferma mental, pedí una silla y al
sentarme, ella se curó. Todos le hablaron con
alegría. En la tarde yo tenía que regresar a casa y al
levantarme, la anciana volvió a enfermar. Me
llamaron egoísta.

*

33

Escribí en el idioma de los dioses y las editoriales
me dijeron que eso no se vendía.

*

La vez pasada mandé a mi hijo. Eso dicen.

*

Ella también se suicidó.

*

Te amo

María

La pequeña vagabunda estaba convencida de que por fin conocería a su madre aquel soleado día de abril. Idea inducida porque esa fecha era también la de su noveno cumpleaños. Se encontraba sentada sobre una imponente roca, próxima a la estación del pueblo, esperando la venida del tren.

Su nombre era María. No conocía a sus padres y no tenía más familia que un peludo gato blanco, al que llamaba Peluche. Vivía en un rincón al fondo de un callejón sin salida, que se formaba entre dos edificios cercanos al mercado. Ahí dormía sobre cuatro sacos de tela llenos con hojarasca seca y se cobijaba con dos más, vacíos. Su estómago casi nunca había sentido lo que era estar repleto, y tal vez de allí provenía su delgada figura y su corta estatura. Sus ropas eran simples telas sucias con más agujeros de los necesarios. Además, por carecer de calzado, la piel en la planta de sus pies era gruesa y dura.

Anhelaba poseer una familia, pero su ausencia le había permitido el prematuro desarrollo de reflexiones propias, como su creencia, adelantada para su época y más aún para su edad, de que el saber leer y escribir era una necesidad y no un lujo, ya que deseaba poder buscar, entre los pocos periódicos que arribaban al pueblo, alguna noticia sobre su familia, pues creía que su madre la buscaba sin descanso, y quizá también con desesperación. Guiada por esta creencia, había adoptado la costumbre de esperar el tren sin falta todas las mañanas, subida en aquella roca, justo cuando el sol se despegaba de las montañas y comenzaba a trepar el inmenso cielo.

Se obligaba a pensar que su confianza era eterna, no obstante, cada vez que el tren pasaba por el pueblo dejando atrás solo el triste olor de la esperanza quemada, un creciente vacío recorría su cuerpo y de sus ojos nacían pequeños arroyos que cruzaban su rostro y se lanzaban a la nada desde su barbilla.

Pero aquel día le parecía distinto: el sol resplandecía con mayor intensidad, el azul del cielo no se miraba salpicado por nubes blancas y los colores del mundo lucían más vivos que nunca y hasta el tren, con su infrecuente retraso, impulsaba sus ilusiones.

En la estación, a la derecha de la niña, dos hombres descansaban sentados sobre algunas cajas de madera. Ellos las habían apilado cerca de las vías, pero no sin esfuerzo, pues cada caja pesaba lo suficiente como para que una sola persona no pudiera levantarla. Sin duda el destino de aquellos pesados objetos era alguno de los vagones de carga.

Cerca de ellos se encontraba una bella señorita, de envidiable figura y larga y rizada cabellera. Cargaba una pequeña bolsa en su hombro derecho, ya que era la encargada de intercambiar las cartas que salían del pueblo con las que llegaban a él. Se llamaba Lucía y era la única hija de un campesino sin prestigio y sin mujer conocida; y quizá por eso algunos rumoraban que ella en realidad no era hija suya, pero tal murmullo nunca se comprobó. Era también la prometida del señor Lorenzo Fernández, quien, sin cruzarle antes ni una palabra, tuvo el valor de pedirle la mano. Ella lo rechazó, pero la fortuna recién creada del aspirante hizo del campesino la persona más determinada en hacerla cambiar de idea. Se requirieron dos semanas de súplicas constantes de parte del progenitor y algunos regalos del pretendiente para que Lucía aceptara, sin ninguna gana. Por ello, desde hacía poco más de una semana, un brillante anillo había empezado a decorarle el dedo anular de su mano derecha; argolla plateada que ataba su futuro y le quitaba tanta vitalidad a su cuerpo, como alegría a su espíritu.

Aunque el distante sonido de la locomotora era ya reconocible, la niña sabía que aún faltaba bastante tiempo para que el tren llegase a la estación. Y para distraer sus ansias vio cómo uno de aquellos hombres lanzaba cazadoras ojeadas a la señorita Lucía, quien, al percatarse de estas, le dio la espalda, y el tipo tuvo que conformarse con echar un vistazo un poco más abajo.

Para sorpresa de María, el otro hombre, de gran estatura y encerado cabello negro, se levantó de su asiento y se aproximó a la joven con una maestría don juanesca: "Me encantan los días como éste y más cuando la brisa es fresca como hoy. ¿No cree usted lo mismo, señorita?", dijo. Entonces la vagabunda recordó haberlo visto usar una frase idéntica para iniciar una conversación con otra dama. Pese a eso, la planificada frase no obtuvo más respuesta que una fugaz y fría sonrisa, que tal vez el caballero malinterpretó o a la que no dio importancia, porque se ubicó al lado de la señorita y continuó hablándole: "Este día me recuerda aquella vez que…" narraba casi para sí mismo, aunque su historia era fácil de seguir y algo cómica. Luego se volteó, señaló a su compañero y terminó diciendo: "… bueno y por fin este fulano lo dejó escapar. Ah, vaya recuerdo…". Las risas se contagiaron entre los

37

presentes, incluso en Lucía. En seguida el don Juan se envolvió en una conversación envidiable en fluidez y alegría con la bella joven. La misma que trataba, sin éxito, de mantener la seriedad tapando su boca con la mano izquierda.

Por otra parte, el otro hombre poseía una fría expresión de ira, que aumentaba su gravedad con cada risilla de la dama, pues sentía que le habían robado algo que le pertenecía. Y luego de un marcado carcajeo de los, al parecer, recién enamorados, se levantó con una solemnidad casi triste y se marchó.

Las vías empezaron a temblar y el sonido del tren llegó con mayor claridad. Lejos, a la izquierda de María, sobre una pequeña colina, se hizo visible primero el humo y luego el frente de la locomotora. El pecho de la niña empezó a vibrar con ímpetu y su mente, repleta de esperanza, fue incapaz de pensar. La máquina continuó acercándose, y luego hizo sonar la bocina que silenció, por un momento, el constante «Zuc zuc, zuc zuc, zuc zuc». María pronto vio pasar en frente de ella los vagones de pasajeros, diferentes por su pintura roja. La esperanza le impedía respirar. El tren continuó su camino y se detuvo en la estación. La vagabunda vio como Lucía se apresuró a intercambiar la bolsa, con una facilidad que solo se gana con la práctica, y cómo el hombre, que antes parecía un gran semental rodeando de elogios a su presa, ahora, con una expresión de extrema impotencia, buscaba a su compañero entre gritos y maldiciones.

La atención de María se concentró en la puerta de uno de los vagones, pues allí se asomaron las puntas de unas finas zapatillas y la tela blanca de un bello vestido. Luego pudo ver a la mujer de hermoso rostro y pulcros movimientos que los llevaba. Su respiración se frenó de golpe. La niña sentía temor y alegría al mismo tiempo.

La dama descendió, dio media vuelta y extendió sus brazos hacia el interior del vagón. Sus ojos nunca buscaron la mirada de María, pero por qué habría de hacerlo si ella no era su madre.

La vagabunda no lo supo hasta que sus húmedos ojos vieron a una niña, vestida como una princesa, de quizá tres o cuatro años, acercarse y brincar a los brazos de aquella mujer con una sonrisa en su rostro. Y en ese instante, encima de aquella roca, la inmensa esperanza que albergaba en su interior se convirtió en tristeza, y ese horrible sentimiento fue el culpable de su angustia y de su llanto.

Allí, con las mejillas húmedas y el corazón destrozado, vio cómo aquella mujer se alejaba cargando a su hija, y como sus anhelos desaparecían como el humo que lanzaba la locomotora al emprender su huida.

Nadie quedó en la estación y solo María en sus alrededores. El silencio la acompañó y la tristeza envenenó su razón, pues ya no era capaz de resistir tanto tiempo. Ahí nació en ella una emoción distinta, similar a la furia. Quería desaparecer, liberarse para no sentir. Entonces sus sollozos dieron paso, sin aviso previo, a horribles gritos que contenían su desgracia. Y continuó rugiendo para olvidar y espantar su soledad.

La escena comenzó a llamar la atención: primero de un hombre, le siguieron tres personas más, luego eran siete, después diez... Tenían preocupación, pero sobre todo, lástima. Alguien trató de calmar a la niña, sin embargo, el resultado fue peor. Aun así, entre grito y grito, María pudo escuchar a la mujer que rezaba y explicaba: "Es de esperar en alguien que no ha recibido el sacramento del bautismo" Sin embargo, aquellas palabras no quitaron la amargura que cubría su novel corazón.

Con el tiempo los gritos pasaron a ser débiles gemidos que le recordaban sus anhelos más hondos.

Poco después, un hombre de voz grave sugirió que lo mejor sería dejar de prestarle atención, y muchos se fueron junto a él. Los demás, con los minutos, se cansaron de verla, incluso la mujer de las plegarias, y allí la dejaron sobre la roca. Un viento cálido comenzó a golpearle el rostro y a levantar el polvo en pequeños remolinos. Ya no lloraba, ahora solo miraba el cielo eterno, el andar de las nubes y, de vez en cuando, también el rumbo de algún bohemio buitre negro. María no quería volver a esperar, pero tampoco moverse de aquel sitio. Sentía el cuerpo dormido y el ánimo cansado.

El ocaso se acercaba y con él también llegaría el tren, en su viaje de regreso.

Poesía

Delirio

Allí vive el poeta, dice la vecina.

Aquí duerme mi hijo, alardea su madre

¿Qué está mal?

Que el poeta escribe basura.

Que no puede ocultar sus tontos sueños.

Que pinta blanco y piensa negro.

Que camina recto mientras tiembla por dentro.

Que grita y adentro llora.

Que llora y adentro grita.

Que odia la poesía casi tanto como la ama.

Y busca en sus versos lo que le falta en su vida.

Que se oculta, que no quiere ver y no quiere ser visto.

¿Qué está mal?

Quizá nada.

Allí vive el loco, dice la vecina.

Aquí sigue durmiendo mi hijo, se queja su madre.

No soy de piedra

En días como este me invade la tristeza

y busco remedio en la poesía.

Y escribo un verso que me duerme

y me lleva donde yo estoy.

Y me encuentro a mí mismo.

en la esquina de un oscuro cuarto,

descalzo y temblando de frío.

Me veo llorando y me acerco

y pongo mi mano en mi hombro.

Y me agacho y me abrazo

Y me levanto y me beso.

En días como este me invade la tristeza

Y entonces busco un amigo verdadero.

Y me encuentro llorando escondido

y me tomo por la cintura

y me llevo caminando a la puerta.

Y juntos salimos al día soleado.

En días como este me invade la tristeza.

Pero aún me tengo a mí mismo

Y me llevo al monte

y me dejo tendido boca arriba

Y me tiro a mi lado y vemos el cielo.

Y vemos las nubes

y sentimos la tibia brisa

que mueve las ramas de los árboles.

Y entonces el tiempo se detiene.

Y empiezo a cantarme

Y lejanos pájaros me acompañan.

Y me vuelvo a ver y yo me veo.

Me digo: te quiero.

Te quiero Raúl, me digo.

Y me doy gracias por existir.

Y vemos el cielo de nuevo.

Y escucho una risa y me rio conmigo.

Y me digo: te quiero.

Te quiero.

En días como este me invade la tristeza

y busco en los versos compañía

y por un momento la encuentro,

por un instante fugaz.

Y me vuelvo a ver y ya no estoy.

Y me levanto y grito mi nombre

¿Raúl, amigo mío, donde te fuiste?

Y yo no respondo:

Me he escondido de nuevo.

Y entonces me arrodillo y lloro.

En días como este

la poesía no es suficiente.

Y me siento solo, y suspiro.

Y escribo un poema para hallarme,

Y lo hago hasta que el sueño termina

y me pierdo de nuevo.

Y termino invadido de tristeza.

Y es entonces, solo entonces,

cuando dejo de escribir.

Designios

El viejo

Todos los días, después del desayuno, tomaba un trozo de pan, salía al corredorcito y esperaba.

A veces era un gato, un pájaro, un grupo de hormigas. Siempre entraba con las manos vacías.

Pero un día ya no llegó nadie, ni una mosca.

No tuvo más opción que comérselo él mismo.

Primer recuerdo

Cuando yo era niño en mi casa solo existían tres libros: un diccionario, una enciclopedia y un librito de cuentos infantiles. Así lo recuerdo. Caminaba yo de la sala al escritorio. Abría la segunda gaveta grande: la tercera de arriba para abajo si contamos la pequeñita, que pertenecía exclusivamente a mi madre. Y salía un olorcillo a moho del que siempre fui alérgico. Ese olorcillo no provenía de la gaveta en sí, sino de los libros que para entonces ya eran viejos. Tomaba el de cuentos y me sentaba en el suelo, a veces en la silla y rara vez salía de la salita donde estaba el escritorio. Nunca pensé en ir al patio a sentarme bajo algún árbol. La lectura no era, en ese entonces, un juego más. Era algo extraño que solo se hacía cuando el aburrimiento era grande. Pero vaya que disfrutaba de leer. Los cuentos cortos fueron los que más veces terminé. Pero las historias largas, inmensas a mi parecer aunque solo se extendían tres o cuatro páginas, fueron las que más placer me dieron. Por fortuna siempre existieron momentos grandes de desocupación. La enciclopedia y el diccionario incluso llegué a usarlos en la secundaria para la clase de español. Y aunque me parezca que forman parte de otra época, casi otra vida, estos dos libros aún sobreviven en algún rincón de la casa de mi madre. No sé dónde fue a parar el librito de cuentos. Prefiero pensar que era un objeto mágico que estuvo presente en mi vida en el momento apropiado. Y después fue a parar a la gaveta de algún otro niño. Tendría en ese entonces ocho o nueve años. Y era feliz. La casa donde vivíamos era vieja, la construyó mi abuelo y allí creció mi madre. Había goteras y cuando hacía mucho viento, había que trepar al techo con un pesado bloque de cemento para ponerlo sobre el zinc y evitar así que este se soltara. A veces tocaba hacerlo bajo la lluvia, pero cuando yo lo hacía, lo hacía riendo. Y mi mamá se reía también desde abajo. No sé si esto por dentro le entristecía, nunca lo demostró y yo no lo creo. Bajo ese zinc oxidado, estaban dos cuartitos pequeños que nos servían de bodegas. Uno para cosas que no se ocupaban y otro para las que con frecuencia buscábamos. Allí estaba el «balde de los clavos», donde se encontraban tornillos, tuercas y clavos de todos los tipos y tamaños. Un día mi padre, que trabajaba haciendo una construcción cerca de la casa, me mandó a llamar y me pidió que buscara cien clavos de una pulgada en el balde de los clavos. Yo dije que sí con la cabeza y salí corriendo a buscarlos. Fui derecho a la bodega y saqué el pesado balde. Comencé a escarbar entre los tornillos con uno largo y hasta entonces comprendí que yo no sabía cuáles eran los clavos de una pulgada. No tuve más opción que acudir a mi mamá, porque devolverme donde mi padre sin los clavos, pensaba, era imposible. Aun así, resultó que mi madre tampoco sabía cuáles eran esos clavos de una pulgada y, igual que yo acudí a ella, ella acudió a mi abuela, que vivía muy cerca. Llevamos varios clavos para que nos dijera cuál era el correcto. Mi abuela tomó uno de ellos, luego otro y otro más. Hasta que por fin dijo que creía que ese era el adecuado. La explicación que nos dio fue convincente. Mi madre se quedó con mi abuela y yo me devolví a la casa a buscar los clavos. Llegué a toda prisa y mi hermana me vio. Se preocupó por mi agitación y le expliqué entonces que papi ocupaba cien clavos de una pulgada. De los que ahora tenía un ejemplar. Y que los necesitaba cuanto antes. Mi buena hermana se fue conmigo a buscar clavos al balde de los clavos. A media tarea me levanté para ir al baño y cuando regresé, ya estaban los cien clavos en una bolsa. La tomé a toda prisa y me fui corriendo donde mi padre. Llegué jadeando y, al darle los clavos, arrugó el entrecejo. No eran los clavos correctos. Por suerte ya habían conseguido clavos en otra parte. Entonces me devolví un poco avergonzado. No recuerdo si con los clavos en la mano derecha o izquierda. No le dije a mi hermana del error. Ni a mi madre. Ni a mi abuela. Vacié los clavos en el balde de los clavos y acaricié al gatito que dormía en la bodega de las cosas que sí se utilizaban. Era una cría apenas. Su madre estaba afuera. Quizá comiendo. Su madre era una perrita blanca llamada Chispita. Recuerdo cuando adoptamos esa perrita. Una señora del barrio llegó a la casa de mi abuela con la cachorrita. Era la primera vez que yo veía un perro blanco y no sabría explicar la envidia que me dio que aquella señora tuviera un animal tan hermoso. Pero la fortuna estaba de mi lado: la señora andaba buscándole casa al animalito. Cuando vi que mi madre salió de la casa de mi abuela sosteniendo la correa, no se me ocurrió que desde ese momento la perrita sería nuestra mascota. Estaba yo demasiado pequeño para apreciar detalles y tan solo me acuerdo que al llegar a la casa nos dimos cuenta que no sabíamos cómo se llamaba. Mi madre me dio la correa para que cuidara la cachorrita mientras ella iba a preguntarle a la señora, si esta no se había ido ya, que cómo se llamaba. Desde la casa pude escuchar cuando dijeron el nombre: "Chispita". De manera que cuando mi madre llegó de nuevo donde estábamos nosotros, yo ya había llamado a la perrita por su nombre muchas veces. No me di cuenta cuando creció tanto como para terminar preñada. Ni tenía yo la menor idea de lo que era ello. Por suerte cuando uno es niño no capta todos los hechos, pues me hubiera desanimado saber que Chispita perdió su cría. Y no tuve ninguna alteración en mi pensamiento cuando me dijeron que ella era la madre de un gatito. Y por qué dudarlo si ahí estaban acostados en la bodega y el gatito mamaba de sus tetillas. Yo lo vi y nadie me podía decir que los perros no eran los padres de los gatos. ¿De dónde salió el gatito? Eso pregunto ahora y nadie me responde.

Segundo recuerdo

Se clava en la tierra húmeda. Es un buen lugar. Allí cae el agua del fregadero. Mueve la palada con la tierra y veo una. Me apresuro a tomarla. Quiere irse. Escaparse. La agarro. Se mueve entre mis dedos. No le temo. Podría agarrar una incluso más grande. No se mueve tanto. Así son mejores. A los peces les gusta más. Eso decía mi abuela. Me acerco al tarro de las lombrices y la echo dentro. Ya van al menos diez. De buen tamaño casi todas. No habrá falla: la pesca de seguro será exitosa. Las que brincan al tocarlas son agrias. Es inútil intentar con esas. Pero a veces no queda más que hacerlo. O el viaje será perdido. Es horrible no pescar nada. Desesperante. Un día un hombre llegó con un anzuelo con forma de pececito. Un buen sujeto. No pescó nada. Lo que funcionan son las lombrices. Así le dijimos. Y el sujeto, cansado, intentó a nuestra manera. Lanzó la cuerda y de inmediato atrapó algo. Se puso alegre. Jalaba la cuerda con ganas. Según le vi en el rostro, pensaba que había agarrado algo grande. Mi abuela también se dio cuenta de esta felicidad. Pero no le dijo nada: dejó que el sujeto se diera cuenta por sí mismo que la cuerda se le había atascado en un tronco. Hay muchos en el fondo del río. Buen sujeto, no se avergonzó y resultó mejor cocinero. Les abría el estómago a los peces y les sacaba las tripas. Las dejaba a un lado. Tomaba otro pescado y hacía lo mismo. No recuerdo cómo llegó hasta la cocina. De seguro le dieron ese trabajo para que se ganara el derecho de probar los peces que otros habían pescado. Lo hacía con facilidad. Quizá a eso se dedicaba. No sabría cómo descubrió aquel lugar del río. Tal vez algún familiar le enseñó el sitio. No obstante, antes de pescar hay que buscar lombrices. Con la pala parte un terrón en dos. Allí va otra. Se esconde de inmediato. Tomo el terrón y lo desintegro. La lombriz ya no está. Ha desaparecido. Mi abuela se agacha. Agarra la lombriz que yo no he visto caer y me pide el tarro de las lombrices. Se lo acerco y la echa dentro. Era pequeña. La pala la partió en dos. Otra vez clava la pala en la tierra. Aparta el terrón y nada. Parece que se han ido. Apenas empezamos. Mi abuela busca otro sitio. No muy lejos. Está húmedo. Clava la pala y vemos al menos cinco. Tomo una y esta comienza a saltar. Es de las agrias. Miro a mi abuela y me hace un gesto de aprobación. Me dice que la eche por si se acaban las buenas. Busco con la mirada las otras cuatro y ya se han escondido. La pala nos ayuda a encontrarlas. Mi madre está preparando las cuerdas. Algunas no tienen la pesa. Y no tenemos pesas compradas. Del balde de los clavos ha sacado algunas tuercas. Esas sirven. Quizá incluso son mejores. Los anzuelos son de los pequeños. No hay peces grandes en el río. Barbudos. Así llaman a los que más se pescan. Cada quien tiene sus mañas. Yo no me fijo en el lugar donde cae la cuerda en el río. Me concentro en la cuerda. Con una mano siento sus vibraciones. Con la otra la tengo fija. Cuando vibra un poco, significa que un pez anda cerca del anzuelo. Si vibra con fuerza, hay que jalar la cuerda con energía. Lo más seguro es que ya venga un pez agarrado. O al menos eso se supone. Pero el anzuelo sale del agua decenas de veces por falsas alarmas. Tal vez una hoja o una ramita. Mi abuela tenía otra forma de hacerlo: le buscaba la posición al río. Lanzaba la cuerda como sin cuidado. Como sin ganas, a la orilla del agua. Nadie sabía cómo funcionaba aquello. Los que alguna vez la imitamos nos cansamos de no atrapar nada. Pero había que ser muy bueno para seguirle el ritmo. Atrapaba uno tras otro. Alguna vez llegamos a pescar más de diez cada uno. Mi madre lanza la cuerda, incluso hoy, casi al otro lado del río. Y a ella también le funciona. Yo, quizá para no hacer lo mismo que ellas, aprendí a dejar que la corriente se lleve mi anzuelo donde están los peces. Estos recuerdos me acompañan y cierta vez tuve tantas ganas de volver a vivirlos que, aunque no había quien me acompañara, tomé una cuerda y me fui solo. Ya no había tantos peces como antes, intenté un rato con la técnica de mi abuela. En otros momentos con la de mi madre y al final dejando mi suerte a la corriente. Pesqué tres o cuatro. Pequeños todos. Valió a medias la pena de la caminata hasta el río. Medio kilómetro. De ida no es malo pues uno va de bajada. Pero cuando se regresa en la tarde. Ojalá con hambre. Aquella cuesta se hace interminable. Quizá por ello no he vuelto a ir. Pero recuerdo cómo eran esos días. Y a mi abuela. Y su voz. Y su risa. Y la forma en que regañaba, con cariño escondido.

Autorretrato: desayuno

Toma la silla, la levanta y la lleva al corredorcito trasero. Por la mañana pega allí un sol tibio. Y no siempre le disfruta, pero hoy tiene ganas de tomar su café en aquel lugar. Vuelve a la cocina y toma la taza que descansa bajo el chorreador, aún goteante. Sale. Se sienta y sube los pies al murillo. Está lleno de lana seca. Pone allí también el café. Mira entonces el patio. Hojas grandes y arrugadas, como manos de anciano. El árbol culpable de soltarlas se levanta un poco más allá, sobre la pendiente. Y la mala hierba ha empezado a renacer, aquí y allá, con miedo de ser envenenada otra vez. A lo lejos suena la voz de un vecino, quizá está hablando por teléfono. Le busca con la mirada. No recuerda su nombre, solo su apellido. A la silla se acerca su perrita. Clava su trasero al piso y sus patas delanteras, como columnas, le sostienen en la posición acostumbrada para esperar algún trozo de pan. Pero hoy no hay pan. Se lo dice y ella no entiende. Bebe un sorbo. Aún lleva abrigo: el verde, pues el nuevo no estaba a la mano la noche anterior. El café le quedó muy fuerte y puede distinguir el sabor del grano no tostado al punto correcto. Quizá es imaginación suya. Siente calor y le disfruta. Suenan pajaritos y también los árboles zarandeados por la brisa. «Pecho amarillo», piensa al ver a las aves. Así les dice su padre. Existen días hermosos y este parece ser uno de ellos. Nada le falta, aunque nada le sobra. La casa es vieja, el barrio retirado, el aire puro y la vida adormecida. ¿Qué más puede anhelar un hombre? Poeta además. Lee tanto como quiere y escribe tanto como puede. Que no es mucho. Que no es nada comparado con otros. Pero eso no le interesa, o al menos eso se dice. Ayer publicó un poema. Ha pasado desapercibido. Quizá por ello no se ha sentado a tomar café en su mesa. Porque allí lo escribió. Los versos no resultaron serle útiles. Como tantos otros. No obstante, escribe porque le gusta. Porque no concibe otra manera de invertir su tiempo. Porque así da sentido a lo absurdo de la existencia. Pero tampoco se miente. Después de años, aceptaría un halago. Como una limosna. Como un premio. Quizá esa sea su meta. Muchas veces duda en la razón de insistir. Le gusta el arte. Le gusta la poesía. Y le odia, por debajo del corazón, con toda su alma. Porque no la ha entendido. Porque no sabe qué es. Y cada poema le parece insuficiente. Es inteligente. Un pájaro vuela de una rama a otra. Hace años entendió a medias que cada verso es hermoso, que cada poema es perfecto. Malo y bueno: partes de la misma perfección. Que el arte necesita al blanco y al negro. Al grande y al pequeño. Pero él no es grande. Bebe otro sorbo, no le gusta. Considera botar el resto. Se detiene. Traga. Bebe otro sorbo y coloca la taza en el murillo. Entonces recuerda que tiene una galleta en su bolso. Se levanta, entra en la casa. Busca, encuentra y sale. Se sienta de nuevo al sol. La galleta está rota. Deshecha en pedacitos. Y así la come. No piensa siquiera en su mascota que le ha seguido y de nuevo está a su lado esperando un trozo de algo. Comida. Allá en una esquina está su taza llena de alimento. Tiene todo. Igual a él. Todo. Es su amiga. Con ella juega y corre. Muerde y ladra y es feliz. Eso cree. Toma la taza y bebe un poco más. Luego tira lo que falta y la tierra se lo traga. El desayuno agoniza. Se levanta, toma la silla y la lleva dentro. Lava la taza. Lava el chorreador. Camina a la sala. Dos mesas pequeñas en forma de ele están repletas de libros, cuadernos y hojas. Apuntes en una agenda de tareas por realizar. Inicios de poemas. Cerca, un banco. Hojas y libros desordenados le colman. Una billetera, un bolso. Arriba, en la pared, un requinto guindando de un clavo. Jala la silla. Se sienta. Toma una hoja en blanco. Busca el lapicero negro. Lo encuentra y lo sujeta. Ubica la punta centrada en la parte superior de la hoja. Escribe un título: «Retrato». Duda y agrega cinco letras antes. Seguido agrega dos puntos y la palabra desayuno. Desliza su mano sobre la hoja hacia la izquierda. Y ahora escribe: «Toma la silla, la levanta y la lleva al corredorcito trasero…

El escritor

Me encuentro en mi casa, es decir, en el pueblo de Bolívar, casi al frente de la escuela pública. Estoy sentado al fondo de la sala. Tengo la puerta principal abierta y también la de atrás, por lo que una brisa, apenas fría, entra y sale; dejando evidencias de que estamos en verano.

He puesto en la entrada una tablilla que ha funcionado bien deteniendo las hojas secas, pero el polvo no tiene rival e invade todo. Desde aquí puedo ver por la ventana del frente y enterarme quien pasa caminando por la calle, o cual auto circula y en qué dirección va. El día, según parece, está a media tarde; el cielo, celeste; y las sombras, largas. Hay una quietud deliciosa, excelente para reposar después de una taza de café con pan casero, que he traído de la casa de mi madre.

Tengo un libro a mi lado y si no lo leo es porque desde hace cien páginas no logra recapturar mi atención. Leerle es como empujar una gran carga y este instante no se presta para tal actividad. El cuerpo lo tengo cansado pues hice trabajo físico toda la mañana: terminando una acera, o más bien, ayudándole a Gregorio, Gollito, a terminar la acera de la casa del canadiense. Además de seis gradas. La actividad que tenía por la tarde se ha cancelado o aplazado, con pocas probabilidades de fraguar, para la noche. Una libreta descansa en mi mesa de escribir.

Me acompaña ahora mi mascota, que cada cierto tiempo se levanta de su camita, camina toda la sala con prisa, se detiene ante la tablilla de la entrada, y ladra tres o cuatro veces. Luego da la vuelta, camina a su camita con pereza y se echa otro periodo largo de tiempo. En este instante pasa por la calle una ciclista y atrás, un carro gris. Nada acontece a esta hora, o más bien, nada que pueda resultar interesante de vivir.

Ahora veo en la calle a Julieta, por la entrada de mi casa.

*

Bien, tuve tiempo de salir y encontrarme con ella. Tiene tres hijos, sin embargo, le saludé como si yo me hubiera olvidado de ellos. Resulta ella bonita de cuerpo y de rostro, alta y simpática. Y no he olvidado que frecuenta, cuando se cree ignorada por todos, verme con cierto deseo. Más de una vez, me ha cerrado un ojo y se ha mordido el labio inferior. Es algo que seguramente le parece divertido. Por esto hoy, al verse sorprendida por mí, en una soledad alentadora, se puso risueña. Me miró de arriba abajo y solo tuve que alargar mi mano para que ella me diera la suya. La acerqué hacia mí y la tomé por la cintura. Ella sonrió. Entonces le miré a los ojos e hice una señal con la boca, como si le estuviera pidiendo un beso. Ella rió todavía más, luego se puso seria, se acercó a mí y me besó. Me supo a menta, quizá había comido un confite.

No nos separamos por un tiempo y luego ella, de repente, se apartó de mí y me dio una cachetada. Se volteó y siguió su camino. Yo me quedé congelado mirándole irse, pero ella, antes de desaparecer, se volteó, me miró y me cerró un ojo mientras se mordía el labio inferior.

Melancolías

Prosa

Bonito día para caminar

El camino está hecho un polvazal y el monte, a sus lados, parece muerto.

Por allá viene don Emilio a zancada pareja. Va mirando a todas partes. Se echa el cigarro a la boca, succiona, mira otra vez a derecha e izquierda y deja salir el humo. Anda la ropa sucia, pero no tanto como de costumbre. Hoy llegó temprano de trabajar en la finca.

A media cuesta se encuentra la casa de don Alejandro, quien está ahora en el corredorcito, en una silla mecedora con los pies trepados en la baranda. La camisa desabotonada y el sombrero tapándole la cara.

—Buenos días don— dice don Emilio acercándose.

Don Alejandro pareció despertar y se quitó el sombrero con la mano izquierda. Tardó todavía un poco en reconocer al hombre que le había hablado.

—Buenos días don Emilio. ¿Va para la finca?

—Vengo de ahí.

—¿Cómo está la milpa?

—Con ganas de agua.

—Mmm— gruñó don Alejandro.

Don Emilio miró el cielo: preguntar le da vergüenza. Se echó el cigarro a la boca, pero este ya está acabado. Lo tiró. Aflojó la flema del orgullo y la escupió: la tierra la secó al contacto.

—¿Será que ha visto pasar por aquí a mi mujer?— preguntó mirando para otro lado.

Don Alejandro le hizo memoria. Le costó trabajo, pero después dijo:

—Me pareció verla pasar en la mañana.

—¿Y para dónde iba?

—Mm, pues para arriba.

—¿Dónde Lupe?

—No sabría don, no le puse cuidado — responde sin alterar su postura.

—¿Iba con una bolsa?

—Mm, yo creo que sí.

—Pues entonces ya nada tenía que ir a hacer donde Lupe.

—Seguro algo se le olvido.

No recibió respuesta. Una ráfaga de aire les movió el pelo.

—Es que hoy es lunes— dijo Emilio, chillando los dientes.

—¿Y qué pasa los lunes?

—Pues que Lupe no atiende la pulpería sino su marido.

—Mm, no creerá usted que doña Rosario anda haciéndole ojitos.

Emilio no respondió y volvió a escupir.

—Hace días viene rara, como que ha cambiado.

—Así son las mujeres…

—Ya sé don, pero por si acaso me voy para donde Lupe a ver si la encuentro.

—Está bueno, pero su mujer es de las buenas — aseguró don Alejandro.

—Por eso mismo la cuido.

—Así tiene que ser.

Don Emilio se dio la vuelta.

—Nos vemos don— se despidió.

—Buen día don Emilio— y levantó su mano izquierda, aún con el sombrero. En el mismo acto se volvió a tapar la cara.

Al rato se alzó el sombrero con el pulgar sólo para dar una ojeada al camino: don Emilio se ha perdido en la cuesta.

Y entonces don Alejandro le habló al viento:

—Bonito día para caminar— volviendo a taparse la cara.

Se abre la puerta de la casa.

—Ahora no me lo voy a aguantar— dice doña Rosario saliendo al corredorcito — ¿Nos vemos de nuevo mañana?

—Mejor el jueves.

—Que sea el miércoles entonces.

—Bueno— aceptó don Alejandro.

Y la mujer cruzó el corredor y abrió el portón. Llevaba una bolsa en la mano. Ya iba a salir cuando escuchó un carraspeo de garganta. Doña Rosario sonrió, no se le había olvidado: volvió atrás, al lado de don Alejandro, se agachó y le besó la mejilla. Él soltó un silbidito.

Luego ella salió, cerró el portoncito y se fue meneando la bolsa.

La canción de Federico

Flautista, amigo y artista verdadero

B.

Le he dicho a Isabel que he dejado de fumar. No me creyó. Se lo diré de nuevo mañana y si no me cree entonces volveré a fumar pues no habrá sentido en abstenerme. Yo creo que ella me odia por dentro pues no me habla y no me ha subido la paga en los diez años que llevo tocando en su café. Ya tengo gastados los pulmones por soplar la flauta que me da de comer. Y pienso que es mejor si están podridos: así acompañarán el sentido de mi existencia. Verás desafortunada tal afirmación, pero déjeme explicarle por qué, más bien, es un canto de victoria:

C.

Como ya he dicho, llevo diez años tocando en el café Isabel. Es el más elegante de todos los que hay o ha habido en Paraíso. Y si me entristezco al contar esto no es por el tiempo malgastado tocando siempre lo mismo. Sino porque yo mismo me he dado cuenta que me hubiera ido peor en otro lugar. Es cierto que recibo un pago vergonzoso, no obstante, así de diminuto me siento ahora. ¿Cómo puedo exigir más? Y cada noche, en cada ronda de aplausos, siento venir el silencio y entonces me doy cuenta que no es a mí a quien celebran. Y tocando y tocando se me han ido los años.

Ahora creo en Dios. He hecho las paces con él luego de toda una vida. Y si lo menciono es porque ahora, justo ahora, si no creyera en él no quedaría en qué creer. He perdido la fe en mí mismo. He perdido la luz que comenzaba a tener de niño. La tuve, estoy seguro, el día que toqué por primera vez una flauta. Y nunca más, aunque ignoraba que todo en mi es oscuridad.

D.

Le temo a las noches en el campo. Donde los grillos se meten en la cabeza al soñar y entonces te das cuenta que no puedes hacer más ruido que ellos. Y así conoces tu propio silencio. Y en la quietud de una cama demasiado pequeña, temes a la vida. A su inmensidad y a la propia agonía.

Con todo, déjeme ordenarme un poco: antes de trabajar en el café, vivía yo en una casa a las afueras de Paraíso. No me faltaba oficio, aunque no sabía hacer bien muchas otras cosas que tocar mi flauta. Me ganaba la vida pintando, porque pintar es como un juego. Y pintaba todas las casas del barrio y cuando terminaba con todas, la primera ya necesitaba ser pintada de nuevo. Es curioso, pero las más de las veces solo pedían cambiar el color exterior. No muchos reparaban que las paredes que siempre se miran son las de adentro. O eso creía yo. Más de una vez traté de hacerle entender esto a una señora que tenía rayones en toda su casa porque sus nietos jugaban con crayolas en cada visita. Y la visitaban poco. Ella me explicaba a la misma vez que adentro solo se cambia cuando no se quiere ver lo que se ha vivido. Y un día se le murió el nieto mayor y me pago para que le pintara la casa por dentro de un amarillo vivo. Y así fui comprendiendo que las personas actúan sabiendo y si no saben, es porque así lo desean. Y ahora me sé solo.

E.

Regresaré al tema inicial: he dejado de fumar. Comprendo que es una decisión inútil luego de tantos años. Pero quisiera ganarle un segundo a la vida y me han dicho que esa es la mejor forma. Algún idiota me lo habrá afirmado y yo, más idiota aún, le he creído. La vida se me hace pesada, o al menos eso sentí la última vez que me figuré delineármela. Porque, perdóneme, ya yo estoy podrido en vida y si no muero totalmente es porque el castigo mismo es la existencia. A veces sueño con la muerte. Sin embargo, llega la hora de tocar la flauta y los aplausos me detienen. Y después llega de nuevo el silencio. Por ello vivo en la ciudad. Mi apartamento es pequeño, pero siempre suenan las sirenas y los carros. Y murmuran las prostitutas en la calle y pelean los borrachos que salen tambaleándose del bar de la esquina para perderse o morir y revivir al día siguiente para volver a entrar y tomarse la vida con hielo. Y embriagarse de los segundos mal pagados que les sobran luego de las pensiones y los impuestos.

F.

Me doy cuenta que ando divagando: mi excusa es que hoy no he querido hacer lo que hago normalmente. No he gastado mi dinero en cigarros y entonces ajusté unas monedas para una botella de vino barato. Me gusta saber que soy pobre y me gusta que los ricos me aplaudan todas las noches sabiéndolo. Todos ellos sueñan con vivir mi existir sin vivirlo realmente. Como si a través de mi flauta soñaran con una vida perfectamente poética. Esto porque toco con un poco de cariño. Y las jóvenes se enamoran de las notas que salen del instrumento y yo les etiqueto de inspiración. Y algunas un beso tendrán marcado de mis labios. Aunque estoy seguro que no es a mi al que quieren, sino que les atrae el arte que nunca tuve y que finjo poseer para ganarme a costos la comida.

G.

Y es todo: he dejado de fumar, me cree usted?

A media altura

Luego de un agotador día de trabajo don Mauricio Esquivel decidió por fin que no laboraría ni un día más de su vida. Se acostó deshecho, como siempre lo hacía, por haber pasado paleando el día entero en la finca de un tal Barrantes, quien le pagaba la miseria con la que había tenido que mantener a su familia los últimos dos años.

Ese día su mujer había salido en el maltrecho automóvil familiar y no regresó sino hasta bien adentrada la noche cuando don Mauricio ya estaba dormido. Aun así, él escuchó abrirse el ruidoso portón entre sueños y lo siguiente que oyó fue a su mujer en el cuarto abriendo las gavetas del armario mientras le reclamaba por qué no había salido a ayudarle con las bolsas del mercado. Era ella bastante alta y gruesa, contrario a él, que por más que comía se mantenía casi escuálido. Ella también acostumbraba rezar en voz alta antes de dormir, pero don Mauricio no llegó a oírle pues para ese momento estaba ya embebido de nuevo en el sueño. Tenían una hija y un hijo. La muchacha era ya mayor y había estado a punto de casarse; y el jovencito asistía al instituto de la ciudad del que a menudo recibían noticias por su rebelde comportamiento.

Esa noche fue igual a muchas otras, de esas que pasan sin que nadie les tome importancia.

A la cinco de la mañana sonó la alarma que don Mauricio acostumbraba a apagar justo antes de levantarse y meterse a la regadera, pero este no lo hizo y el agudo sonido continuó durante un periodo de tiempo infrecuente. Entonces su mujer, que siempre se despertaba con la alarma y volvía a dormirse un momento después, le codeó como lo hacía cuando él tenía un sueño pesado. Sin embargo, el hombre no le atendió y continuó dormido mientras seguía sonando la alarma. Entonces ella se levantó, rodeó la cama, apagó el aparato y luego miró a su esposo y le movió por el hombro tratando de descifrar el motivo por el cual no se había levantado. Pensó entonces que no se sentía bien o que estaba más cansado de lo habitual y decidió dejarlo dormir un poco más, puesto que con un día que llegara tarde al trabajo no le iban a despedir.

A las seis de la mañana se levantó su mujer, fue al baño y luego fue a ver porque su hijo aún no se había levantado pues tenía que ir al instituto. Un momento después se oyó a ella con los trastes de la cocina y al muchacho en el baño. Luego de un tiempo el joven comenzó a preguntar entre gritos si le habían planchado la camisa del uniforme y grande fue el enojo al enterarse que su hermana no había planchado el día anterior. Entonces fue a despertarla medio vestido, para que le alistara la camisa puesto que su inutilidad le hacía una persona delicada. Un momento después se vio a la muchacha caminando medio dormida hacia el planchador y alistó la camisa sin quejarse con tal de terminar rápido y volver a su cama a terminar de dormir.

Una vez concluida la algarabía de la mañana con la partida del muchacho notó la mujer la infrecuente presencia de su esposo en la casa y como si esto le incomodara fue a despertarlo para escuchar de su boca una explicación del asunto. Le movió por el hombro mientras le decía que ya era muy tarde, pero él no le dijo nada y se subió la cobija hasta el cuello.

Entonces la señora le tocó la frente y le pareció que estaba más caliente de lo normal. Salió preocupada del cuarto y fue a levantar a su hija para que esta caminara a casa de los Varela y les pidiera unos limones para hacerle a su marido un remedio que había aprendido de su madre. La muchacha, que trabajaba por la tarde medio tiempo en una tiendita de ropa, se levantó preocupada al enterarse que su padre no había ido a trabajar y fue sin demora a traer lo solicitado.

Pensaba la señora en que si el remedio no hacía efecto tendría que echar a su marido al carro y llevarlo sin perder tiempo al hospital, pues su esposo no era de los que se detenían o faltaban al trabajo si no era por algo realmente grave. Y, cuando pensó en la muerte de este, se le erizaron los pelos de los brazos y se fue por ahí a ver qué hacía para no pensar tonterías. Al rato llegó la muchacha con los limones y en poco tiempo estuvo listo el remedio. Ambas mujeres fueron y se encontraron con que don Mauricio estaba en el baño. Las dos sintieron alivio y la muchacha ya menos preocupada se fue a ordenar su cuarto. La señora aguardó con la taza en la mano hasta que salió su marido del baño. Quien al verle le hizo un gesto con el que dio a entender que no quería aquel remedio, pero la mujer se plantó tan grande como era en frente de él y le obligó a que agarrara la taza. Entonces el señor Esquivel agarró aquello por la oreja, olfateo su contenido, entró de nuevo al baño, levantó la tapa del inodoro y vertió el remedio allí dentro. Su mujer quedó paralizada no por otra cosa de ver la determinación que nunca le había conocido a su marido. Quien devolvió la taza a su mujer. Lanzó un bostezo a media altura y luego se metió de nuevo a la cama para terminar de soñar el final de su historia...

El número uno

R. no compitió nunca antes de los tres años.

Ese día su abuela tomó dos raquetas y le dio una a su primo J. y otra a él.

Los subieron en la mesa de ping pong y la bola iba de un lado a otro:

Ping pong

Ping pong

hasta que R. no pudo golpear de vuelta la pelota blanca.

Esa fue la primera vez que perdió en su vida y desde ese momento se dijo que también sería la última.

Desde entonces jugó con todas sus ganas.

Y cuando entró a la escuela no faltó que se aprendiera hasta lo más insignificante.

En el instituto enamoró a alumnos y profesores por igual.

Y en la universidad sus trabajos fueron los más profundos y completos.

Por todo esto recibió la oferta de trabajo para el mejor puesto que pudo haber soñado alguna vez.

Y lo aceptó entre aplausos de sus conocidos.

Trabajó tanto y tan bien que pronto le reconocieron los esfuerzos en la compañía M. y le dieron cuanta medalla y distinción pudieron darle.

En su casa no alcanzaban las repisas para exhibir sus reconocimientos.

Pero cuidaba de no hinchar el ego demasiado, era solo su forma de vivir: quedándose siempre con el primer puesto.

Cada año recibía más veneración hasta que se dio cuenta que se acercaba la edad de retirarse.

Y otra vez juró que la edad tampoco lo vencería.

Entonces un día fue invitado a una fiesta familiar.

Y allí volvió a ver a su primo J.

Ya no era el mismo: parecía un méndigo al lado de R., sus sencillas ropas no se comparaban con el impecable traje negro que R. exhibía.

Y entonces R., que era el mejor trabajador que había existido nunca en la compañía M., se le acercó a su primo J. y le preguntó, como desde arriba, que qué hacía para ganarse la vida.

Y su primo le contestó, como si aquello fuera nada:

—Soy dueño de la compañía M.

Club de idiotas

Las reuniones de idiotas son una carcajada.

Yo pertenezco a un club muy grande.

Según la costumbre la duración es de cinco minutos.

Y todos llegamos puntualmente.

Al sonar una campana se da inicio a la reunión.

Y entonces empezamos a hablar.

Primero el volumen es muy bajo, casi como murmullo.

A los treinta segundos ya se habla más fuerte

y todos lo hacemos al mismo tiempo

pues, como he dicho, somos idiotas.

Tenemos tanto que contar y tantos problemas

propios que resolver que nadie escucha a los otros.

Después del minuto es difícil darse a entender.

Y luego de un rato se habla aún más fuerte.

A la mitad de la reunión es común que alguien

se desespere porque nadie le entiende y grite.

Algunos lo callan y otros le siguen la corriente,

pero al final, si se quiere ser escuchado,

hay que hablar aún más fuerte.

A los dos minutos cuarenta y cinco gritamos.

Y a los tres minutos siempre alguien se enfada:

puede ser la feminista porque piensa que solo

la escuchan las mujeres y les grita a los hombres.

el defensor de los animales grita porque deberían

aceptar animales en la reunión; y el que lucha

contra el racismo también grita porque

todos deben gritar del mismo modo o algo

así es su discurso. Y siempre grita alto

el que apoya la conservación de la naturaleza,

y se enfada porque su tema debería

de escucharse con más atención.

En fin...

A los cuatro minutos todos odiamos a los otros

porque ninguno se digna a poner atención.

Y todos gritamos a galillo suelto.

Así seguimos hasta los cuatro minutos y diez

cuando se asoma el que toca la campana y silba

para avisar que el tiempo está por terminar.

Y entonces sucede algo extraño: todos

le gritamos enfadados que nos deje en paz,

que falta demasiado y que nadie se moverá

si los otros no cooperan en resolver algo.

A veinte segundos para terminar alguien,

de la desesperación, golpea a otro porque

quiere que se resuelva su problema,

y si no es hablando será a la fuerza.

Y entonces siempre otro devuelve el golpe.

Y de pronto algunos disparos, algunos muertos

y ningún problema resuelto.

Hasta que suena la campana que declara

terminada la reunión y, como somos idiotas,

ordenamos todo y nos apresuramos a salir

pues sabemos que inmediatamente después

tiene que entrar el siguiente club de idiotas.

Monólogo

*Es temprano, cerca de las
nueve. Hace calor. Se observa la
habitación de un hotel: una cama
y un televisor de cajón al pie de
esta. Una mesita y una lámpara
de noche. Arriba, un abanico
apagado; y en la pared,
guindando medio torcido, la
pintura de un paisaje. Al fondo,
la puerta de entrada; y casi al
frente, una sencilla silla de
madera.*

*Se oyen unos pasos y luego un
hombre dice:*

Es por aquí, sígame por favor.

*Se acercan y se detienen al otro
lado de la puerta. Alguien
intenta abrir: está con seguro.
Inmediatamente después suenan
unas llaves y luego la cerradura.
La manilla gira y se abre la
puerta. Se ve a un hombre macizo
que no entra por invitar con la
mano a otro individuo.*

*Aparece el otro hombre, bajo y
grueso. Penetra en la habitación
y con la vista recorre de
izquierda a derecha el lugar.*

Lleva bajo el brazo izquierdo
algo tapado con una tela negra.

—Se ve bien —dice después.

—Tiene todo lo necesario: la cama, el televisor y por allá, el baño —señalando con el dedo—. Abajo la cocina siempre está abierta, pero especialmente hoy abre a las diez. Lo único que ahora le puedo ofrecer es una taza de café del de la recepción.

—Gracias y la acepto, hoy no he tomado.

—¿Le echa usted azúcar?

—Una cucharada no muy llena.

—¿Y leche?

—Un chorrito si no es demasiado pedir.

—No, no, para nada. Ahorita se lo traigo...

—No... —exclama— No se moleste: en seguida voy a traerlo.

—Como quiera. Le dejo solo entonces.

El hombre macizo se va. El
huésped sale un instante para
traer el bolso que dejó a un lado
de la puerta. Apenas entra, cierra
la puerta con el pie, tira el bolso
en la cama y coloca lo oculto
parado y recostado al vidrio del
televisor con una delicadeza
exagerada y sin destapar.

Maldita calor.

Se seca la frente. Va a la pared
y presiona un interruptor
mientras mira el abanico. No
enciende. Aprieta varias veces
con rapidez y nada. El abanico
no funciona.

Vaya suerte.

Aún junto al interruptor. De
espalda a lo oculto, se coloca la
mano en el oído y dice:

¿Qué dices cariño? No, no me he olvidado de ti, es imposible que lo haga. Pero espera un momento, quiero cambiarme la camisa y ya sabes lo vergonzoso que soy.

Toma el bolso.

Sí, sí, me daré prisa.

Abre el bolso, saca una
camiseta de tirantes y se cambia
lo más rápido que puede.

Ya voy, ya voy…

Con mucho cuidado le quita la
tela negra. Lo oculto se trataba
de una pequeña pintura de una
mujer.

Muy bien, ya está. ¿Feliz? Claro que sí, pero debes soportar con más paciencia las cosas. No sé cómo te las arreglarás cuando nos separemos. Deberías ya estar lista, hace una semana que sabíamos que... Bueno, yo también debo hacerme a la idea porque no me imagino dejándote aquí. A pesar de ello, yo sé o al menos presiento que la señora F. te cuidará mejor que nadie, que yo incluso.

Tienes razón, aún no la conozco, pero su carta me dijo mucho de ella y no por lo que venía escrito sino por cómo venía escrito: sin palabras innecesarias y con una belleza de letra que... Ah, bueno digamos que elegante y dejémoslo así. Ya sé que no te gusta esa carta. La ando aquí mismo.

*Saca la carta de la bolsa
trasera de su pantalón. Está
arrugada.*

¿Acaso tienes celos? Tonterías tuyas, nada más. Cartas como esta hay cientos, en cambio, tú eres única. Nada te remplazará en un millón de años. Todos lo saben y por eso te quiere tanto la señora F.

¿Qué dices? Que menciono mucho a esa mujer. Claro que lo hago, por eso hemos venido hasta aquí. Por ella y por ti. Además, no te extrañes que le trate con galanía, es una oportunidad especial.

Sin embargo, no pienses idioteces: yo sé cómo te gusta andar imaginándote que le coqueteo a cuanta cosa existe. Por ahora te tengo a ti y eso me basta, lo sabes bien.

No te rías, es un asunto serio. Quizá mañana ya no te tenga y no sabré que hacer entonces. Estoy seguro que a ti también te dolerá o al menos, extrañaras mi compañía.

No te hagas la insensible porque te conozco demasiado bien. Y menos aún te hagas la enojada, que no soporto cuando andas de malas. En pleno mediodía puedes prender una hoguera y alimentarle hasta que te dé la gana. Mejor duerme un rato y así estaremos mejor.

¿Cómo dices? ¿Quieres un beso? No, es un exceso. No estamos en casa, alguien nos puede ver y entonces ya sabes cómo son los hombres. No tengo que demostrarte mi cariño, muchas veces lo he hecho. Nadie te soporta así, quizá te he mimado sin control. He aquí el resultado.

No obstante, cederé solo esta vez y solo un beso. Después descansarás otro rato, para que se te bajen los calores y a mí, los nervios.

*Se acerca a la pintura, se besa
la cara de los dedos de la mano
derecha y luego transmite el beso
pegando la palma al cuadro.*

Ahora cumple tu parte: descansa unos minutos.

*Toma la tela negra y, con
mucho cuidado, vuelve a tapar la
pintura. Luego camina como sin
rumbo hasta que cae en la silla
de madera. Y dice, aumentando
su ira a cada palabra.*

A veces es insoportable. Si no fuera tan bella... Si no fuera tan perfecta como un diamante, incluso más. ¿Cuánto me ha costado quererle? No, mejor ni pensar en ello.

*Entonces su voz cambia de
enojo a tristeza.*

Sin embargo, ahora que nos separaremos siento miedo, un temor inimaginable. Yo sé que ella me ama y yo le quiero con el corazón. Pero hace días que no duermo.

Diré el motivo, aunque con vergüenza:

Me despidieron hace algún tiempo, ya no sé ni cuanto, una infinitud quizá.

Otra vez se le notaba cólera en
la voz y sus gestos eran duros.

Me despidieron y se me ha ido todo. Todo he dicho. Me han tirado a la calle como un perro, peor incluso. A mí, que sacrifiqué todo por esa empresa. Nunca decepcioné a nadie, nunca falle en mis deberes e hice siempre de más. Esperaba un aumento, ya lo demandaba y en vez de dármelo, decidieron remplazarme. Poner carne fresca a descomponerse como estoy yo ahora. Maldita sea.

Suspira y se acomoda en la
silla. Parece controlarse.

Y ahora dependo de Ella para comer, ya no me queda nada. Dependo de Ella, imaginaos, de una pintura, una maldita pintura.

De pronto su expresión es de
pánico. Se levanta, corre hasta el
frente de la pintura y le acaricia.
Y su voz vuelve a un tono
empalagoso.

¿Acaso me has escuchado cariño? No, no quería decir eso. Se me ha salido por el enojo, pero no contigo. Eso jamás, sino con mis patrones. Perdóname, me he dejado llevar. Soy un bruto, ya lo sabes.

Ya, ya, cariño. No quería llamarte así. Vuelve a descansar, ya verás que todo mejorará.

¿Qué dices? No, no seguiré diciendo tonterías. Iré por un café y pediré que arreglen el abanico. ¿Puedes imaginarte tener aquí una brisa fresca? Deliciosa. Ya, ya, vuelve a dormir. Eso, así... Descansa cariño...

Un café, es todo lo que necesito. Ya pensaré después cómo arreglar mis asuntos.

Se levanta, va a la puerta.
Vuelve a intentar encender el
abanico. No funciona. Lanza un
suspiro. Abre la puerta y sale.

Gelada

Parece muerta. Descolorida incluso en las pequeñas y arrugadas hojas. La anciana no sabe qué sucede. Se rasca la cabeza. Cuando tomó el chayote de la mano de don Mariano parecía el mejor de los dos: bien formado y de un color oscuro, como si estuviera concentrado por dentro. Por el contrario, el chayote que le quedó a doña Cecilia era blanco y feo. Doña V. tuvo suerte de que le diera a elegir de primero. Pero aún con toda la pinta, el chayote nacido no se transformó en una mata como la imaginaba. Doña V. no es envidiosa, pero la última vez que se encontró con doña Cecilia le agarraron cosquillas en las tripas. No solo porque doña Cecilia mostraba un peinado nuevo que se le veía mejor que a las jovencitas. Sino porque le contó que su planta de chayote ya iba subiendo por un palito de guayabo.

Se vuelve a poner la gorra. Hace sol, quizá demasiado. Se agacha y agarra su mata con delicadeza. Como si esta pudiera sentir la presión de su dedo pulgar e índice. Se encuentra a la sombra de un arbolito de limón. Intenta colgar el bejuquito del chayote en la ramita más baja. Por un momento parece que allí se quedará. Que dejará la prudencia para crecer y que se estirará hacia la próxima ramita del limón. Pero el peso hace que la mata de chayote, queriendo dar más lástima de la que ya le daba a doña V., se cayó hacia un lado. Ha seguido la recomendación de don Mariano: no ha enterrado el chayote, lo ha puesto en la tierra como si se tratase de un niñito en una cuna. Incluso le ha besado antes de dejarlo allí. Nunca pensó que tendría que avergonzarse por su mala fortuna. Pero jamás de

91

manera pública pues cuando doña Cecilia le preguntó que cómo iba su matica de chayote ella le respondió: "Ahí va para arriba como excitada..." Y la otra señora al escuchar la palabra *excitada* se alteró y no preguntó más, por fortuna para doña V.

Poesía

Melancolía

Si yo fuera melancólico
escucharía el chillar del tubo al abrirlo
cada vez que le pongo una olla debajo
pretendiendo llenarla hasta
una línea imaginaria que marca
la taza y media.

Si yo fuera melancólico
tendría guardada en la memoria
la nota que produce la olla y el agua
cuando llegan a la línea mencionada.
Y pondría atención en detalles
como el chillido a la inversa
que sale del tubo al cerrarlo.

Si yo fuera melancólico
pensaría que el inicio de una taza de té
siempre es por la misma melancolía.

Y si así fuera
escucharía el agua hervir

y pensaría que todo tiene sentido

debido al proceso liberado.

Y con miedo a su fracaso

me adelantaría a buscar una taza

y le dejaría guindando la bolsita de té.

Sentiría después satisfacción del borbotear

del agua y de apagar el fuego.

Si fuera melancólico evitaría las demoras,

por la desesperanza que hay en la espera,

y echaría de prisa el agua en la taza.

Y luego ahogaría a la inocente bolsita,

y por último, cuando por fin muera,

dejaría su cadáver guindando

y estorbándome mientras bebo

para no ver la taza tan vacía.

Raúl

Mi padre también se llama Raúl
y su nombre suena distinto del mío.

Y distinto suena también cuando yo digo:
Puedo escribir los versos más tristes esta noche.
Aunque llore, sonará como si faltara algo,
como si el verso estuviera vacío.

Ah, pero soy yo el que está hueco por dentro.
Suena tan fuerte el silencio.
Su ruido se vuelve insoportable y entonces
grito poesías con todas mis fuerzas.

Y digo lo que siento, y ahora siento que
puedo escribir los versos más tristes esta noche.
Pero aunque llore, sonarán como si algo les faltara,
como si las palabras estuvieran vacías.

Ah, secas como yo y como esta noche.
Siempre duermo temprano para no escuchar
al mundo acompañar mi silencio,

porque entonces suena incluso más fuerte.

Y allí en el ruido distingo

su voz diciéndome de nuevo Raúl.

Y otra vez siento tan grande su ausencia.

Majaderías

XII

Mi amor es común. Común como decir: "Eres como una flor". Pero entiende que me gusta de ti la sombra que proyectas a las hormigas que trabajando regresan a su hormiguero. Me gusta de ti el baile de tu tallo a un ritmo propio, armonioso con la vida verdadera. Me gusta de ti la hoja que se te ha caído porque por ella tendrás cosas que contarme. Me gusta de ti el pétalo deforme, el que más destaca y sin él no serías tú, ni me gustarías tanto. Me gusta de ti el aroma porque atraes hermosas criaturas a tu alrededor. Me gusta de ti el impulso hacia arriba y más aún cuando tuerces tu camino para solucionar los problemas. Eres fuerte, me gusta eso de ti, porque soportas las dificultades y una de ellas puedo incluso ser yo. Me gusta que me gustes. Me gustan tus ojos, porque me miran de la misma manera que yo los miro. Me gusta que pareces una flor y que las flores se parezcan a ti. Me gusta tu pelo, me quedo sin palabras ante él. Me gusta escribir sobre ti, decir que me gustas. En fin, amor, eres como una flor y me gustas.

Paraqué

Amigos míos

En esta vida no hay más reglas

que las que nos imponemos

nosotros mismos.

Y para quel sentir miedo de uno mismo.

Para quel temer enfrentarse

al que nos hemos convertido.

Para quel ocultarnos las verdades.

Y para quel quedarnos inmóviles.

Por qué no mejor aprender

que hace daño gritar

y callar hacia adentro.

y el reír sin ganas

o sentarse queriendo caminar

o el caminar pudiendo correr.

Paqué levantarse

si no vamos a trabajar

en hacer realidad nuestros sueños.

¿Paqué?

¡Dígamelo!

Dígame paqué peleamos.

Y qué buscamos?

Dígaselo fuerte a quienes nos guían

paque sepan dónde llevarnos.

O acaso donde vamos no hay lugar

pa todos.

Dígame paqué temerle a la vida;

paqué, al amor;

paqué, a la paz.

Paqué insultar

si esperamos respeto de vuelta.

Paqué odiar?

¿Paqué?

Dígamelo.

O es que

sentimos miedo

de que no haya un

paraqué.

Y si ese es el problema
paqué ignorarlo
¿Paqué?
Paqué

Breve discurso

Queridos amigos

No importa que no sepa qué decir.

Puedo decir, por ejemplo:

No importa si no entiendes la vida.

No importa si no sabes de donde provienes.

O por qué te tocó vivir así.

No importa, tampoco, si corres o caminas.

Si vas de primero o de segundo.

Si tus pies son muy grandes o hermosos.

No importa detenerse.

Puedes incluso ir en dirección opuesta.

Porque no importa llegar.

No importa saber.

Y no importa si dudas.

Mientras dudas vives.

Y vivir es el sentido de la vida.

No importa si es corta o larga.

Si es difícil o dulce.

Porque es.

No importa si la controlas o no.

No importa si no sabes porque la tienes.

No importa...

Lo único que importa en la vida

el único propósito

el sentido

es vivir.

Vivir el amor y el odio,

Vivir la compañía y la soledad.

Los ratos felices y los fríos.

Porque la vida es pura.

Y puedes vivir, digamos, gritando.

Y aprendes a gritar.

Y gritas para vivir.

Y vives para gritar.

Y entonces te parece que ya no vives,

pero observa con claridad:

el sinsentido del asunto,

amigos míos,

es, de hecho, lo importante.

Fragmentos

Sueño

I

Ayer murió Alberth. Al fin los años tumbaron su macizo cuerpo. Es extraño, pero no estoy afligido aunque lo estimé igual que a un hermano. Lo conocí en la juventud y entonces él había vivido mucho más que yo. En algún momento llegamos a vivir juntos y aunque los años pasaron y nos alejamos nunca dejamos de frecuentarnos. Me cuesta trabajo pensar que aquel hombre alto como un pino logró abrazar el cielo, aunque nunca supe si creía en la salvación, en la reencarnación o en alguna otra cosa.

La noticia me la dio su esposa. El teléfono de mi oficina sonó a las once y treinta de la mañana, al colocármelo en la oreja escuché la voz de una mujer que no reconocí: «Es para informarle que Alberth falleció», fue lo único que me dijo al borde del llanto. Tuve que hacer dos llamadas para conocer el lugar donde lo velarían, la segunda fue para cerciorarme pues el sitio me resultaba distante y desconocido. Aun así, decidí ir al lugar que me señalaron después del trabajo.

Me subí al auto al ser las seis y conduje durante poco menos de tres horas. No conocía la carretera y más de una vez pensé en devolverme ya que me consideraba extraviado. Sin embargo, a mitad de camino cuando la oscuridad era ya densa y luego de haber dejado atrás todo camino transitado, me topé con un anciano que caminaba a un lado de la carretera cargando un saco repleto de alguna cosa. «Solo siga este camino y si tiene que doblar hágalo a la izquierda — me dijo —. Desde aquí no se detenga, puede ser peligroso, y por ningún motivo trate de devolverse, solo continúe hasta toparse con el pueblo», luego se echó de nuevo el saco al hombro y siguió su camino. Pocos metros más adelante la carretera perdió la capa de asfalto y continuó como un trillo de tierra y piedras sueltas apenas más ancho que el automóvil.

Durante el resto del viaje no vi a nadie más, ni ninguna edificación que me sugiriera que por ese lugar vivía persona alguna. Sin embargo, siguiendo el consejo del anciano, no me detuve ni reduje la moderada velocidad a la que avanzaba hasta que comencé a ver algunas casitas que parecían abandonadas escondidas en las tinieblas.

La antigua capilla en donde reposaba el cuerpo me resultó fácil de encontrar pues era el único edificio en todo el pueblo que poseía luz en su interior. Al acercarme albergaba la minúscula esperanza de mirar el cadáver en el ataúd y no reconocerle el rostro. Disculparme entonces con los presentes y regresar a casa con el deseo de visitar al día siguiente a Alberth, llevarle pan casero para disfrutar junto a él de una taza de café con dos cucharaditas de azúcar y un chorrito de leche. Pero la incertidumbre que había crecido durante el camino se disipó al reconocer a la viuda entre tres mujeres que se encontraban sentadas en una pequeña banca mirando la noche a la entrada del salón.

Me sorprendió conocer que no había ningún otro auto en el lugar, pero de pequeños detalles como aquel no era preciso interesarse. Al bajar del automóvil tuve la sensación de estar en un sitio donde todo se encuentra detenido en el tiempo. La brisa era delicada, casi inexistente.

No tenía prisa por entrar en la atmósfera del velorio, abrí la puerta trasera del automóvil y saqué mi abrigo. Me lo coloqué sin ligereza y subí la cremallera hasta el pecho. Puse seguro al auto y entonces me di cuenta que ya no tenía más excusas que retrasaran mi encuentro con la presencia de la muerte. Caminé hacia donde se encontraba sentada la viuda, en medio de las dos mujeres. Me miró sin mirarme y su saludo fue un simple gesto con la cabeza, con el que resumía el agradecimiento conmigo por haber asistido y la inmensa tristeza que abrigaba en su interior.

No reconocí a nadie más. La señora sentada a la izquierda de la viuda me preguntó si quería ver el cuerpo y respondí que sí, aunque la verdad era que no estaba seguro de desearlo.

La mujer se levantó y se dirigió al interior de la capilla, yo la seguí. Adentro no había demasiadas personas y al pasar pocos levantaron la cabeza para mirarme. El ataúd se encontraba en el centro del salón rodeado de flores y estas a su vez de largos bancos de madera oscura.

Allí estaba Alberth, metido en una caja esperando que alguien le avisara que la broma había pasado o eso fue lo primero que imaginé. Pero no se movió, ni sus ojos se abrieron para mirarme a través del vidrio que lo separaba de los vivos. Lo observé por un momento vigilado por la señora que me había guiado, la vi a ella y está apretó los labios y bajó la vista. Volví a observar el cuerpo y pensé: «Solo nos separa un suspiro». Luego eché un vistazo a mí alrededor y comprendí que ahora estaba en la misma posición que los demás: solo quedaba esperar. Hice un gesto a la señora en señal de que había terminado.

Me senté en el segundo escaño de la izquierda. Miré mi reloj y aún faltaba una eternidad para el amanecer. Vi los girasoles y las flores que daban aroma al silencio y relieve a los pensamientos de una ignorada realidad. Veía mi destino experimentado por un hombre que llegó a caminar conmigo por el incierto sendero de la existencia. Allí, en ese baúl de madera color caoba, también se extinguió parte de mí.

Un domingo en que se fue la electricidad en el departamento que alquilamos y motivados por el reciente fallecimiento de un vecino, Alberth y yo comenzamos a hablar de la muerte con la tranquilidad que solo da el sentirse lejos de ella. «Estoy seguro que voy a morir dentro de un carro», me confesó y yo le pregunté que cómo sabía aquello, pero no respondió y en lugar de ello dijo: «Sí, moriré joven. Lo de conocer la vejez te lo dejo a ti». Murió a los sesenta y dos años por algún motivo que desconocía en ese momento y que no tuve el valor de preguntar allí. Nunca supe si se consideraba viejo.

La luz era solo brindada por múltiples candelas ubicadas en el centro y las esquinas del salón y bailaba de manera incansable en las paredes doradas de la capilla. Me mantuve en la misma posición largo tiempo, hasta que no resistiendo más me levanté y me dirigí fuera. En la banca no había nadie, miré dentro y no encontré a ninguna de las tres mujeres, sin embargo, no le tomé importancia. A la izquierda de la entrada un hombre fumaba un cigarrillo. Lo saludé haciendo un gesto con mi cabeza y él hizo lo mismo. La noche era alumbrada por la luna de diciembre y la atmósfera enfriada por una llovizna que era incapaz de mojar. «Hace frío», dije, más por romper el silencio que porque de verdad opinara aquello. «La noche combina con la circunstancia», comentó el hombre y colocó el cigarrillo en sus labios, el extremo se encendió, contuvo el aire por un momento y luego expulsó el humo en la dirección opuesta de donde yo me encontraba.

No me senté en la banca para evitar tener que levantarme si aparecían las mujeres. Duré unos minutos mirando la oscuridad en los que debatía si volver dentro o dirigirme al auto para descansar en él. Pero no me pareció correcto lo segundo y un momento más tarde volví a ingresar en el salón. Una niña se había dormido en los regazos de su madre, quien la mecía con suavidad y en silencio. Miré a las demás personas y algunas parecían concentradas en mantenerse despiertas mientras otras trataban de dormir sin salirse de la seriedad que merecía la situación. Me senté en el mismo sitio de antes. Miré el reloj y apenas habían pasado unos cuantos minutos.

Observé el ataúd y sufrí un sobresalto al notar que ahora estaba rodeado de rosas blancas, los girasoles habían desaparecido. Nadie parecía alterado por aquello y por ello controlé mi sorpresa, pensando que era posible que hubieran hecho el cambio mientras me encontraba afuera del salón.

El silencio era de vez en cuando espantado por la tos repentina de una señora sentada en una esquina o el carraspeo de la garganta de un señor mayor que dormitaba casi a la salida de la capilla. Carecía de sueño, pero, al no tener nada más que hacer, crucé los brazos y los apoyé en el pecho, agaché la cabeza y por último cerré los ojos. El adormecimiento tardó en llegar, pero cuando lo hizo no me apresure a espantarlo y en lugar de ello dejé que se apoderara de mí. El incómodo asiento no fue inconveniente, de a poco me vencieron las ganas de dormir. Pronto comencé a soñar despierto y solo los dispersos ruidos me mantenían atado a la realidad. A lo lejos comencé a escuchar una melodía deliciosa como la caña dulce. No distinguí el instrumento utilizado, quizá era una flauta. Entre más fuerte escuchaba la melodía más adormecido me sentía, sabía que me estaba dirigiendo al mundo de los sueños o tal vez era un mundo distinto. Era posible que aquel que consideré mi amigo me acercaba sin querer a un sitio que no era el mío en su viaje carente de camino de regreso.

Estaba dormitando en un velorio, un diminuto hilo me mantenía consciente de ello, en una antigua capilla construida con bloques de oro en donde no se había velado a nadie en menos de cien años. Sabía ello con la seguridad que solo dan los sueños. Me encontraba en un pueblo prohibido para extranjeros, abandonado por los nativos y resguardado por espíritus olvidados. Escuchaba la melodía con claridad y esta provenía de arriba de mi cabeza, pero no podía mirar en esa dirección y pronto me fue imposible moverme. Ahora me encontraba en un lugar lleno de claridad, donde no había nada que mirar ni existían sensaciones. Y de pronto el delgado hilo que me mantenía conectado con mi primera realidad se rompió, la oscuridad me cubrió y comencé a caer. La melodía cada vez estaba más distante, arriba de mí, muy arriba. Sabía que impactaría contra el suelo en cualquier momento. Aflojé mi cuerpo y un vacío me recorrió. Me dieron ganas de gritar, pero al hacerlo, sentí la tierra acercarse con una rapidez implacable y, justo antes de impactar, abrí los ojos. Recordaba el velorio y el sitio en donde me había quedado dormido, pero no estaba allí, me encontraba acostado en un cómodo catre dentro de una habitación desconocida. Y una mujer que no reconocí tenía sujeta mi mano y me miraba con el rostro congestionado de emociones.

Fin del Fragmento

El joven

Es de noche. Suenan unos pasos. Alguien se acerca. Adentro todo sigue igual: platos sucios, muebles polvorientos y un fuerte olor a perro. Se escucha el tintineo de unas llaves. Las cortinas no dejan mirar afuera. Quien se acercaba ahora está al otro lado de la puerta. A lo lejos suena la bocina de un auto. Se escucha como una llave penetra en la cerradura. Hay un forcejeo. Un golpe anuncia la pérdida de un paso de seguridad. Ahora otro golpe, el desbloqueo total. Suenan las bisagras al abrirse la puerta. Se cuela la luz del pasillo por la ranura creciente. Una mano empuja la puerta y aparece a contraluz la figura de un joven. Entra en el apartamento. Su mano busca el interruptor. No tiene que mirarlo. Prende la luz. Cierra la puerta y coloca el seguro. Cabello rizado y negro, brilla porque está mojado. Los hombros de su camisa están humedecidos. Lo demás tiene pintas de agua. Lleva en su espalda un bolso rojo. Parece pesado. Camina a la mesa. Ojos perdidos, tristes. Sin más expresión en el rostro. Está afligido aunque lo oculta. Se quita el bolso y lo coloca sobre la mesa. Maquinalmente comienza a desabotonarse la camisa. Mira la pared, un cuadro parece torcido. Se quita la camisa y la coloca en el respaldo de una de las sillas. Como acción rutinaria saca el contenido de los bolsillos de su pantalón: la billetera, el celular y un papel humedecido. Pone todo sobre la mesa, al lado del bolso. Se dirige al baño. Abre la puerta. El olor a orines es indiscutible. Prende la luz. Sube la tapa del inodoro, saca su miembro y, sin cerrar la puerta, orina. Al término, sube el zíper del pantalón. Se voltea, apaga la luz y sale. Deja la puerta abierta y la tapa levantada. Avanza hasta la cocina, abre el refrigerador y toma una cerveza. La última. Abre la botella utilizando el borde del desayunador y un pequeño golpe. Camina hasta el sillón y se deja caer en él. Suspira. Inmediatamente se quita los zapatos con un movimiento de pies. Primero el izquierdo y luego el derecho. Sin soltar la cerveza se quita los calcetines. Bebe un sorbo. Deja la botella en la mesita. Toma el control del televisor que siempre descansa en una ranura del sillón. Apunta y presiona el botón rojo. Una lucecita le anuncia que el aparato pronto funcionará. Mientras espera bebe más cerveza. No le gusta el programa que aparece en la pantalla y cambia de canal apretando dos botones. El noticiero local había comenzado momentos antes. Mira por unos instantes. Bebe más cerveza y coloca la botella en la mesita. Entonces, sin más que hacer, clava sus codos en sus rodillas y luego aplasta su rostro contra la palma de sus manos. Está triste, ya lo he dicho. Suspira con fuerza. Lanza una maldición. Y si no llora es porque sabe de la inutilidad de tal acción. Sus manos resbalan hasta el cabello. Lo sujeta con fuerza como si quisiera arrancarlo. Maldice. La vida le ha sobrepasado y ahora no sabe si vale la pena seguir. ¿Tiene sentido luchar en una guerra perdida de antemano?, se pregunta. Suspira y se recuesta en el sillón. Ahora mira el cielo raso. Blanco, plano y deprimente. Todavía huele a perro. A Bruno. Esa tarde le había sacado sabiendo que no regresaría consigo. No puede mantenerle. No. Ya se ha atrasado dos meses con las vacunas. Bruno está enfermo, aunque no lo aparenta. Y la última vez que le bañó usó el jabón de la cocina. No tenía otro. Dos semanas antes había perdido su empleo de camarero, pero después

117

contaré sobre esto. Siempre que tomaba la correa el animal movía su cola y ladraba emocionado. Le sacaba poco. No lo requería, consideraba. Era un perro hermoso. Un anciano se lo había dado. Al principio el mismo anciano pagaba los gastos. Luego él se hizo cargo, cuando el viejo murió. Fue un regalo inesperado. Y no fue planeado el nacimiento de un apego por él. Aquella tarde al colocarle el collar no le reveló sus planes. No quería que el animal se enterara de las malas noticias. Salieron al pasillo, bajaron las escaleras. El joven avanzaba dolorido; el perro, contento. Fue una tarde oscura y fría. Doña Rosario no estaba enterada de nada. Bruno se adelantaba todo lo que daba la correa y de vez en cuando miraba atrás y esperaba a su dueño. Cada cuadra era un golpe, cada calle un castigo. Lo había pensado todo: no había mejor opción que doña Rosario. Ella le cuidaría. Tenía dinero y amor, cosas que a él le faltaban. Incluso para sí mismo. Durante años el joven había laborado en el restaurante de don Mario. Era un negocio antiguo y reconocido, tanto que se usaba como referencia para dar direcciones. Los nuevos dueños ni siquiera consideraron mantener el restaurante. En poco tiempo se convertirá en una tienda de calzado, así anuncia el cartel que pusieron en la ventana. Tres cuadras le separaban de la casa de doña Rosario y se detuvo, jaló la correa y abrazó a Bruno. Es más fácil despedirse cuando aún no se deslumbra el momento de la separación. Cruzaron la calle y continuaron caminando. Una joven que avanzaba en dirección contraria observó al animal y estiró su mano para acariciarlo. Bruno le ignoró. El joven ni siquiera se percató de esto. Estaba afligido. Una cuadra faltaba. Comenzaron a desplazarse más lento. Allí se alzaba la casa blanca de doña Rosario. ¿Qué haría si ella rechazaba cuidar del animal? No lo había pensado, sin embargo, ahora lo hacía y no tenía respuesta. Una última calle. Veía la cerca de madera, la puerta cerrada. Acaso no estaba la señora. Cruzaron y llegaron a la cerca. El joven era incapaz de llamar, ni siquiera de hablar. El portoncito no tenía candado. Lo abrió. Bruno entró, el joven también. El perro parecía feliz. Avanzaron. Y, sin más, amarró la correa de la manilla de la puerta. Bruno seguía feliz. El muchacho suspiró. Sacó un papel de su bolsillo. Dos párrafos escritos a mano. Se agachó y lo deslizó por la ranura entre el piso y la puerta. Se levantó. Miró al animal. Suspiró de nuevo. Una lágrima brotó de su ojo derecho. No la limpió. Dio unos golpecitos a la puerta, dio la vuelta y se fue caminando apresurado. El perro comenzó a ladrar. El joven no le volvió a ver. Dejó abierto el portón y continuó alejándose. Cruzó la calle y siguió un poco más antes de detenerse. Se escondió tras una columna. Miró la casa de doña Rosario. La puerta. Un instante más tarde esta se abrió y una mujer mayor se sorprendió al encontrarse con Bruno. Seguía gimiendo. Tenía ella la hoja en la mano. La abrió y comenzó a leer. Tras un corto periodo, dobló el papel. Miró en todas direcciones, como buscando a alguien, y luego vio al animal. Se agachó, le acarició y le llamó por su nombre. Bruno. Preguntó al perro si quería entrar y este comenzó a ladrar y gemir más fuerte que antes, mirando la calle. La mujer desató la correa de la manilla de la puerta e hizo que el perro entrara en su casa. Requirió algo de fuerza. La puerta se cerró y el joven salió de su escondite. Ahora ambos ojos estaban colmados de lágrimas. Se los limpió con el brazo derecho y se marchó de allí. Aquella solitaria caminata de regreso fue quien le llevó el pensamiento de lo insignificante que resultaba. Más

119

que eso, le sorprendió la facilidad con que es reemplazado un individuo. Bastó una nota, dos párrafos, para que doña Rosario tomara su puesto. Es decir, casi nada. Un cariño se formaría entre la anciana y el animal, desplazando el suyo. Acaso si se hubiera guardado aquellas frases escritas sería imposible reemplazarlo. No, imposible no. Un vagabundo, quizá, hubiera tomado a Bruno, considerándolo un perro callejero, y le hubiera alimentado con las sobras de los basureros convirtiéndose en su dueño. Imaginó entonces innecesarios los párrafos y su existencia. Subió las gradas. Se acercó a la puerta coreado por el tintineo de las llaves. Era temprano aún. Todavía no había llovido. Entró al apartamento. Estaba oscuro, las cortinas impedían la entrada de luz. Así le gustaban. Los vecinos pasaban observándole. Eso creía. Cierta vez había sorprendido a unas personas, en una ventana del edificio contiguo, mirando en su dirección y riendo. Acto que le pareció de lo más insultante. Corrió las cortinas y no volvió a abrirlas. Aún tenía la imagen de Bruno fresca en su memoria. Eran las dos y media de la tarde. Quería aprovechar el día. Ya con la luz encendida, caminó a su mesita de noche y tomó su vieja computadora portátil. La pantalla tenía una mancha negra. Apretó el botón de encendido. No tenía carga. Buscó el cargador y luego se sentó en la cama, con la espalda pegada al respaldo. Apretó de nuevo el botón y esperó. Llegó a fastidiarse por la lentitud de la máquina. Pero ¿qué podía hacer? No era capaz de pagar un arreglo; menos, de comprar otra. Allí guardaba su currículum. Planeaba imprimir varias copias y entregarlo en diversos restaurantes. No tenía más títulos que el de la escuela primaria. Sin embargo, sus años de mesero, presentados con maestría, daban alguna esperanza al joven. Quien no estaba enterado de las tres faltas evidentes de ortografía. No tenía impresora, ni un dispositivo de almacenamiento para llevarlo a imprimir. Y cuando daba su misión por perdida, recordó que aún tenía el celular. Lo sacó de la bolsa frontal del pantalón y luego guardó en él el archivo. Apagó la computadora. Se levantó de la cama. Caminó a la puerta y, antes de salir, se descubrió vestido de mala manera. Quería dar una buena impresión. Se devolvió. Revisó su armario. Y unos minutos más tarde mostraba su mejor mudada. Tomó un bolso rojo, pensando erróneamente que allí estaba su sombrilla. Se lo colocó en la espalda. Abrió la puerta, apagó la luz y salió del apartamento. Eso había sucedido en la tarde. Ahora es de noche. Y a estas horas las personas son más sensibles. Se preguntan de dónde venimos y qué sentido tiene hacer lo que hacemos. Miró al techo. Tomó la botella de la mesita y bebió un sorbo. Nunca le había llegado a encantar aquel sabor. Prefería el vino. E incluso disfrutaba más del ron. Pero no tenía y escaseaba el dinero. Con suerte podría vivir una semana y media más sin pasar hambre. Tenía comprado arroz. Y azúcar para el café que también economiza. Pero sus desgracias estaban lejos de terminar: debía dos meses de alquiler. Doña Ana era su casera y tenía cierta flexibilidad. Había soportado aquel periodo, pero el joven sabía, porque lo había visto, que, cuando su paciencia se terminaba, explotaba. Está silencioso el apartamento. Solo el televisor distrae la quietud absoluta. El joven es capaz de oír como alguien sube las escaleras. Quizá lleva tacones. No, no lleva. Escucha como se acerca a la puerta. Una pausa. Tres toquecitos rápidos a la puerta. Es, sin duda, doña Ana. El joven toma el control y baja el volumen del televisor. Queda inmóvil. La mujer se aclara la garganta. Luego habla. Su voz de violín no parece alterada. Le llama por su nombre y afirma que le había visto entrar. Dos meses de retraso. Sin trabajo y sin esperanza de encontrar uno. Si me quedo callado pensará que estoy dormido, caviló el muchacho. O eso podré decirle cuando no pueda evitarle. Varias repeticiones de los tres golpecitos a la puerta. La mujer volvió a hablar. Algunas afirmaciones como que podía ver la luz prendida. El tiempo pasó. La mujer se cansó y se marchó. Sus zapatos martillaron las escaleras al bajar. Otra vez la quietud. Era en momentos como este cuando la silenciosa compañía de Bruno le apartaba la realidad de su soledad. Tal vez había tomado muy aprisa la decisión de dejarlo. En el calor de la mañana, cuando todo parece urgente. Ahora no podía hacer nada. No podía tocar la puerta de doña Rosario y decirle que se había equivocado. Aunque no del todo pues volvería a dejárselo en semana y media. Eso calculaba que le duraría la estabilidad. Accidentes y muertes figuran en el noticiero. El volumen bajo impide comprender con claridad. Toma el control y presiona dos botones. Aparece una telenovela. Baja un canal. Animales. Entonces se pregunta, ¿cuán grande es la compasión de doña Rosario? Acaso le recibiría a él igual que a su perro. Estaba al tanto que detrás de su casa había una galera abandonada. ¿Tendré oportunidad?, dudo. Apuesto que nadie ha entrado en ella desde la muerte del señor. Aunque por eso quizá le traiga recuerdos a ella. ¿Seré capaz de preguntarle? Todo esto pensó el muchacho. Decírselo sin parecer desesperado. Como si fuera de lo más normal que las personas se queden sin empleo. Quedar desempleado, ¿por qué se calla? Acaso no es común. Todos hemos pasado momentos difíciles. Sin embargo, ¿cómo decirlo sin parecer abatido? En algunos países son frecuentes los suicidios por estas razones. ¿Por qué aquí se deben soportar? Pasar hambre incluso. Será acaso que… No, mejor no pensarlo, no obstante, ¿tendré el valor para quitarme la vida? Aún no estoy tan desesperado. Así pensó el joven. Apagó el televisor, tomó la cerveza y se dirigió al cuarto. Hizo un espacio en la mesita de noche para la botella. Luego se dejó caer en la cama mirando al techo. Estaba oscuro, solo llegaba la luz que se colaba por la puerta. Doña Ana había cambiado desde que su hermano le heredó el edificio. Al principio le mantenía enteramente arreglado. Cortado el césped, limpias las aceras, aromatizado el piso de los pasillos e impecables las gradas y las barandas. Cuidaba con esmero como lo había hecho su hermano. Pero el recuerdo de este hombre se fue difuminando. Y sus ganas de trabajar agonizan por algunos meses antes de extinguirse. Cada vez más obstinada con la vida. Primero dejó de limpiar los pasillos y luego no volvió a pintar las paredes de los espacios comunes. El descuido llevó a que sus inquilinos pasaran de pulcros a recogidos, quienes pagan a duras penas. Entre ellos el joven. Ella vive en un apartamento del primer piso y ahora no trabaja. Con el dinero de los alquileres compra lo justo. Y no sale del edificio más que para ir a misa los domingos. Es como una joven pensionada y este cambio, aunque mal visto, llegó a tiempo a su vida pues había perdido el gusto por su trabajo de docente. Los niños le habían sacado las canas y si no había renunciado antes era por la necesidad del dinero. Unos meses más y los alumnos le hubieran sacado la locura como a tantos maestros que dan clases a fuerza de obligación. Pagar el auto y la casa. Mantener los hijos. Alimentar a las mascotas. El cielo anunciaba un pronto aguacero.

Imprimió cinco copias de su currículum, les adjuntó documentos de gran relevancia y compró cinco folders para causar mayor impresión a la hora de entregarlos. Se dio cuenta que aún no tenía total conciencia de su realidad cuando pagó y, como el cambio era ínfimo, sugirió que no se lo dieran. Salió apresurado como si temiera que alguien le preguntara qué cosa estaba imprimiendo. Entonces él tendría que decir, con algo de pena, la verdad. ¿Acaso no tiene usted trabajo? Sería, seguramente, el comentario que recibiría y no podía imaginarse que decir después. Por ello no deseaba ni hablar, ni observar o aguardar. Tenía que evitar momentos como aquellos porque provocan males impensados. Acaso no se había suicidado un joven hacía una semana porque la muchacha que le gustaba le preguntó algo simple y él no supo qué contestarle. No. No quería tener motivos como los tuvo el joven. Tan válidos como cualquier otro. Salió presuroso del local. Metió los cinco folders en su bolso rojo. ¿Y ahora, dónde ir? En la calle de los poetas hay varios restaurantes. Sin embargo, si tomaba el autobús y se bajaba en los límites de la ciudad, cerca de la universidad, encontraría cafeterías en las que pensaba tenía mayor chance de ser contratado. Pero esos lugares eran frecuentados por sus antiguos compañeros de escuela. Sería una desgracia que un día mientras estuviera trabajando apareciera uno de ellos. Alejandro, por ejemplo. Entonces se sentaría y él tendría que atenderle. Cómo evitar la sorpresa del antiguo compañero al ver aquella extraña escena. Eras siempre el primero de la clase, ¿qué te pasó?, quizá le preguntaría. O peor aún, pediría el menú y ordenaría la comida sin alterarse en lo más mínimo. Como si siempre hubiera esperado toparse con aquello. Desechó ambas opciones. A la edad de diez años se mudó junto con su familia a una ciudad no muy grande. Aquel nuevo lugar le pareció un laberinto de calles y edificios que no se diferenciaban unos de otros. En algún lugar estaba su casa y tenía un pequeño patio trasero. De tierra. Un día excavaba un hueco en el suelo cuando un niño se acercó en bicicleta. Se detuvo. Venía a buscarle, dedujo al verlo con el rabillo del ojo. Dejó al lado su vehículo y se pegó a la cerca. Estaba sonriendo. Él no deseaba ser interrumpido, solo quería terminar su hueco. No tenía propósito alguno. Si lo tuvo nunca lo recordó. El de la bicicleta le llamó con una palabra vaga, cosa predecible porque no sabía su nombre. Él le volvió a ver fastidiado por la interrupción. Mañana unos amigos y yo vamos a jugar fútbol, fue lo que escuchó. Venía a invitarle. Quizá era sincera y buena su intención. Y quedó esperando la respuesta un momento. Él se quedó inmóvil. Solo quería terminar el hueco. Y ahora, por aquel niño entrometido, debía dar una respuesta. Acaso no tenía mejores cosas que hacer aquel otro niño. Cavar su propio hueco, por ejemplo. Entonces acertó a hacer algo: movió la cabeza de derecha a izquierda y luego a la inversa. Repitió el movimiento dos veces con lentitud. El niño de la bicicleta arrugó el entrecejo, tal vez confundido. Entonces no quieres venir a jugar, concluyó. Él volvió a mover la cabeza a los lados. Ahora consiente que se negaba a participar. Aliviado, por otra parte, de haber encontrado una salida ante aquel suceso imprevisto. Está bien, dijo el otro niño bastante serio. Tomó su bicicleta y se alejó. Entonces él miró el hueco y lo calculó terminado. Aquel niño era Alejandro. El cielorraso es plano, igual que en la sala. Una lámpara cuadrada avisa al observador que se encuentra en la habitación. Está apagada. Muerta de alguna manera.

Aunque puede revivir y esto la diferencia de un hombre. Pero, piensa, acaso aquel estado de desconexión no cuenta como una muerte. Desempleado y solo. Muerto para muchos. No obstante, un empleo es capaz de revivirle. Dinero, sin más. No requiere de milagros. Tan solo un cambio de viento, un soplo de suerte. Pero allí tirado se figuraba un cadáver. El cuarto, un ataúd. La lámpara apagada, su vida. ¿Quién llorará mi muerte?, se cuestiona. Y le resulta imposible nombrar una sola persona. Toma la botella y bebe un sorbo. Estira el brazo y la coloca en el suelo, al pie de la cama. Ya no está fría. Siente ganas de llorar: inútil acción. Suspira. Quizá había alguien que sufriría. Un ser que habitaba en su imaginación más que en la realidad. Un recuerdo borroso. Fernanda. Un amor de infancia, que por mucho fue el más puro de su vida. Aunque de ella ni siquiera el rostro lograba recordar con precisión. Lo que quedaba en su memoria era la sensación de total admiración por su belleza. Llorará mi muerte, se dice. Mejor dicho: su recuerdo lo hará. Aunque morirá conmigo. Eso caviló en la oscuridad. Cuando recordaba aquello volvía a tener esperanza y ningún mal le parecía descomunal. Después contaré sobre aquella niña, si lo creo necesario. Solo el aroma de su pasajero recuerdo ayudó al joven a frenar la caída en el abismo de la desolación. Que grande parece una araña si la mira una hormiga. Una araña que yo majaría sin sentir gota de lastima. Así comparó las dificultades de su existencia. A veces camina por las noches en la ciudad. Perdiéndose por calles que muchos temen recorrer. Los sábados, cuando al día siguiente no necesita levantarse temprano. Pero eso era antes de perder su rutina. No solo tenía el desagradable problema del dinero. Debía lidiar con la irremediable incomodidad de rearmar sus costumbres diarias. Estaba acomodado en sus rituales matutinos. Se levantaba a las cinco. A esa hora sonaba la alarma. Caminaba a la cocina. Ponía a calentar el agua para el café, que preparaba chorreado a falta de cafetera. Iba al baño. Se miraba al espejo mientras tomaba el cepillo de dientes y le colocaba pasta dentífrica. Muchas veces tomaba conciencia de lo que hacía hasta este momento. Se desnudaba. Se metía en la ducha. Y se enjabonaba de arriba abajo antes de meterse sin temor al agua helada. Repetía el proceso y luego salía. Se secaba igual que se enjabonaba: primero el cabello, de último los pies. Y así podría narrar paso a paso lo que sucedía luego de despertarse, no obstante, a quién le importa todo esto. Es jueves. Mañana y el día que le sigue y todos los demás, está desocupado. Se sienta. Mira el abrigo en el respaldo de la cama. No desea ser visto. ¿Habrá dejado de llover? Mejor que no lo haya hecho. Todos los mirones están escondidos en sus cajones de concreto. Féretros como antes se figuraba el cuarto. A quién le importa un joven que camina bajo la lluvia, piensa. La oscuridad será mi máscara y la miseria mi disfraz. Se levanta. Toma su abrigo. Camina a la sala mientras se lo coloca. Busca la sombrilla, está en el desayunador. De la mesa toma su billetera. Las llaves descansan en un llavero sobre el interruptor de la luz. Las toma. Está ahora al frente de la puerta. Hace una pausa. Duda si aquello es la mejor decisión. En la noche se dejan madurar las cosas y las decisiones son lentas y pesadas. Quizá porque lo más inteligente es dejar todo, tirarse en la cama y dormir. Las bisagras suenan al abrirse la puerta. Apaga la luz. Sale y cierra tras de sí. El grito de una mujer le sobresalta. Una señora. La vecina que vive peleando con su marido. Antes nunca le veía, pero en la última semana le ha topado dos veces mientras sube las escaleras. Fueron incómodos momentos pues no supo con certeza si debía saludarla. Pobre y maltratada. Estaba seguro. Primero porque vivía allí. De lo segundo por el moretón en la mejilla que le vio la segunda vez que le topó. Esa vez le dijo algo como: «Buen día» o «Buenas». Y ella le sonrió. Por un instante se alegró como lo hacen los ricos en sus grandes casas. Pero estaba allí, subiendo las gradas de un edificio descuidado. Aguantando, seguramente, el dolor en la mejilla. Esta vida miserable no discrimina entre hombre o mujer. Arrastra a todo el que se queda rezagado. El joven no sabe cómo se llama la mujer y tampoco le importa. Puede morirse en este mismo segundo que no sentiría más que alivio por no tener que oír los golpes en las paredes o sus gritos. Así había cavilado en más de una ocasión. Por lo menos no tenía hijos, hubiera sido más desagradable aquel cuadro con niños presentes.

Fin del Fragmento

Paraíso

I

Antes de ser tan inválido como respetado, incluso antes de predicar la palabra de Dios, don Clodomiro Delencanto se robaba algunas monedas del monedero de su madre para comprar unos dulces ácidos y anaranjados que no eran para él sino para regalar a amigos y vecinos, pues lo que le gustaba era ver la fea expresión con que estos se los comían y entre más desagradable, mayor placer y ganas de volver a cometer el acto delictivo.

Hacía tantas travesuras que sus padres se lo encargaron a su abuela para que le cuidara y no volvieron a tenerlo bajo su techo, entre otras cosas, porque en casa del señor Delencanto nacía un nuevo niño cada año hasta que su mujer, después de dieciséis partos, en lugar de un infante, expulsó sus propios órganos y dejó de vivir en este mundo.

Clodomiro, que fue el segundo en nacer, sintió tanto gusto en el funeral y consideró tan sabias las palabras del sacerdote, que decidió, acabada la misa, convertirse en servidor de Dios.

Pasó algunos años aprendiendo el oficio y recién al término de la formación demostró tal falta de tacto con sus semejantes que al recibir confesiones de las ancianas, reventaba de cólera porque estas le contaban sus intimidades sexuales. Y cuando llegaba una jovencita, en especial frondosa de caderas, le regañaba también, ahora por no confesarle nada de su intimidad.

Por tales circunstancias fue rechazado de los pueblos a los que se encomendaba y, luego de ganarse una pésima reputación, su superior le dejó acostumbrarse a ordenar papeles sin importancia en una oficinita que nadie visitó nunca si no era para llevarle un recado a don Clodomiro.

Allí todavía tenía debilidades hacia las mujeres y no entendía el porqué de las limitaciones impuestas sobre los deseos carnales. Siempre se las arreglaba para salir de la oficina e ir a una banca donde pretendía leer la biblia cuando no estaba observando el bamboleo de las virtudes femeninas. Y no solo eso, sino que las atendía como buen sacerdote y dejaba que las más bonitas le dijeran, con pudor o sin él, cómo le habían entregado la virginidad a aquel o a este. Y además pedía detalles con la excusa de que debía saberlos para perdonarlas como era debido.

Una de esas veces en la banca se le sentó al lado un sujeto que aparentaba ser o un loco o un santo, porque don Clodomiro se figuraba que así de extraños debían ser cualquiera de los dos. Comenzaron a conversar y se llevó la sorpresa de que el hombre no sabía la diferencia entre Moisés y Noé, e incluso ignoraba quién era y que había hecho Jesucristo.

Tuvo que preguntarle que de dónde venía o dónde se había escondido para ignorar asuntos tan fundamentales. Recibió como respuesta que existía un pueblo entre las montañas donde historias como aquellas no llegaban ni hacían falta para vivir.

Tardó un momento en reponerse de aquello y cogió la biblia y le leyó al sujeto lo que pensaba era la cura del mundo. Nunca esperó que el hombre le aplaudiera al terminar de hablar como si se tratara de la obra de un circo y no de la palabra de Dios.

Continuaron hablando y don Clodomiro se enteró que más allá de las montañas ninguna persona había recibido el bautismo, a excepción de los más viejos que ya habían olvidado para qué era o qué había que decir en un templo.

Según la descripción del sujeto, venía de un paraíso a las orillas de un río inmenso que alimentaba grandes campos de cosecha y un sinfín de árboles frutales que no dejaban de echar alimentos. Y las personas que allí vivían, lo hacían sin anhelar nada pues tenían casi todo y lo que no tenían no les hacía falta.

Así terminó enterándose don Clodomiro del lugar donde viviría los últimos de sus días clavado en la hamaca, dentro de una casita pequeña y acogedora, que servía de templo y de cárcel.

II

Le entró curiosidad por saber el motivo que el sujeto tenía para abandonar tal paraíso. Si vivir allí era como un sueño, que lo llevaba a quererse lejos, tanto que ahora estaba al lado suyo.

La confesión fue repentina: el sujeto había acariciado demasiado fuerte el ojo de una mujer que no quiso quererlo tanto como él la quería. Al día siguiente el ojo se puso azul y comenzó a hincharse de tal forma que todos quisieron saber lo que había sucedido. Y antes de que ella dijera la verdad el hombre agarró sus cosas y se fue, adentrándose en lo desconocido y, luego de casi morir en la huida, llegó a otros pueblos donde aún era inocente de todo acto y podía vivir serenamente. No obstante, siguió caminando hasta llegar a la banca en donde don Clodomiro Delencanto leía la biblia y sintió una alegría inmensa al descubrir que hombres como aquel joven sacerdote se dedicaban a escuchar las penas y a perdonar los malos actos a cambio de inclinar la cabeza y recibir una bendición. Pero luego también confesó no confiar en las mañas de los sacerdotes y que estaba casi seguro que los pecados que le purificaran seguían sin estarlo más allá de las montañas.

Al llegar a descansar ese día, don Clodomiro solo pensó en el pueblo del sujeto. Y entonces se tiró a la cama y comenzó a pasearse, en los delirios del dormitar, por los ríos y los campos verdes, e incluso llegó a saborear naranjas, bananos y mandarinas que le aparecían en su mano al levantarla un poco. Aquello tenía, según él, tanta similitud al paraíso de Adán y Eva, que quiso conocerlo en persona. Y después de despertar se enteró decidido a ir más allá de las montañas llevando la palabra de Dios y la sabiduría de tantos buenos hombres que le habían servido con grandeza.

Irse así de la nada, por un presentimiento impalpable, le pareció una locura que no quiso compartir excepto a su abuela que para entonces ya estaba perdiendo el sentido por la vejez. Y como si fuera nada alentó a don Clodomiro a irse porque pensaba que su nieto iba para el cielo mismo, a apartarle un campo junto al creador y que volvería pronto para llevársela con algo más que palabras.

Consiguió así el empujón necesario y ya nada podía detener su viaje.

Tardó dos meses en abandonar la seguridad de su oficinita. Y el dinero justo lo consiguió vendiendo una cadena que le habían regalado por equivocación o iluminación divina, el día que tuvo que reemplazar a un sacerdote pecoso que padece diarreas infernales. Entonces se paró al frente de un templo abarrotado y se dejó llevar en un discurso sobre la muerte y las puertas que esta abre para los que tienen el corazón en paz. Incluso los menos creyentes se limpiaron un riachuelo de lágrimas de gracias y amenes.

El día final no se despidió por no saber qué contestar si le preguntaban hacia dónde iba y se fue hacía un lugar donde se vivían historias inolvidables. Su abuela, en la claridad mental del último beso, supo que ya no le volvería a ver ni siquiera en sus desvaríos seniles.

Mucho después, luego de haber vivido largo tiempo en su propio paraíso, le vino la muerte y se celebraron unas fiestas de tan vulgar desenfreno que don Clodomiro Delencanto debió irse a la eternidad escuchando el legado de su labor de hormiga. Fue entonces cuando se tomó la decisión de hacerle un monumento de piedra digno de su sabiduría, y se hizo uno aún mejor del soñado, cerca de donde lo encontraron con la espalda rota. Nadie lo sabe, ya que ni él mismo sabía que lo guio hasta aquel lugar. Pero al dar con el río inmenso y los campos verdes que buscaba se agachó con lo que le quedaba de fuerzas para tomar un poco de agua de una naciente borboteante y sintió un beso en la espalda con la fuerza de un cañón que le hizo destrozados todos los huesos y hasta el último nervio que le servía para caminar. Los supersticiosos contaban después que si se ponía atención al cruzar aquella parte del bosque se podían escuchar los lamentos del sacerdote. Cuando lo encontraron tenía prensada la biblia con el brazo derecho y estaba desmayado tan solo o abandonado que nunca se encontró un culpable.

III

Alguna vez pensó en arrancarse sus inútiles piernas, pero lo hacía por pensar algo en los tiempos de desocupación. Primero vivió en el rancho del cabecilla de lo que era una aldea y luego le hicieron una casita cálida que se ganó a punta de sabios consejos y de cariño hacia todas las personas. Allí se acostumbró a que las jovencitas más bellas le atendieran y les pagaba convirtiéndolas en sabias creyentes y en excelentes personas. Y entonces el cabecilla del grupo que eran y que le había mantenido en su casa, dejó claro que sería don Clodomiro el que tomaría las decisiones cuando él se extinguiese. Y por ello cuando la muerte lo abrazó, el sacerdote convenció a todos de que se debía conocer el pueblo en el exterior y mandó a hacer un trillo que conectara con el pueblo más cercano. Y así se hizo y gracias a ello llegaron objetos tan útiles como clavos, cuerdas, telas, hamacas nuevas, escobas y un sinfín de avances que si bien nunca pensaron ocupar, hicieron las cosas más sencillas. Y aquel lugar que no se sabía que era, se convirtió en un pequeño pueblito.

La siguiente gran decisión de don Clodomiro fue la construcción de un templo en lo alto de un campo verde para agradar a Dios y terminar de encaminar a los lugareños en la religión. No obstante, al principio le fue difícil convencer a las personas porque nadie entendía la utilidad de una casa enorme que solo se iba a utilizar unas cuantas veces al mes.

Los convenció a punta de oraciones y esa era la única manera en que podía hacerlo. Después mandó a traer trabajadores: albañiles, carpinteros y al final, hasta un relojero que terminó quedándose a vivir en el pueblo para apreciar todos los días su mayor obra de arte que decoraba la alta torre principal y marcaba con precisión segundo a segundo de una manera misteriosa, pues no había que jalar palancas ni había poleas que se movieran o movieran los pocos engranajes que por dentro parecía tener el moderno reloj.

Tardaron años en la construcción en los que don Clodomiro dudó si podría mantenerse vivo para dar la misa inaugural del templo. Pero llegó a hacerlo un dos de enero a las cuatro de la tarde. Cinco hombres lo levantaron de la hamaca en su casa que casi estaba pegada a su piel y lo llevaron hasta el altar para que enseñara cómo era aquel evento tan extraño de adorar a Dios en grupo. Todas las personas se reunieron y ni aun así el templo terminó de llenarse. El relojero también asistió y fue el único que sabía las oraciones de memoria y por ello recibió más admiración que por su arte de crear objetos que medían el tiempo.

No obstante, fue un fracaso porque nadie entendió aquello de hablar en general de los temas y no volvieron a realizarse misas no solo porque la gente quería consejos adaptados a sus situaciones particulares sino porque don Clodomiro se dio cuenta que ya no sabía cómo hablar de Dios si no era dentro de las cuatro paredes de su chocita. De manera que el templo quedó por dos décadas como reloj y lujo comunitario.

Eso hasta que llegó un nuevo sacerdote un mes después de la muerte de don Clodomiro. Fue terrible el día de su fallecimiento le lloraron incluso los perros y el único gato que había, traído por uno de los carpinteros por los años de la construcción, arañó tanto la puerta de la casa de Don Clodomiro que se le gastaron las uñas y luego le crecieron con el gancho hacia arriba. Durante un período desconocido, pues no hay quien lo corrobore, a los niños se les ponía como segundo nombre Clodomiro en un intento de que los infantes tuvieran al menos una gota de la santidad del querido sacerdote y santo, como se lo declaraba toda persona que llegó a conocerlo.

Lo más raro de su muerte no fue que ese día el sol parecía azul y se confundía en el cielo, sino que el reloj del templo comenzó a marcar mal los minutos y a saltarse las horas. Y como todos se habían acostumbrado a guiarse por él, hubo un descontrol de eventos que se solucionaron solo cuando las anomalías del mecanismo que el relojero se negó, incluso con amenazas, a arreglar, se controló caminando perfectamente, pero en el sentido contrario. Así que las personas tuvieron que aprenderse las horas al revés.

Quien tuvo el honor de verle dar el último suspiro fue una jovencita devota y bella llamada Mascrina. Ella le leía pasajes de la biblia y le atendía la mayor parte del tiempo con respeto militar. Para Mascrina el sacerdote era un trozo de santidad caído del cielo y tan creyente era de todo lo que la biblia decía que comenzó a confundirse y llamaba mesías a don Clodomiro. Alguna vez se le escapó el pensamiento de que fue el inválido sacerdote quien escribió la biblia misma y que si le decía que le leyera algunas palabras era para recordar lo que ya había pensado en una época en la que la sabiduría le brotaba de la cabeza como mata de mala hierba.

IV

Era Mascrina la que se encargaba de mantener el templo limpio y, mientras lo hacía, en la puerta se abarrotaban jovencitos y algunos adultos, porque la muchacha cada día se ponía más bonita y todos querían tenerla al lado con la confianza que le tenía don Clodomiro. Sin embargo, fue un joven poco agraciado el que logró enamorarla. Se trató del jardinero que mantenía como un cuadro artístico los alrededores del templo y los patios de la casa del sacerdote. Plantaba flores y siempre Mascrina pudo mantener un florero repleto con flores de diferente color. Y plantaba el muchacho también unos árboles que crecían dos metros en dos días y al tercero, echaban unos frutos tan deliciosos que hasta don Clodomiro mantenía una admiración secreta hacia las maravillas de la jardinería.

Un día mientras Mascrina limpiaba las ventanas del templo el jovencito se animó a confesarle su amor y ella casi se cae de donde estaba subida porque había esperado aquel momento tantos días que no creyó estar en otro lugar que en un sueño. Ella también sentía lo mismo, pero no le recibió el beso en los labios y en cambio le estiró cuidadosamente la mano para que él la besara y todo quedara así en firme. A los días, ya no aguantaban las ganas de besarse en la boca y le pidieron a don Clodomiro que realizara el matrimonio lo antes posible.

Los que vieron al jovencito a los ojos por aquellos días observaron un deseo de quitarle la ropa a su amada como quien, en lugar de quitar pétalo a pétalo de una flor, los machuca, los jala, los aprieta y termina destruyendo la belleza. Don Clodomiro estaba de acuerdo con aquella fantasía juvenil pero nunca tuvo tiempo de unirlos y una tarde, sin haberlo hecho, se le ocurrió morirse.

No solo los dejó separados, sino que algo cambió en Mascrina y como decisión fundida en ella, le dijo al joven jardinero que no se iba a casar si don Clodomiro no revivía y le daba la bendición que ella deseaba. Y como aquello era imposible, lo que decidió más bien fue mantenerse como Dios la formó hasta que la muerte la llevará al lado de su mesías.

Cometió el error de decirle esto a su querido cuando estaban a solas y él se enojó tanto y entró en una desesperación tal, que desarrolló una locura extraña y en el desenfreno de sus pensamientos agarró por la fuerza a Mascrina y la violó con tal disgusto por la vida que luego de dejarla tirada se subió a uno de los árboles que había sembrado y usando su pantalón de cuerda se guindó por el cuello y después nadie quiso bajar su cadáver por la monstruosidad de sus últimos actos y allí se pudrió en dos días igual que como crecían sus árboles y a la tercera mañana solo quedaban sus huesos.

Ocho meses y tres semanas después nació un infante deforme que nadie quería ver porque su mirada era la de un demonio. Y este pequeño le trajo tanto llanto y sufrimiento a Mascrina que un día la vieron hablando sola ya por la locura desarrollada y otro día salió a la calle sin ninguna prenda. Y después dejaba al niño varios días sin comer mientras se iba quien sabe dónde. Hasta que ya no pudo más y echó un poco de combustible en el piso de su casa y prendió un fósforo que hizo al tiempo de disparo suicida y homicida pues también se fue con ella el demonio que había parido.

Sus cenizas fueron tiradas, quizá en una mala decisión, al rio y después de eso a los niños se les prohibió bañarse allí porque era un pensamiento general el que en el agua vivía el fantasma del suicidio y si llegaba a meterse al cuerpo no había forma de evitar el desastre de despreciar la vida.

Cierto día llegó al pueblo un sacerdote pálido y larguirucho que carecía del talento necesario para hacer olvidar a don Clodomiro Delencanto, y de esto se dio cuenta casi al instante y tuvo que comenzar a pedir limosna como un vagabundo para comprarse alimentos y si le daban algunas monedas era porque prometía mantener en buen estado el templo y traer a un relojero experto que había conocido en la juventud para que arreglara aquel reloj de la torre principal que aún marcaba la hora al revés.

Tuvo más suerte cuando comenzó a usar la cabeza y agarró la idea del monumento para el difunto sacerdote. Y la promocionó como si él la hubiera tenido por ser tocado por un ángel. Y así dejó de mendigar y empezó a planear una obra en piedra de una dimensión planetaria que estuviera acorde al

139

cariño que todos mantenían por don Clodomiro. Y entre más hablaba de lo bueno que había hecho su compañero de oficio, aunque se lo inventara todo, más fácil soltaban billetes, anillos y gargantillas de plata y de oro para contratar un escultor tan fino que sus creaciones necesitaran solo de un toque celestial para cobrar vida.

V

La idea de cómo debía ser el monumento salió de la cabeza de Maximiliano, un dibujante que plasmó detalle a detalle las decoraciones, de forma que casi con solo ver el dibujo cualquiera hubiera podido esculpir la piedra y creado una obra de belleza máxima. Tal dibujo le llevó dos meses completar y entonces luego, cuando quiso dibujar otras maravillas, se dio cuenta que la imaginación se le había secado. Y no pudo mantenerse de su arte a pesar de seguir dibujando casi a diario por las noches luego de jornadas completas de jardinería.

Eso hasta que en unos de sus dibujos apareció un potrillo negro con una mancha blanca en la cabeza del que todos se burlaron porque había que esforzarse para no confundirlo con una cabra desnutrida. Lo sorprendente fue que horas más tarde una yegua parió un potrillo negro raquítico con una mancha blanca en la cabeza. Desde allí los dibujos se le comenzaron a vender tan rápido que al final los dejaba y vendía a medio terminar con un precio cada vez mayor. Dibujo tanto por aquellos días que los músculos de su brazo derecho aumentaron el doble de su tamaño.

Meses más tarde el potrillo que lo hizo conocido se perdió y el dueño le pagó por adelantado para que dibujara el lugar en donde se encontraba el animal. Maximiliano sin alardear tomó un crayón e hizo cuatro dibujos en el suelo: primero dibujó al potrillo cerca del río. Y mandaron de inmediato a buscarlo allí. Nadie se tomó la molestia de apreciar que en el dibujo la mancha blanca le cubría ahora media cabeza. El segundo dibujo lo mostraba junto a un árbol torcido y ahora si notaron que en el dibujo el potrillo tenía medio cuerpo blanco y medio negro. Tan pronto terminó hizo el siguiente dibujo de animal galopando por campos enormes con todo el cuerpo blanco a excepción de una mancha negra en la cabeza. Y el último dibujo lo mostró detrás del templo. Y allí lo encontró el dueño ni blanco con una mancha negra, ni negro con una mancha blanca sino del color de las yemas de los huevos y sin mancha alguna. Maximiliano se ganó una reputación de vidente comprobado y nunca en sus noventa años de vida le faltó clientes para sus dibujos.

Con las décadas su técnica fue mejorando y se podía adivinar de una ojeada quién era la persona a la que había dibujado. Entonces cierto día el sacerdote larguirucho empezó, sin motivo aparente, a comprarle todas las obras nuevas. Según decía, su impulso era provocado porque se dio cuenta que el dibujante era un artista sin igual. Y le creyeron su cuento hasta que resultó lo inevitable: se quedó sin dinero y ya no le pudo pagar el último cuadro de una seguidilla de obras en las que el sacerdote mostraba actos de tan baja nobleza con una niñita, que se rumoró como una bomba cuanta idea pedófila concibe la imaginación y el chisme agrandó lo que no se había confirmado, ni nunca se confirmó, no obstante, el sacerdote no volvió a ser bien visto.

Vinieron a su vida el hambre y la miseria en forma de rechazos silenciosos y le hizo un esqueleto andante del que nadie quería saber nada. Cierta tarde alguien lo vio mandar una carta: era una petición para que le mandaran un reemplazo lo antes posible. Y alguien también lo vio recibir la respuesta y observó la desesperanza en el rostro del escuálido sacerdote al enterarse que ni siquiera lo recordaban y le pedían que dejara, si se trataba de una broma, de incomodar a los buenos servidores de Dios.

Se sentó en una de las bancas del templo a esperar la muerte y como castigo, comenzó a engordar y ya no tuvo hambre ni sed ni vida, porque se transformó en una bola de carne que estalló cuando quiso levantarse como una sandía explota al chocar contra el suelo. Los que sintieron satisfacción de este hecho, con alegría, limpiaron el desastre que llegó a pegarse hasta en el cielo y apestaban tan horrible, que había que ir con el estómago vacío para no expulsar los alimentos.

Como decía la carta de respuesta, en el exterior no se sabía que en aquel pueblo se necesitara un sacerdote y no hubo jamás reemplazo, así que quienes recordaban alguna oración dicha por don Clodomiro, la repetía cien veces al frente del templo los domingos y luego todos se persignaban y se marchaban alegres porque, según creían, aquellas eran las palabras de Dios.

Y a pesar de que los más jóvenes no lo conocieron, incluso ellos, por influencia de sus padres, demostraban tanta devoción a su santo local, que las veces que Maximiliano dibujó a don Clodomiro en su hamaca con una paloma en la mano derecha y la biblia abierta en posición de lectura, en la izquierda. Se peleaban para comprar la obra y entre más caro cobrara el dibujante más alegría experimentaba el adquisidor, que colgaba la nueva imagen sobre su cama para tener buen descanso y poder rezarle todas las noches, dándole gracias y pidiéndole cuanta tontería puede pedir una persona.

VI

Aún con tanto éxito, Maximiliano se fue del pueblo al cumplir cincuenta años porque quería dibujar el mundo que no conocía, dejando a su esposa y sus dos hijos atrás. Alguien lo vio la madrugada que se fue cogiendo una naranja para el viaje.

Su primer hijo era al que más quería y resultaba tener un estilo tan femenino que las muchachitas a su lado parecían torpes varones. Lo único que le prohibió su padre fue dejarse el cabello largo, pero no lo detuvo en el gusto por la danza y el niño movía las caderas hasta con el canto de los pájaros. Además, disfrutaba de las bombas de jabón, así que Maximiliano tenía una bambú para soplar cientos de bombas cuando no estaba dibujando o enseñándole misteriosas artes a su segundo hijo. Como Milo, que así le decía y se llamaba Emilio, era su favorito, le dolió tanto cuando una carreta lo majó por la cadera que se fue a pelear con los bueyes que de ella jalaban y los animales le pegaron una revolcada tal que se le bajó el enojo y regresó con tristeza para ver como con los días los huesos de su hijo se le pegaban de una forma que ya después no pudo bailar. Y el cambio también afectó su peculiar estilo y terminó años más tarde siendo un esposo tan masculino que incluso confundió esto con un machismo penetrado y su mujer tuvo la desgracia de parecer siempre una esclava.

El segundo hijo se llamaba Videntino, nació sin pupilas y no conoció cómo era ver las cosas. Fue, sin embargo, el mayor seguidor del arte de su padre y quien heredó el don de la clarividencia. Era tan buen vidente que sabía lo que su padre había dibujado o dibujaría en los próximos días. No obstante, se le prohibió mencionar el futuro para no estropear el placer a nadie de elegir qué cosas hacer. Videntino Clodomiro recibió desde siempre y a momentos esporádicos guías para mejorar sus dotes predictivos y antes de la adolescencia, veía con claridad cada piedra en el suelo sin necesidad de usar los ojos. Y caminaba por el pueblo saludando con diez minutos de anticipación a las personas que se toparía y respondía con tanta antelación que ya no hacía falta ni siquiera hacerle las preguntas.

Un día tuvo la curiosidad de entrar al templo por la época en la que el sacerdote escuálido esperaba respuesta a su carta. Y no se sabe que escuchó o que le hizo ese hombre, pero Videntino salió con una biblia bajo el brazo. Y ese mismo día comenzó a leerla viendo las letras con la mente y se grabó en pocos meses hasta el último versículo en la memoria, volviéndose el más sabio de los hombres que solo fue superado, años después, por Victorio el vagabundo.

Llegó con mucho retumbo la fecha del nacimiento de don Clodomiro y el más entusiasta organizador de cosas, llamado Alexandro, promovió la idea de hacer una fiesta sin fecha de término en honor al queridísimo recuerdo del inválido sacerdote. Y todos aplaudieron la iniciativa.

Desde el primer día de fiesta se reventaron tres bombas en la madrugada para animar a todos a no dormir y seguir cantando, y tomando un guaro de contrabando que con solo el olor era suficiente para embriagar de una forma desorientadora. Las parejas se confundían y todos los días de aquel fiestón los hombres amanecieron en una cama diferente, con mujeres que despertaban vestidas con prendas de otras mujeres. No obstante, en la embriaguez aquello no importaba y al sonar las bombas por las mañanas se reunían todos y brindaban con el guaro que nunca escaseó.

La fiesta duró siete semanas hasta que quien reventaba las bombas tuvo un accidente con una de ellas y le explotó en el brazo. Murió desangrado y despertó a todos del trance festivo. Después de ello se mantuvo algún tiempo la costumbre de fornicar con cualquiera. Hasta que todos los órganos se choyaron tanto entre sí, que ya nadie quiso saber de sexo y orgasmos.

En esas siete semanas nadie se acordó de los niños, ni se preocupaban por si comían o se enfermaban. Y solo días después se dieron cuenta que Federico, un niño moreno, se había extraviado. Y empezó la búsqueda en la que Videntino no quiso ayudar con su clarividencia, porque ese niño le había molestado por torcer los ojos cuando pensaba.

VII

Se supo que el último sitio en donde fue visto comiendo un elote entero fue trepado en un árbol de manzana tan alto que pinchaba de cuando en cuando las nubes. Dos personas se ofrecieron a trepar para ver si Federiquito aún no había bajado. Las primeras ramas fueron las más difíciles de alcanzar y luego siguieron subiendo hasta perderse de vista, a las dos horas descansaron un poco y comieron manzanas que tenía aquel árbol de sobra y todas tan maduras que en vez de rojas tenían un color morado. Siguieron subiendo más y más y a los dos días los hombres aún no habían llegado a la cima y ya estaban tan débiles que decidieron bajar. El descenso fue más rápido y al llegar al suelo se encontraron con que la madre del niño era la única que los esperaba. Y se puso a temblar al no ver a su hijo.

Encontraron luego un elote a medio comer afuera del pueblo y siguieron un rastro imaginario que les hizo perder otros tres días y al cuarto día Alexandro llegó gritando de alegría a donde descansaba el grupo de buscadores porque creía haber encontrado al niño. Y en efecto a algún niño había encontrado, pero no era Federiquito porque este otro tenía un colmillo torcido que se le salía de la boca y era mucho más grueso, alto y pálido. Como nadie quiso recibir al extraño pequeño, Alexandro, ya cansado de no dormir, tomó la decisión de dejarlo en donde lo había encontrado y así lo hizo. Sabrá Dios quién era y para dónde se habrá ido ese pequeño.

Con más de ocho semanas de mal dormir, las personas que aún buscaban a Federiquito caminaban con los ojos cerrados y abrazaban árboles y piedras y comenzaban a gritar en dialecto incomprensible para que los otros vinieran a ver al niño que había aparecido. Y los otros, también en un estado de sonambulismo, venían despacio y abrazaban las rocas y los árboles y comenzaban a gritar como locos también, hasta que su escándalo los despertaba y se daban cuenta que Federiquito seguía perdido. Agarraban allí otras direcciones de búsqueda y al rato volvían a dormirse mientras caminaban y a abrazar árboles y rocas y a gritar como si les hubieran bajado los huevos. Se repitió tantas veces que al final alguno recomendó dejar de buscar y todos estuvieron de acuerdo.

Recurrió la madre a los dibujos de Maximiliano para saber qué había sucedido con su hijo, pero este se disculpó porque según creía Videntino había absorbido todo su talento adivinatorio y ya no le quedaban más que simples dibujos.

Videntino fue notificado entonces de que debía colaborar porque si no le iban a prohibir predicar la palabra de Dios en el pueblo. No quiso a la primera, pero tuvo una semana seguida el sueño de que se ahogaba en el río y con cada sueño notaba más detalles, hasta que al final con una seguridad infinita agarró su bastón y señaló hacia el oeste. Alexandro, que organizaba a las personas como nadie, caminó en esa dirección quitando ramas, postes y troncos caídos en una línea recta hasta que llegó a una playita de arena negra que el río rodeaba y encontró los zapatos y la ropa de Federiquito puesta en posición de espera como si el niño hubiera decidido darse un baño. Tan cansados y felices de encontrar aquello estaban que declararon sin estar seguros que Federiquito se había ahogado y que estaba en el fondo del agua.

Por fin todos se fueron a dormir en paz, a excepción de la madre que se encerró a llorar en su casa y formó con las lágrimas una poza tan profunda que también se ahogó ella de pena sin mover las manos para salvarse.

Con muertes tan seguidas ya no se le prestó atención a los cadáveres y el sepulturero renunció a su labor después de cavar un hueco en la tierra tan profundo que no volvieron a ser falta sus servicios y no se ocupó nunca de más huecos para los muertos. Incluso allí se fue Nector Martín muchos años después cuando se drogó con unas hierbas moradas y saltó dentro del hueco sin que luego se supiera de él ni a nadie le importó porque todos en esa época estaban ocupados volviéndose ricos.

VIII

La plaga de vagabundos inició con Victorio porque se cansó tanto de trabajar desde niño que a la edad de quince años ya no tenía ganas de seguir haciendo esto o aquello para ganarse el sustento y se dejó llevar por la vagabundería como quien se duerme en una hamaca, aunque más bien él se durmió en una esquina bastante transitada y nadie lo hacía moverse de allí, ni siquiera el hambre y ya nada le impidió dormir todo el día y meditar por las noches.

Alexandro fue quien se preocupó más por la mala imagen que daba la presencia de un vagabundo y entonces impulsó la norma de que quien no trabajase se le obligaría a hacer cualquier labor de bien para el pueblo. Pronto se dieron cuenta que había muchos que ya no trabajaban, por la edad o algún impedimento, entonces se modificó la norma para penalizar con trabajo no remunerado para quien se viera durmiendo en el día.

En teoría el problema estaba resuelto, pero Victorio no trabajó ni obligado. Y decía que si llegaba a hacerlo se podía enfermar de una manera incontrolable. Con todo, se cansó de ser interrumpido en su descanso y agarró la costumbre de leer desde que algún lector de buen gusto, que nadie conoció pues en el pueblo casi no había lectores y menos libros, le regaló un libro que narraba una luchas tan espectaculares que ya no se le vio durmiendo nunca sino que se sentaba bajo unos árboles de ramas tupidas a leer libros que las buenas personas le regalaban con la condición de que se bañara y comiera alguna cosa de cuando en cuando, para sacarlo del esqueletismo y la peste de cuerpo.

Y así comenzó no a leer sino a tragar textos. Primero fueron novelas pues eran las que mayor gusto le daban hasta que se dio cuenta que ya se sabía todas las tramas posibles y no valía la pena leer otro libro que solo se diferenciaba de los que ya había leído en los nombres de los personajes. Así que comenzó a preferir los libros de filosofía y también al tiempo se los tragó todos hasta que entendió que ningún filósofo sabe de lo que habla y si explica alguna cosa es para esconder este hecho con palabras y palabras que no dicen nada diciendo y diciendo. Luego leyó sobre historia, desde el inicio de la escritura misma hasta lo que no había sucedido y ya estaba escrito. Siguió con ciencia, política y economía y manuales de toda clase, entre ellos de carpintería, herrería y hasta cocina y costura. Se leyó tantos libros que ya no se sabía de donde conseguir libros nuevos para que no volviera a dormirse en la esquina como un verdadero vagabundo. Y fueron tantos los libros que se fueron acumulando en diferentes sitios hasta que ya no sabía nadie donde poner más y se tomó la decisión de hacer una biblioteca, que fue la primera biblioteca en toda la provincia.

No se construyó sin embargo ningún edificio nuevo, sino que el templo fue remodelado y se colocaron estantes desde el suelo hasta los techos y había que trepar en escaleras para tomar, por ejemplo, los textos eróticos o escritos en otros idiomas. Y terminado el trabajo, a Victorio el sabio vagabundo se le asignó el puesto de bibliotecario. Y luego siempre se miró detrás de su escritorio meditando cuando no llegaba alguna persona con una duda que creía incontestable y que Victorio respondió con frases tan sencillas que incluso los más idiotas entendían el significado de sus enseñanzas.

Era, en el pueblo, frecuente preguntarse si era más sabio Victorio o Videntino. Y al ciego le dolían los testículos por tantas veces que se lo preguntaron mientras caminaba y por ello un día se fue al templo, que era biblioteca, y comenzó a conversar con el bibliotecario vagabundo. Le dijo cuanta cosa viene plasmada en la biblia y duraron hablando mes y medio sin pausa ni para orinar. Y de poco le fueron realmente inflando los testículos a Videntino cuando no sabía cómo responder a las frases de Victorio, quien parecía con pereza de hablar con una persona tan de bajo nivel intelectual y que tenía que acreditar a fuerzas sobrenaturales los asuntos que no llegaba a comprender.

El último día tuvieron que sacar a Videntino por la fuerza porque gritaba en vez de hablar y ya no sabía ni siquiera qué era lo que estaba gritando. Solo quería ser el más sabio y Victorio dejó que así lo calificaran para poder seguir meditando en paz. Todos sabían sin embargo la verdad y acudían, cuando les surgía una duda profunda, a la biblioteca de Victorio, el hombre que pasó meditando toda su vida, hasta que alcanzó un nivel tan de fuera de este mundo que tuvo que matarse él mismo para seguir meditando lo que aquí no podía.

IX

Un día entre esos llegó montado en un caballo magnífico y colorado el profesor Rafael, quien no dejó, mientras vivió en el pueblo, que le dijeran su vocación separada de su nombre. Se le notó desde el primer saludo, con dinero suficiente para comprar todas las riquezas del pueblo con solo una pizca de su capital y por ello Alexandro y todos los demás, le trataron con un cuidado de admiración y sus palabras fueron leyes universales. Pronto se hizo de un terreno en un cerro ventoso y allí construyó una mansión de las que sueñan hasta los hombres ostentosos.

Pero nunca enseñó a nadie, sino que se ocupaba en mandar, todos los días, al menos quince cartas y recibir otras tantas provenientes de todas las regiones conocidas. Pasaba tan ocupado escribiendo que quien se animaba a espiarle por la ventana, era incapaz de interrumpir el tecleo en la máquina de escribir. Y ese hombre escribió más que lo que lo hicieron los fracasados novelistas que brotaron en el

pueblo en alguna época de general entusiasmo
literario

A los años de su llegada y cuando se creía que
nadie lo iba a mover de su máquina de escribir, el
profesor Rafael recibió una carta que le levantó los
pelos de las manos y le hizo asustarse de tal modo
que alistó cuanto antes todas sus cosas y se fue del
pueblo tan de repente y hacia un lugar tan
desconocido como el que de donde había llegado. Y
allí quedó su casa abandonada y llenándose de
suciedad hasta que Alexandro a los meses decidió,
por presiones vecinales, hacer una votación para
encontrarle nuevo dueño a la mansión o al menos
alguien que le cuidara mientras aparecía de nuevo el
profesor Rafael.

La votación se hizo un sábado y casi todos votaron
por si mismo, pero quienes no lo hicieron dejaron
con igual cantidad de votos al zapatero llamado
Salientro; y al mudo, Gregorio. Entonces se acordó
una segunda votación entre los dos finalistas.

Y fue el mudo quien primero actuó para buscar
votos, les dijo a todos que si necesitaban alguna cosa
o incluso mandar un simple recado tocaran una
campanita, de las que fue repartiendo de casa en
casa, y entonces él iría corriendo a hacer cuanto le
pidieran. Y todos aceptaron su ayuda entre otras
cosas, porque era un sujeto tan humilde de alma que
se dejaba querer con las palabras que nunca decía.

La estrategia del zapatero fue un poco diferente y a
más largo plazo: comenzó a arreglar los zapatos sin
cobrar y de paso en secreto les quitaba media talla
de medida de modo que fuera casi imperceptible el

cambio. Al tiempo las personas comenzaron a quejarse de dolor de pies y entonces le traían los zapatos a Salientro para que hiciera alguna magia de zapatero y arreglara lo que él mismo había estropeado. Y Salientro prometía arreglar el problema con todo gusto a cambio de que solo prometieran votar por él.

La segunda votación llegó mucho después de lo planeado porque primero los perdedores debían aceptar que habían perdido y eso llevó mucho tiempo y decenas de veces de reconteo de votos. No obstante, llegó el día y aquello se hizo de manera tan pareja que ambos candidatos recibieron otra vez la misma cantidad de votos.

Solo faltaba el voto de Salientro y Gregorio, y pasó lo impensable: el mudo le dejó la victoria a su rival a cambio de que este le arreglara los zapatos, porque de tanto correr de casa en casa se le habían molido los pies y ya no deseaba otra cosa que un buen par de zapatos, incluso los deseaba más que la mansión del profesor Rafael. Y así Salientro salió vencedor y quienes votaron por Gregorio le agarraron tanto enojo a su candidato que casi lo quemaron vivo con la mirada durante varios meses.

Y las cartas para el profesor Rafael siguieron llegando y fueron recibidas por el nuevo habitante de la gran casa. Primero las dejó que se acumularan, hasta que le entró curiosidad de ver que era lo que decían y al abrir un sobre casi se desmaya de encontrar un rollo de billetes. Y así o más cantidad tenían los otros sobres, que le hicieron el hombre más adinerado del pueblo a los pocos días. Comenzó a guardar los billetes primero en una caja y luego en las gavetas de su cama. Pero eran tantas las cartas y tantos los billetes que comenzó a llenar sacos y a enterrarlos en el patio. Y luego el patio le quedó pequeño y fue enterrando dinero por todo el pueblo y casi se le consumía la vida en hacer esto todas las noches. Hasta que se enamoró de una mujer bastante regordeta y comenzó a comprarle cuanto regalo pudo.

Tales acontecimientos no fueron pasados por alto y menos por Gregorio, que parecía haberse avispado desde su desastrosa decisión y comenzó a perseguir a Salientro por las noches y a desenterrar los sacos de billetes y enterrarlos en lugares más lejanos y secretos que nadie descubrió hasta que dio con ellos el nieto de Prudencia, mucho después.

Así sucedió hasta que dejaron de llegar las cartas y Salientro el zapatero tuvo que gastar el dinero que tenía en su casa y luego el que tenía en su patio porque la mujer que quería no aceptaba un solo beso de su boca si no era comprado con oro y diamantes. No obstante, cuando se le acabó este dinero y fue a buscar el que tenía enterrado en otros lugares ya no pudo encontrarlos y en su desesperación hizo huecos tan profundos que rasgaban el centro de la tierra.

Al darse cuenta que su pretendiente ya no era el mismo, la mujer agarró sus cosas y se fue. Y el zapatero, aún viviendo en la mansión descomunal, se sintió tan pobre y fracasado que no volvió a sonreír y por las noches lloraba desconsolado sin saber qué había sucedido con su suerte.

Fin del Fragmento

Segunda opción

1

La serenidad de aquella noche hacía pensar hasta a los más clarividentes que nada nuevo ocurriría en aquel olvidado pueblo. Las desiertas calles, la brisa ilusoriamente fría, el tiritante alumbrado público y, lejano, el sonido del mar. Todo detestablemente igual. Pero entonces ocurrió algo: una flor apareció en la esquina noreste del mercado. Blanca, alta, bella. Y, seguramente, consciente de su perfección y el de su aroma. Los pocos que le vieron sintieron inmensas ganas de llevarla consigo y le recordaron antes de dormir durante muchos días.

Tres hombres, como miles de ellos se consiguen, salieron de un bar dominados por el alcohol y subieron a un auto viejo. Uno tarareaba sin ritmo, otro buscaba cigarrillos en sus bolsas y el último, el conductor, introdujo la llave en la ranura bajo el volante y la giró sin obtener ningún resultado. Miró a los otros e hizo un nuevo intento, esta vez sonó un golpe en el motor. Lanzó una maldición y al tercer intento el auto arrancó. Los tres rieron. El otro encendió el cigarrillo. El conductor se lo quitó de la mano, fumó y luego lo arrojó por la ventana.

Avanzaron y doblaron a la derecha, luego a la izquierda y siguieron recto hasta que algo les llamó la atención. Detuvieron el auto. El conductor sacó la cabeza por la ventana y lanzó un piropo mediocre a una muchachita que dejaba pasar el tiempo parada en la esquina noreste del mercado. Ella le sonrió.

—Nos caería bien un poco de compañía—dijo el hombre.

—Si tienes con que pagarla—recibió de respuesta.

El conductor metió la mano en la bolsa de su pantalón y sacó un rollo de billetes. Los mostró y ella sonrió aún más. Hablaron alguna otra cosa y luego el que iba atrás pasó a ser el conductor y el conductor se metió junto a la muchachita en los asientos traseros.

Doblaron a la izquierda y siguieron recto.

2

Las inexistentes nubes no mermaban la fuerza del sol. A las once de la mañana un campesino, que había terminado temprano su labor y con un costal al hombro, escogió tomar un atajo y se desvió a la entrada del pueblo por un camino de lastre que pocos recordaban a donde llegaba.

El cansancio le detuvo en una recta interminable y colocó su carga al lado de la calle. Su vejiga reclamaba ser vaciada y se adentró en el pastizal para hacerlo. Sacó su miembro, serenó sus músculos y un chorrillo perfumado empapo los pastos. Fue entonces cuando vio algo tirado. Un perro quizá.

Sacó su machete de la cubierta y abrió camino entre el pastizal. Se acercó con cautela y al final descubrió, no sin sorpresa, dos cuerpos al parecer inertes. Un hombre y una muchachita. Él estaba mutilado; ella, desnuda.

Dos de los tres hombres, salvajes y miserables, la noche anterior habían golpeado y violado a la joven. El tercero de ellos se había negado a participar, pero no por otra cosa que el enojo de no haber sido el primero en penetrarla. Y este disgusto dio inicio a una lucha que terminaría con la muerte del infeliz justo después de haber sufrido la amputación de su masculinidad porque a sus rivales les pareció que no necesitaba aquel instrumento.

Cómo proceder ante tal escena, esa era la interrogante del campesino. Le tomó el pulso a él: estaba, sin más, extinto. Luego a ella y notó con asombro que se encontraba unida a la vida por un débil hilo. Hilo que quizá hubiera sido mejor cortar a tiempo.

3

Abrió los ojos y se encontró en medio de la nada. Una planicie blanca e infinita se extendía en todas direcciones. Arriba el cielo también era blanco, lo sabía, aunque no podía mirarlo.

Comenzó a caminar y en la inmensidad un paso es lo mismo que cien o mil. No avanzaba. Corría a ratos, caminaba mucho tiempo y a veces se detenía. Todo era igual. Agotadoramente igual. Tenía sed, mucha sed.

No sabía cuánto tiempo llevaba en aquel lugar: días, semanas o meses quizá. Un cambio de dirección. Izquierda, mil pasos. Derecha, mil pasos. Era inútil.

Perdida toda esperanza, miró a un lado y distinguió a lo lejos un punto. Diminuto como un grano de arena. Inmediatamente corrió hacía él con desesperación y no se detuvo, aunque quizá pasaron días enteros. El punto aún seguía lejos de ella. No obstante, por fin hubo un cambio: su cuerpo comenzó a pesarle más y dar el siguiente paso resultaba cada vez más difícil.

Comenzó a escuchar voces, aunque no las entendía y un momento después comprendió que estaba dormida. Entonces intentó despertar: gritó, mordió su mano, se arrancó el cabello de su cabeza. Todo fue infecundo.

En un instante, cuando aceptó que allí se quedaría, se tiró al suelo, como no lo había hecho nunca en aquel sitio, y cerró los ojos para descansar. En el momento que se durmió, abrió los ojos y estaba despierta.

Despertó tres meses después de ser encontrada por el campesino y se descubrió embarazada.

4

Más que amor, lo que les mantenía juntos era la capacidad de Martín de dominar y manipular. Era tanta su destreza que luego de treinta y dos años de infeliz matrimonio aún lograba el perdón continuo de doña María, su esposa, con una facilidad ridícula.

No pocas veces él gastaba su dinero en licor, para luego llegar a la casa completamente ebrio. Esos días sacaba a su mujer de la cama y le golpeaba mientras le recordaba lo estúpida que había resultado su vida juntos. Le culpaba, entre otras cosas, de ser incapaz de parirle un solo hijo con vida.

El cariño nunca fue tomado en cuenta. El comienzo de su historia fue simple: un día llegó Martin impecablemente arreglado al hogar de los padres de doña María y pidió que lo atendiera el señor de la casa. Sin más le dijo:

—Quiero casarme con Matilde.

—No será posible, ya está comprometida.

—Si no es Matilde, que sea María—sentenció Martín.

Y así se arregló la boda. Dos meses después ya estaban casados.

Doña María había aceptado la pobreza y la tristeza como parte de su existencia. Sin embargo, buscaba pequeños placeres que dieran valor a su vida. Tenía, por ejemplo, un pequeño invernadero atrás de su casa donde sembraba lechugas y rábanos. A veces vendía unos cuantos, y con el dinero se daba el gusto de comprar polvos para el rostro, a escondidas claro está, porque Martín no se lo permitía.

5

Cierta vez Martín contaba una canción de esas que hasta los niños saben inconscientemente. La cantaba con fuerza y seguridad, pero no se dio cuenta cuando tropezó en la letra y dijo al revés dos versos. Doña María, que estaba en la cocina, esperó que terminara y luego le hizo ver el error cometido de la manera más amable que pudo. Aun así, su esposo se ofendió tanto que se acercó a ella y le dio un manotazo en la cara tan fuerte que le tumbó al suelo.

—El único que me corrige es mi padre. Y ya está muerto—le gritó Martín.

Tomó su camisa y se fue de la casa en busca de la cantina para, según dijo, bajarse la cólera.

En la noche doña María rezó un rosario y se fue a dormir con dolor en el rostro. Había disimulado el moretón con los polvos y algunas cremas.

Poco después llegó su esposo. Se acercó a la cama y habló delicadamente. Venía sobrio y con un ramo de rosas en la mano. No se rebajó a pedir perdón, solo dijo:

—Ya sabes que a veces no hago bien las cosas.

Doña María se levantó, buscó un florero y metió las rosas. Luego ambos se introdujeron a la cama sin decirse nada y durmieron sin pensar en el pasado.

Así era aquella relación. Ella, una víctima que seguía manteniendo la esperanza de que todo cambiaría; y él, un imbécil que tenía la seguridad de que siempre le perdonarían.

6

La mala reputación es una de las peores desgracias. Y era eso lo que poseía la muchachita y lo que le cerró toda puerta, incluso la de la prostitución. No teniendo donde ir o que hacer, se tiró en la acera de una calle, con su pronunciada barriga, y se dejó a la suerte o al destino que algún dios desalmado había escogido para ella. Esquelética, triste y sola. Embarazada contra su voluntad. Señalada por la sociedad. Nunca volvió a ser la misma.

7

Existen en el mundo personas crueles que no ven la maldad de sus actos porque su realidad es distinta. Ese era el caso del hombre que se alojaba arriba de la funeraria.

Al cumplir doce años recibió de regalo un cachorro negro e impulsivo. Era, para él, el amigo que nunca tuvo. Le acompañó hasta los quince cuando decidió sacarlo de paseo. Le quitó la cadena y lo dejó libre. El perro, como descontrolado, corrió hacia la calle en el justo momento que pasaba un coche. La rueda le quebró la cadera y reventó su estómago, sin embargo, no murió. Sus gemidos de dolor se escuchaban quizá a kilómetros de distancia. Más muerto que vivo, el perro se arrastró hasta donde estaba el jovencito y se quedó quieto aguantando el dolor. Entonces el pequeño le acarició por última vez. Miró alrededor, se levantó y tomó una roca grande y pesada. Se acercó a su mascota y le dijo:

—Que la muerte te quite el dolor, amigo.

Y estrelló la roca en la cabeza del animal. Lo mató de inmediato.

Al cumplir veinte años miró que el pueblo era casa de perros errantes, delgados y muertos de hambre. Decidió comprar carne para darles, pero no por lastima o cariño, sino para verter en ella un potente veneno y arreglar, según él, los desperfectos de la sociedad. Al día siguiente aparecieron doce perros muertos.

El asunto, contrario a detenerse, cambió de rumbo y un año después el hombre compró comida, le vertió veneno y se la regaló a dos vagabundos: dos ancianos.

—Que la muerte les quite el dolor.

Fallecieron en pocas horas y el hombre sintió gran placer e infinito alivio. Consideraba que había hecho un gran favor al pueblo.

Ya había olvidado los acontecimientos anteriores cuando, mientras caminaba por allí, miró en una acera tirada a una muchachita. Le horrorizó su estado y era aún peor pues tenía un niño en su vientre. Sintió que era su deber arreglar aquello y no dejar que se multiplicara la desgracia.

El hombre corrió a su apartamento, arriba de la funeraria, preparó comida y vertió en ella el potente veneno. Salió y encontró a la muchachita en el mismo lugar, dormida y en un estado lamentable. Le despertó con cuidado y luego le entregó la comida. Grande fue la sorpresa de ella, pero en el momento que quiso agradecer ya el hombre se había ido. Comió como no lo había hecho en meses.

8

Martín sabía que su esposa lloraba a escondidas y siempre que se enteraba de esto se lamentaba por no haber tenido un hijo. Pensaba, sin ninguna base, que un niño les cambiaría para bien la vida. Sabía además que no era doña María la culpable, la mala, sino su semilla muerta. En su familia era común, aunque no tenía suficiente valentía para admitirlo.

No le gustaba quedarse en casa, incluso cuando no tenía nada que hacer como aquel día, por ello deambulaba por el pueblo. En eso se topó con un grupito de personas en la calle.

—¿Qué pasa aquí?

—Véalo usted mismo—le respondió una señora.

Apartó a dos personas y se encontró con una muchachita sucumbida sobre la sangre fresca que había vomitado un instante antes de morir.

Fue entonces cuando le vio el estómago inflado.

—¿Estaba embarazada?—gritó.

—Que nos importa—le respondieron algunos.

Pero a él le importaba. Tenía siete meses de embarazo. Se arrodilló y movió el cuerpo poniéndolo boca arriba. Sacó su navaja del bolsillo y le abrió el estómago a la muchachita. No sabía dónde estaba exactamente y por ello tuvo que hacerle dos cortes en la piel. Metió las manos, sacó algunas vísceras y luego llegó donde estaba el niño. Hizo otro corte y otro más. Y luego sacó un infante morado y sin vida. No quería ponerlo en la calle. Alguien lo notó y le dio una bolsa vacía.

Entonces, como si fuera una basura, lo tiró dentro y dejó la bolsa a un lado. Se levantó con las manos ensangrentadas.

—Mejor que esté muerto, así no habrá un miserable más en el pueblo—señaló uno de los que miraban. Era ese el hombre que vivía arriba de la funeraria.

Martín ya iba a largarse de aquel sitio, pero entonces sucedió algo increíble: el niño, dentro de la bolsa, comenzó a llorar.

—¡Es un milagro!—gritaron algunos.

Sin embargo, después de la sorpresa vino la duda:

—¿Y ahora qué hacemos?—preguntó alguien.

—Llevémoslo al templo—se escuchó decir.

Martín seguía al lado de la muchacha, al frente de la bolsa.

—Majaderías. Yo lo saqué y por eso es mío—gritó.

No dio tiempo de comentarios. Cogió la bolsa con el niño, se la echó al hombro y se fue camino a su casa.

9

Desde lejos doña María pudo escuchar el trotecito rápido de un caballo. Se asomó por la ventana y vio que se acercaba Rómulo Varela sobre una yegua blanca. «Esto solo significa una cosa—pensó—: problemas». Se quitó el delantal y salió de la casa. El hombre terminó de llegar.

—Buenos días doña María. Es un gusto volver a verla.

—Quisiera decir lo mismo don Rómulo—respondió ella. Cruzó los brazos y preguntó —¿Y ahora cuánto le debemos?

Fue la costumbre quien inspiró tal pregunta. Martín resultaba, además de todo, jugador de cartas y, frecuentemente, perdedor de apuestas. Quizá por ello el señor Varela se carcajeó. Luego cogió una bolsa que colgaba de la montura y dijo:

—Al contrario, doña María, hoy vengo a pagarles. La suerte estuvo ayer al lado de su marido.

Extendió la bolsa y la mujer la tomó. Vio el interior: eran billetes. Nunca había visto tanto dinero.

—Bueno, que los aproveche—dijo el hombre. Dio la vuelta, espoleó la yegua y se marchó por donde había llegado.

Gran rato meditó doña María y llegó a la conclusión que su esposo había estado al borde de perder algo más que su reloj, pero no se imaginaba que cosa le quedaba de valor.

A lo lejos Rómulo Varela volvió a ver hacia atrás y dijo:

—Por una maldita reina—había cierto rencor en su voz.

Escupió y siguió cabalgando a paso lento. Estaba seguro de que pronto recuperaría su dinero.

10

Martín miraba como dormía el niño y no lograba encontrar el sentimiento que deseaba experimentar. Pensaba, amargamente, que su corazón quizá era incapaz de sentir amor, pues sabía, y ya no podía mentir, que nunca querría a esa criatura. No era un hijo verdadero, era más bien como un perro recogido de la calle. Dos días habían alcanzado para desengañarse y ahora quería, sin suavizar sus anhelos, tirarlo a la calle para que muriera igual que su madre.

La primera noche no le había dejado dormir, a pesar de los esfuerzos de doña María, no al menos de la manera que deseaba. A media noche tomó una chaqueta gruesa, cansado del llanto, salió de la casa y se fue a dormir en la hamaca que colgaba entre dos árboles de laurel de la india que se levantaban a las orillas de la propiedad.

La segunda noche durmió como no lo había hecho en semanas aunque el llanto fue tal vez peor que la noche anterior. Y no en la hamaca sino en la casa, en la habitación que compartía con doña María, a escasos metros del niño. El secreto: había llegado con una botella de licor barato que bebió en su totalidad antes de acostarse.

—A ver si hoy me desvela ese animal—fue lo que dijo.

Botar al pequeño y entre más largo y aprisa mejor. Sin embargo, había un inconveniente: doña María había desarrollado un cariño inimaginable por la criatura y le trataba con un cuidado de santidad que incluso hacía dudar a Martín si fue él quien lo llevó o ella quien lo parió.

11

Comenzó la construcción de un corral a las tres semanas de la llegada del niño. Era, más detalladamente, una porqueriza que contendría doce o trece cerdos de buen tamaño. Dos hombres le ayudaban o, más bien, realizaban el trabajo mientras Martín daba órdenes aquí y allá a una velocidad tan impresionante que a veces los peones no sabían si correr a la derecha o la izquierda, o sacar un clavo o clavarlo, o subir o bajar la escalera.

Doña María ya bastante acomodada en el rol de madre y sin tanto descontrol como los primeros días, había preparado café para los trabajadores. No sabría si avaro es la palabra indicada para describir a Martín, pero contó uno a uno los minutos que duraron en el descanso, para luego descontarlos de la paga aunque los hombres reclamaran o sus vidas dependieran de ese dinero.

Había en la mente de la señora una inquietud que no sabía cómo expresar sin recibir algún mal comentario de su esposo. Mientras preparaba el almuerzo repasó varias formas de decirlo y todas le parecían acertadas en el mensaje, pero no en la forma.

Al mediodía llegó Martín a la casa, se quitó los zapatos repletos de barro, cruzó la sala y se fue a sentar en la silla principal de una mesa de madera rectangular y alargada que llevaba veinte años en aquella misma posición.

—Ya nadie trabaja como antes—comentó.

Doña María le escuchó y no dijo nada. Cogió un plato, sirvió los alimentos y luego fue y lo colocó en la mesa, al frente de su esposo.

—Hace años no como carne—se quejó Martín.

12

Antonio fue el nombre de su padre, Antonio José, para ser más preciso y era ese el nombre que doña

María quería para el niño. Ese era su asunto, pero cómo decirlo. No podía simplemente dejarlo salir de su boca: «Le pondré Antonio José». No, ojalá fuera tan fácil. Qué diría Martín:

—Yo lo traje, que no se te olvide—sería seguramente su respuesta.

Se había desabotonado la camisa para almorzar. Doña María se había sentado enfrente suyo, sin comida, y le miraba con atención, cosa que comenzó a incomodar al hombre.

—¿Ya comiste?—preguntó con voz desinteresada.

—No tengo hambre—dijo ella.

Se hizo otra vez el silencio y solo era alterado por el ruido del cucharón de Martín chocando contra la taza. Se conocían tan bien que él, luego de tragarse un bocado con dificultad por el inconveniente de ser observado, dijo:

—Habla de una vez mujer, que vas a hacer que me caiga mal la comida.

Era lo que esperaba doña María, sin embargo, aquello le tomó por sorpresa aunque había repasado lo que diría muchas veces. E ignorando toda planeación expresó así su preocupación:

—Es el único niño que conozco que no tiene nombre.

Dormía el pequeño en ese momento en una cunita que Martín había comprado no por otra cosa que alejarlo de su cama por las noches.

Se hizo otra vez el silencio y luego Martín arregló:

—Ponle mi nombre

—Había pensado en el nombre de mi padre...

Pocas veces ella había intentado imponer sus ideas, pero no deseaba doblar el brazo esta vez aunque fuera a fuerza de súplica disimulada.

No obstante, todo argumento fue ignorado.

—Mi nombre completo. Así tendrá algo de hombre.

Era esa una sentencia. Terminó de comer, se levantó de la silla, cruzó la sala y se fue de la casa a continuar con la construcción de la porqueriza.

Doña María recogió los platos, los lavó, los secó y los guardó en su lugar. Todo mientras pensaba en su debilidad ante su esposo.

13

Los días transcurrieron con enorme monotonía y Martín consideraba una carga a aquel niño que una vez llevó a su casa. No solo tenía que alimentarlo y darle ropa, sino que tenía que educar porque no estaba conforme con las enseñanzas que le daba doña María. Él quería que sirviera para trabajar y que aportara de alguna manera en la casa.

Al año de vida el niño aún no había dicho ni una palabra, pero se comunicaba, de eso doña María estaba segura. Cierto día entro un pajarito por la ventana y se paró en el respaldar de la cuna donde lo podía ver el pequeño. Entonces el infante comenzó a hacer un ruido peculiar:

—Uuu, uuu…

Y el pajarito le volvió a ver y doña María estaba segura que le respondió. Esto se repitió dos o tres veces hasta que el ave dio la vuelta y salió volando por la ventana.

El día siguiente sucedió lo mismo, el pajarito entró y se paró en el respaldo y el niño hizo su sonido:

—Uuu, uuu…

Y el animal respondió con un canto melodioso. Doña María no podía entender qué era aquello, pero no conocía a nadie que hiciera lo mismo que su criatura. «Debe ser un don de Dios», se decía.

Una semana después le contó el episodio a su esposo y este, contrarío a creerle, le advirtió que o dejaba de decir tonterías o se llevaba el niño para protegerla de los delirios.

14

Poco después de que aprendiera a caminar comenzó a tener un hábito peculiar: perseguía a las hormigas. Aún no decía ni una palabra que doña María pudiera comprender, pero hacía su sonido.

—Uuu, uuu…

Y las hormigas cambiaban de rumbo o se detenían como si el niño les hubiera dado alguna orden o les hubiera prevenido. Doña María estaba al corriente de esto, pero lo ocultó de su marido.

Cierta vez lo sorprendió Martín y viendo que el pequeño tenía fija la mirada en un grupito de hormigas que iban una detrás de otra, dijo:

—Suerte la nuestra, me traje un imbécil a la casa.

Pero no notó que el niño hablaba con las hormigas hasta que otro día le vio en el mismo sitio, mirando hormigas y diciendo:

—Uuu, uuu…

Entonces Martín se llenó de cólera y majó las hormigas con su pie. El pequeño al ver aquello comenzó a llorar. Ya venía doña María a alzar al infante cuando su esposo le bloqueó el paso, tomó al niño y salió de la casa.

Buscó un hormiguero y lo alborotó. Miles de hormigas negras salieron y luego arrojó sobre ellas al niño. Miles de picaduras.

Doña María gritaba a su esposo y solo cuando este se cansó de escuchar el llanto del pequeño dejó a su mujer librarlo de la tortura.

Fin del Fragmento

La locura de ser feliz

A la sombra de un árbol, de los muchos e imponentes que se ven en el parque de Paraíso, un hombre hace el gesto inconfundible de tomar comida de una taza con una cuchara. Luego la acerca a la boca del muñeco que le acompaña allá donde va.

—¡Santa María! Se nos ha olvidado la oración — recuerda preocupado.

Toma las manos del muñeco y las une, aplastándolas con las suyas que son mucho más grandes.

— Gracias Señor — cierra los ojos y agacha la cabeza — por estos alimentos, bendícelos y bendícenos a nosotros también. Amén.

Abre los ojos y sonríe.

— No me recordaste — le dice bromeando —. Será que se te están olvidando las buenas costumbres. ¡Dios no lo quiera!

Hace otra vez el gesto con la cuchara y entonces descubre que el muñeco ya no quiere más comida.

— Apenas has empezado, hace días que no comes lo suficiente. Pero mejor para mí, me dejas más.

Lo observa de reojo: esta inmóvil, con la mirada fija hacia el frente.

Una muchachita cruza caminando al lado de ambos y, al percatarse que el hombre está hablándole al muñeco, su mirada se clava en ellos hasta que tiene

172

que observar por dónde camina y sigue su marcha extrañada.

No es raro que llamen la atención: el almuerzo compartido se repite todos los días. A veces tiene comida real en la taza. El resto de los días el hombre solo come el desayuno. Quizá por ello su figura es decrépita.

— Déjame limpiarte los bigotes, parece que no tienes quién te cuide — comenta.

El pañuelo que ha amarrado del cuello del muñeco le sirve para asearlo, aunque está impecable.

Es un muñeco viejo, pero los exagerados cuidados del hombre le han mantenido como si recién hubiera salido de su caja.

Una ardilla cruza por las ramas de los árboles. El hombre alza la vista para saber a dónde se dirige.

— Hoy no vino a pedirnos — comenta el niño.

— No le gusta la carne, prefiere las frutas — responde el padre.

— Entonces mañana traigamos alguna fruta.

— Una papaya, eso le gustará.

El hombre mira la taza, luego al muñeco y dice:

— ¿Estás seguro que ya no quieres más?

— No quiero papá, prefiero que comas tú.

— Si insistes tanto...

Ahora hace el gesto de tomar un trozo de carne y arrancarle un pedazo con los dientes.

— Está rica! Pégale un mordisco, aunque sea pequeñito.

— Trabajas muy duro y debes alimentarte.

— Pero tu debes crecer fuerte.

— No me hará falta si estoy a tu lado.

— Algún día te harás grande y deberás...

— Nunca seré grande — interrumpe el niño — y así estaremos juntos para siempre.

— Para siempre — repite contento el hombre.

Vuelve a hacer el gesto de morder la carne, aunque hoy no tiene nada en la taza. Las ventas de esta semana no han sido buenas.

— Quiero ir a los columpios, ¿puedo papá?

— Solo un momento, debemos seguir vendiendo.

— Lo que tardas en reposar la comida.

— Ve y juega. Pero ven cuando te llame.

— Bien — dice el niño, se levanta y se dirige a los columpios.

El hombre le mira orgulloso. "Es un niño bueno — piensa —. Dios lo cuidará siempre".

Lo dejó jugar un gran rato y luego se dirigieron a vender. Caminando de casa en casa ofrecen bolsas de limones. Hace poco dos árboles cerca de su casita comenzaron a cosechar. La primera semana ganó el triple que las anteriores, después la venta se redujo.

Antes de los limones probó suerte a ratos con gelatinas y bombones. El dinero nunca le alcanza y si una semana compra jabón está condenado a no comprar huevos.

Sin embargo, hoy el niño le ha acompañado con especial alegría. Quizá por ello logró vender un poco más que ayer. Al ser las cuatro de la tarde decidió compensar tanta lealtad.

— ¿Quieres descansar? — pregunta el hombre.

— Casi vendemos todo — dice el niño animado.

— Que tal si volvemos al centro, creo que ha sido suficiente por hoy.

— Pero pasarás hambre papá.

— Cuando uno se hace viejo come menos, ¿no lo sabías?

— Faltan pocas bolsas, si las vendemos, tendremos para irnos en autobús.

— Nos gusta caminar.

— Sí, pero...

— Anda, vamos al centro y veamos televisión en la tienda de aparatos. ¿Qué te parece?

— Me gustan las caricaturas.

— Pues veremos caricaturas.

— Pero pasarás hambre — recuerda el pequeño.

— Estoy lleno, me dejaste mucha comida en el almuerzo, ¿recuerdas?

— Sí recuerdo.

— ...y tú, ¿tienes hambre?

175

— Ni un poco.

— Pues entonces vamos a ver televisión. Nada nos atrasa.

— Nada de nada.

Tomaron sus cosas y se fueron de vuelta al centro de la ciudad. En la ventana de la tienda de aparatos hay dos televisores y en uno de ellos hay caricaturas. Así que se quedaron parados fuera de la tienda, tratando de imaginar los sonidos pues ambos televisores funcionaban sin volumen.

Allí se estuvieron hasta que fue demasiado tarde. Luego volvieron caminando a su casa. Y al llegar ya era de noche.

Parece que va a llover, suenan truenos distantes. Y una brisa fría se mete por las rendijas de las viejas paredes.

— Papá, tengo algo que decirte — murmura con timidez.

— Dímelo antes de que sea tarde.

— Prometes no enojarte.

— Lo prometo.

— Ayer vi que una niña llevaba un perrito...

— ...y quieres uno, ¿no es así?

— Uno pequeñito, que no coma demasiado.

El hombre entristece, otra vez tiene que decir la misma excusa:

— No tenemos campo, pero algún día tendremos alguna mascota.

— ¿Grande?

— La más grande.

— ¿Y blanca?

— La más blanca de todos.

— ¿Y nos acompañará a vender?

— Todos los días. Y nos dará suerte y venderemos tanto que compraremos una casa más bonita.

— ¿Sin goteras?

— Ni una sola.

— ¿Y tendremos cobijas calientes?

— Las más gruesas y calientes.

— ¿Y comeremos dos veces por día?

— Hasta tres veces — grita alegre el hombre.

— Vaya, espero que llegue ese día — dice ilusionado el niño.

— Ya llegará. Ahora vete a dormir que es muy tarde.

El niño besa en la mejilla al hombre y se va al estrecho cuartito que su padre ha construido a mil esfuerzos.

Ya en la cama el pequeño pregunta:

— ¿Y tendré una madre? — murmurando.

Y se responde solo, engrosando la voz, imitando a su padre.

— La más hermosa y cariñosa de todas.

El hombre le mira por la rendija de la puerta. Observa al muñeco inmóvil acostado en una cama inmensa para su tamaño. Y cuando le cree dormido dice:

— Algún día — desde fuera de la habitación.

Un rayo cae cerca de la casa y hace que el pequeño despierte asustado. Se levanta a toda prisa y sale de su cuartito. Su padre duerme en un sillón viejo. También ha despertado con el rayo.

— ¿Tienes miedo?

— No — miente el niño.

— Entonces ve a acostarte.

— Quiero acompañarte, por si te dan miedo los rayos.

— Me dan un poco de miedo — el hombre le sigue la corriente.

Mueve el cuerpo y en el espacio que aparece se acurruca el niño.

— Cuéntame un cuento, hace días no me cuentas uno.

— No me sé cuentos nuevos.

— Cuéntame el de Pablo el conejo.

— Ya te lo sabes.

— Pero me gusta escuchar como lo cuentas.

— Bueno — dice el padre y se prepara para contar el cuento —. Había una vez un conejito llamado Pablo. Un día mientras caminaba por el bosque se encontró una ramita de color azul.

— Roja — corrige el pequeño.

— Una ramita roja, y cuando la intentó levantar, esta pesaba tanto que no pudo hacerlo.

— Y todos llegaron y nadie pudo levantarla. Pero cuéntame el final, eso es lo que me gusta.

— Y con el polvillo que le dio su abuela...

— El polvillo mágico — dice el niño.

— Le echó un poquito y la ramita comenzó a vibrar. Le echo un poco más y la ramita...

— Comenzó a flotar y le echo el tarro entero y la ramita salió disparada para el cielo...

— Y todos entristecieron — continúa contando el padre.

— Pasó todo un año y la ramita... vamos cuéntame.

— La ramita por fin cayó al suelo y se clavó en la tierra.

— Y cuando vino la lluvia... cuéntame, cuéntame.

— La ramita creció tanto que se convirtió en el árbol más grande de todo el bosque.

— ¿Y cuáles frutos daba? — pregunta el niño.

— Echaba bombones y paletas y turrones.

— ¿Y pastelillos de chocolate?

— También echaba de esos...

— ¿Y helados?

— Los más ricos y fríos.

— Y todos comían.

— Y ya nunca ningún conejo tuvo que trabajar para conseguir comida.

— Que increíble. ¿Por qué no hay un árbol así en el patio, papá?

— Porque si no ya no tendríamos que trabajar y yo no sabría qué otra cosa más hacer.

— Podrías descansar.

— Me aburriría a los dos días.

— Entonces, mejor así como estamos.

— Nada mejor— aseguró el padre.

— Nada mejor — dijo el niño en medio de un bostezo.

— Buenas noches.

— Buenas noches papá.

II

Ambos cierran los ojos y durante un rato se quedan inmóviles. Después el padre dice:

— ¿Rezaste la oración antes de acostarte?

El niño no recuerda si lo hizo o no.

— Por qué no la rezamos otra vez papá.

— Bien.

Toma las manos del muñeco y las aplasta con las suyas, igual que en el almuerzo.

—Santa Teresita del Niño Jesús a acostarme vengo mándeme cuatro ángeles: dos para la cabeza y dos para los pies.

El padre no continuó para que sí lo haga su hijo:

— Ángel de mi guarda, mi dulce compañía, acompáñame esta noche y mañana todo el día.

— Amén — terminan los dos al tiempo.

— Me gusta esa oración, ¿la inventaste tú papá?

— Es de Dios, todo lo inventa Dios.

— Hasta el cuento de Pedro el conejo.

— También ese y todos los cuentos.

— Dios debe tener una cabeza muy grande.

— ¿Por qué? — dice el hombre para que el niño siga hablando.

— Para memorizar todos los cuentos, deben ser más de cien.

— Muchos más, pero Dios es muy inteligente y se los regala a los escritores para no tener que memorizarlos todos.

— Dios es brillante

— Eso no lo dudes. Pero duérmete ya.

— Tengo frío — comenta el pequeño.

El hombre se quita la delgada sábana que le sirve de cobija y cubre al niño con ella.

— Pero ahora te dará frío a ti papá.

181

— Si tú estás caliente, yo también me caliento, es una regla de la naturaleza.

— ¿Y quién inventa las reglas?

— Son invento de Dios.

— Ese señor debe estar muy ocupado.

— Es su trabajo, descansa los domingos igual que nosotros.

— ¿Algún día lo conoceré papá?

— Algún día todos lo conoceremos. Pero duérmete de una vez.

— Y también... — iba a continuar el pequeño.

— Duerme, que mañana saldremos muy temprano a vender.

El padre cerró los ojos. Y el muñeco quedó mirando el techo en la oscuridad, con la sábana del hombre cubriéndole hasta el cuello.

El frío aún penetra en los pulmones con cada inhalación. Pero deberán levantarse temprano si quieren llegar hasta el barrio de los acomodados. Caminarán el doble, pero el doble también venderán; o eso espera.

Se desliza del sillón sin despertar a su hijo. Va al cuartito y toma los diminutos zapatos de infante. Todavía tiene un poco de cera para lustrar, la guarda para días especiales. Y es que sabe que entre mejor presentados, más le comprarán. Es una regla de la naturaleza, un invento de Dios. Eso es lo que piensa al lustrar también sus viejos zapatos.

Termina y va a despertar a su hijo. Le mueve por el hombro con cariño. El pequeño no despierta, parece metido en un sueño profundo. Vuelve a moverle, ahora con más fuerza y abre los ojos.

— ¿Ya es hora? — pregunta somnoliento.

— Sí, mañana dormiremos más.

— Mejor no, si dormimos más nos hacemos perezosos.

— Tienes razón — dice el padre.

El pequeño se sienta y luego se levanta por completo.

— Lávate la cara, hoy iremos hasta La Candelaria.

— Hace días que no vamos allá — dice el pequeño.

— Queda muy largo, recuerda las cuestas.

— Pero vale la pena, la última vez una señora nos regaló pan.

— Sí recuerdo — sonríe el hombre.

— Fue la primera vez que comimos pan de zanahoria.

— Estaba delicioso.

— Delicioso — dice el niño saboreándolo otra vez con los pensamientos.

Va y se lava la cara. Se pone los zapatos que brillan aún sin la luz del día.

— ¿Listo? — pregunta el padre.

— Nunca más — dice el niño, resumiendo la frase: "Nunca he estado más listo que ahora", que de tanto decirla ahora el hombre la entiende incluso con dos palabras.

— Yo también. Nunca más — asegura el padre, alegre de ver lo bueno que es su pequeño hijo.

Va llevando a cuestas un saco repleto de bolsas con limones y a su muñeco. Este no pesa demasiado. Lo lleva mirando hacia el frente exhibiendo los zapatos lustrados. Le hubiera gustado haberle lavado también la ropa, pero solo lo ha hecho una vez, cuando se le manchó la camiseta con un poco de aceite. Esa vez la lavó lo mejor que pudo, incluso no compró huevos por comprar un buen jabón, no obstante, aun así, le quedó la mancha en un lugar demasiado visible.

Se detiene para descansar y el niño aprovecha para separarse.

— Ya descansé, puedo caminar desde aquí — le dice a su padre.

Y hace una caminata de tres pasos ligeros para demostrar su reposición.

— Ahora el cansado soy yo — comenta el hombre.

— Déjame cargar el saco, te esfuerzas demasiado papá.

— Está muy pesado para ti.

— Entonces saca algunas bolsas de limones.

— No hace falta, solo espera que tome aliento.

— Mira mis músculos — dice el niño —. Puedo con lo que sea.

Flexiona el brazo y se le ve un músculo diminuto

— Tienes razón — acepta el hombre.

Saca un par de bolsas de limones y se las da al pequeño.

— Puedo llevar otra — dice el niño.

— Con eso es suficiente ayuda.

— Bueno pues vamos, falta poco.

— Ya casi llegamos al llano, ¿lo recuerdas?

— Sí, ahí hay un árbol de níspero.

— Quizá todavía tenga cosecha.

— Eso espero.

El niño se adelanta cargando las bolsas. Y el hombre se echa el saco al hombro y le sigue.

Al llegar al llano se llevan una sorpresa pues ya no está el árbol de níspero. Y continúan caminando en silencio hasta llegar al barrio de los acomodados.

Tocan la puerta de la primera casa y esperan. Nadie les abre, es algo que sucede con frecuencia.

Intentan en la casa siguiente y una señora les atiende. Parece dispuesta a comprar, pide dos bolsas y las lleva dentro, luego sale con un billete demasiado valioso.

El hombre le explica que no tiene cambio, pero la mujer hace un gesto y entonces padre e hijo entienden que no es necesario que le den vuelto.

— Eres un hombre bueno — le dice la señora.

— El mejor de todos — recalca el niño con alegría.

— Lo creo, lo creo pequeño — y luego se mete a la casa justo después de decir: "Buena suerte".

Vuelven a la carretera y el niño dice:

— Me gusta este barrio papá.

— A mí también, aquí viven personas bondadosas.

— ¿Por qué no venimos a vivir aquí?

— Porque tendríamos que caminar mucho para ir a ver televisión en la tienda de aparatos.

— Tienes razón, pero si viviéramos aquí de seguro comeremos más.

— Puede que sí.

— Y seríamos personas bondadosas como las que viven aquí.

— Si lo deseas, algún día viviremos en este barrio.

— ¿Estás seguro?

— Totalmente — asegura el padre.

— Entonces sí lo deseo, lo deseo mucho.

— Algún día, ya lo verás.

Y siguen tocando puertas y ofreciendo los limones. Muchos les compran y pronto se quedan sin una sola bolsa.

Es un barrio bueno con los vendedores, especialmente porque no muchos se atreven a subir las cuestas para ofrecer sus productos allí.

Sin embargo, el hombre no es perezoso y su hijo es el aliento necesario para subir las cuestas de la vida.

Han ganado suficiente dinero: hoy y mañana comerán bien.

Y como todos los días que alcanza para comprar algunas verduras y unos huevos, el padre anuncia a su hijo que habrá sopa para cenar. No dormirán con el estómago vacío.

— No creo que exista comida más rica que una sopa — medita el pequeño.

— Tu abuela me hacía sopa cada vez que enfermaba.

— ¿Mi abuela?

— Una gran señora.

— ¿Ella también salía todos los días a vender?

— Ella se dedicó a cuidar a sus hijos hasta que murió.

— ¿Y de qué murió?

— De tristeza, mi padre nos abandonó cuando yo tenía tu edad.

— ¿Y por qué?

— Nadie sabe. Pero fue un buen hombre.

— ¿No estás enojado con él?

— Me dio la vida. Eso da para agradecerle todos los días, ¿no crees?

— Sí. Y yo te agradezco a ti.

— ¿Por darte la vida?

— Por no dejarme solo.

— Eso nunca. Estaremos juntos para siempre, ¿recuerdas?

— Para siempre.

Llegan a la casa con algunas verduras en el saco que antes contenía los limones. Ponen una olla al fuego y pronto está la sopa.

El niño devora la primer taza y pregunta, sabiendo cuál será la respuesta:

— ¿Puedo repetir papá?

— Hasta que no quede nada, hay suficiente.

Se levanta mientras comenta de nuevo:

— No creo que exista comida más rica que una sopa.

— Pienso lo mismo — responde el padre.

Y luego de comer se fueron a dormir con un calorcito agradable en el estómago.

III

El día siguiente, al ser las doce y cuarto, llegan al parque de Paraíso luego de andar vendiendo durante toda la mañana sin la suerte del día anterior.

Se sientan a la sombra de un árbol. Y sacan la taza que esta vez está llena de verduras hervidas. El hombre toma un trozo de papa y se la da al niño, quien la devora al instante. Luego el mismo pequeño le recuerda:

— Parece que se te están olvidando las buenas costumbres papá.

El hombre no entiende a la primera, por esto el niño toma sus manos y las aplasta con sus manitas de infante. El padre comprende que se le ha olvidado la oración:

— Gracias señor por estos alimentos...

— bendícelos y bendícenos a nosotros también.

— Amén.

Comen en silencio hasta que dice el hombre:

— Se nos ha olvidado traer la papaya.

— A las ardillas le gusta conseguir la comida por su cuenta.

— ¿Tú crees?

— Tu mismo me lo has dicho papá.

— Es cierto, les gusta trabajar.

— A nosotros también — concluye el pequeño.

En eso le pasa una niña de su misma edad al lado. El pequeño siente el olor dulce de su perfume, casi como un confite y le encanta. Se le queda viendo hasta que la niña se aleja demasiado.

— Estás creciendo — dice el hombre al percatarse de esto.

El niño viéndose sorprendido comenta:

— Llevaba un bonito vestido, es todo.

— Ve y habla con ella, creo que se ha sentado en aquella banca, detrás de los columpios.

— No puedo

— ¿Qué te lo impide?

— Pues...

— ¿Vamos dime?

— Pues que tengo una mancha en mi camiseta.

— Casi no se nota — alienta el hombre.

— Pero una niña vestida tan bonita la notará enseguida.

— Tienes razón — admite el padre para no presionar demasiado.

Quedan un minuto sin hablar y luego el hombre dice:

— Te compraré un traje nuevo, para que puedas hablar con el que quieras.

— No hace falta papá, ya lo sabes.

— Pero ya casi cumples años. Será mi regalo.

— Falta una semana.

— Tan pronto — el hombre se sorprende.

— No tienes que regalarme nada, ya lo sabes.

— Te lo he dicho y no se debe decir nada si no se está dispuesto a cumplirlo.

— Tienes razón.

— Te compraré un traje nuevo, ya lo verás. ¿De cuál color quieres?

— Me gusta el blanco.

— Entonces blanco será.

Terminaron de comer entusiasmados con la idea de un regalo. Hace mucho que no piensan en algo como ello.

Con el saco de limones al hombro y el muñeco mirando hacia el frente, el hombre se dirige a un sitio de Paraíso nunca antes explorado por él. Más allá del puente, donde algunos vendedores se jactan de haber obtenido grandes ventas y otros, en cambio, cuentan cómo fueron asaltados por los mismos compradores.

— Me da miedo este lugar papá — dice el niño recién cruzado el puente.

— ¿Y eso por qué?

— Recuerdas que un hombre dijo que aquí solo brujas viven.

— Estaba bromeando.

— ¿Y si no lo hacía?

— Dios nos protege y es más poderoso que cualquier bruja.

— ¿Tú crees?

— Estoy convencido.

— Pero porque no seguimos vendiendo cerca del centro, es más seguro.

— Y también es seguro que no venderemos lo suficiente.

— ¿Pero aquí nos pueden robar y golpear?

— ¿Confías en mí?

— Pues claro.

— Entonces ya verás que no nos pasará nada.

Y fueron a tocar las puertas de las casas. Las personas eran bajitas todas y amables, pero no muchas quisieron los limones.

— Tenías razón, fue mala idea — admite al final el hombre.

— Pero estamos sanos y con todos los limones.

— Eso es bueno...

— Vamos, vamos a vender a otro lugar. Seguro nos compran todas las bolsas.

— ¿Tú crees?

— Creo que Dios nos ayudará.

— Yo también lo creo. Vamos entonces.

Se echa el saco de nuevo al hombro y cruza el puente de vuelta. El niño se alegra y el padre agarra ánimo por ver al pequeño tan confiado.

A final del día aún carga el saco de limones casi lleno. El hombre quiere seguir tocando las puertas de las casas hasta el amanecer, pero las personas no compran luego de que oscurece. Más bien desconfían de los vendedores que siguen ofreciendo sus productos tan tarde. Por esto no tiene más opción que regresar a su casa.

Abre la puerta y deja caer el saco en la entrada. Los árboles han resentido tanta explotación y los limones que antes parecían grandes y jugosos, ahora son pequeños y demasiado duros, como si no tuvieran jugo. Quizá por ello los compradores no se animan a dejárselos.

— Es mejor pensar en vender otra cosa — medita el padre.

— Podemos volver a vender gelatinas papá.

— En invierno casi no se venden.

— Pues entonces bombones, a las personas les gusta chuparlos.

— Es cierto, pero con ellos no ganamos lo suficiente.

— Siempre nos ha alcanzado.

— Porque Dios es muy bueno — dice el hombre.

— Y porque te esfuerzas mucho.

— Es mi trabajo.

— Y el mío es acompañarte.

— Deberías estudiar.

— No quiero, quiero acompañarte.

— Estás en edad de aprender a leer.

— Sabes que no puedo.

— ¿Qué te lo impide?

— Te acompañare hasta que seamos demasiado viejos para caminar.

— A mí me falta poco.

— Entonces yo seré quien cargue el saco de limones — dice el niño.

— Estás creciendo.

— Si crezco demasiado sería un problema.

— ¿Por qué crees eso?

— No lo sé, pero los niños siempre acompañan a sus padres.

— Es una regla de la naturaleza — bromea el padre.

— Un invento de Dios. Y así siempre estaremos juntos.

— Estaremos juntos, aunque crezcas.

— Ya lo sé, pero me gusta ser niño.

— A mí también me gustaba, en especial los domingos.

— Porque ibas al río, ya me lo has contado.

— Pescábamos y luego nos tirábamos al agua.

— ¿Sabías nadar?

— No, no sabía. Yo me mantenía en la orilla, pero igual me gustaba.

— Los dedos se te arrugaban y luego tiritabas esperando secarte.

— Siempre te cuento lo mismo.

— Me gusta escuchar esas historias.

El hombre inspecciona algunas bolsas y descubre que le quedan para comer dos papas, un chayote, y un pan viejo que comienza a llenarse de moho.

— No hay demasiado.

— No tengo hambre — dice el niño.

— ¿Estás seguro?

— Puedo aguantar hasta mañana.

— Yo también puedo. No te dejaré pasar hambre solo.

El niño se acuesta en su cama y su padre se deja caer en el sillón.

— Santa Teresita del Niño Jesús a acostarme vengo... — escucha rezar al pequeño.

"Si las ventas no mejoran será imposible comprarle su traje. Quizá he sido demasiado pretencioso", piensa el hombre.

Se recuesta triste pues nunca ha incumplido una promesa. Bien es cierto que no las hace con frecuencia, pero no ha fallado en no separarse del muñeco por difícil que sea la situación.

Entonces recuerda que aún le queda algo de valor. Quizá no valga demasiado, pero ayudará. Se levanta y va a un cajoncito, le abre y encuentra allí, llena de polvo, la biblia que compró en una época mejor. "Si en lugar de haberte comprado, hubiera ahorrado el dinero", se queja. Inmediatamente se da cuenta que ha dicho una tontería y se persigna para evitar la furia de Dios.

La abre e intenta leer, pero percibe que su vista ha empeorado tanto que le es imposible. Recuerda que este fue el motivo de guardarla en el cajón.

Toma un trapo y la limpia: está como nueva. Quizá hayan subido de precio. Sin embargo, bien sabe que un libro usado no será suficiente para comprarle un traje a su hijo. Debe hacer algo más, pero su cabeza está seca de ideas incluso cuando más necesita de una. Cuando su palabra está en juego.

— Bien sabes que no debes regalarme nada — recuerda la voz del niño.

"Dios le tiene guardado un lugar a su lado y también hará posible que disfrute de alegrías aquí en la tierra", así piensa entre oración y autoconvencimiento.

Se despiertan temprano. Llenan el saco con las últimas bolsas de limones y se van a la ciudad. Hay una tiendita donde compran libros viejos en una calle poco frecuentada. Al llegar está cerrado, un letrero dice que abre a las siete. El hombre se sienta enfrente y espera, no falta demasiado.

Coloca el muñeco en sus regazos y comienza a jugar con sus cabellos.

— Me haces cosquillas papá.

— ¿Siempre has tenido el pelo café? — pregunta sin interés de saber la respuesta.

— No lo sé, dímelo tú.

— No recuerdo, creo que sí.

Esperan por más tiempo del anticipado. Parece que en la tienda no son puntuales.

Por fin suenan algunos cerrojos y un hombre abre la puerta. sale y cierra la puerta. Mira al padre y al niño y les sonríe. Luego se marcha.

— ¿Cuánto más esperaremos? — pregunta el niño a su padre.

— La paciencia es un don de Dios.

Minutos después el hombre que ha salido regresa cargando una bolsa de pan. Viene silbando.

El padre le pregunta si hoy abrirá la tienda y el sujeto dice que en seguida.

Abre la puerta, se mete dentro y luego cierra.

El niño comienza a inquietarse, pero en ese momento aparece otra vez el hombre y por fin abre la tienda.

— Espérame aquí afuera, no tardo nada — dice a su hijo.

El niño asiente.

Pone el muñeco sentado en una sombra y se mete en la tienda.

Un pájaro llega volando desde muy lejos. Se posa en la cabeza del muñeco y allí se queda.

El hombre ruega porque le den más dinero, pero el despachador es injusto y solo le da unas monedas por su biblia.

Sale de la tienda más triste que ilusionado y entonces mira el pájaro posado en la cabeza del muñeco.

Corre y le espanta.

— Ha venido a jugar conmigo — ríe el niño.

El padre le revisa el cabello: está limpio.

— Es mi culpa, debiste entrar conmigo.

— Me he quedado inmóvil, no quería espantarlo — dice mientras se alejan caminando de aquel lugar.

Cruzan dos calles y se dirigen a la estación de autobuses. Espera tener suerte con las ventas en aquel lugar, pues no la ha tenido en las casas donde le compran con frecuencia.

— ¡Mira papá!

El niño se detiene ante una ventana.

— ¿Qué sucede? ¿Qué viste?

— Mira que lindo es.

El padre imagina que ha visto un traje o un cachorrito, pero al observar por la ventana se encuentra con un tambor.

— Es muy bonito — admite el hombre.

A veces siente dolor físico, como un golpe, como una bofetada en el rostro el no tener dinero suficiente.

— ¿Lo quieres?

— ¿Podemos comprarlo? — dice el niño inseguro.

— No, pero será tuyo por un momento.

— ¿Cómo?

— Vamos.

Agarra de la mano al niño y lo lleva dentro de la tienda. Pregunta a la despachadora por el tambor: es demasiado caro, pero ello ya lo predecía.

— ¿Puede probarlo mi hijo? — pregunta el hombre.

La mujer sonríe y va hasta la ventana, toma el tambor y luego se lo prueba al niño.

La sonrisa del infante en este instante es pura y sincera. Está feliz.

— Con cuidado — le advierte al darle los palillos.

Da un golpe y luego otro con los dos palillos.

En seguida intenta componer una melodía. Pero le detiene la despachadora. Le quita el tambor y lo pone sobre el mostrador.

— Entonces señor, ¿lo va a llevar?

Hasta aquí llega la felicidad, pero la tuvo por un momento y ello basta para detener la bofetada de la pobreza. Al menos por un tiempo.

IV

El día está caliente, no hay nubes en el cielo.

Y quizá el recuerdo de veranos pasados le da una idea al hombre. Cambian de dirección y llegan al mercado. Allí hay una verdulería en decadencia. Conoce al vendedor, un tal José.

Al llegar lo encuentra leyendo un diario. Saludan y los saludan.

José pregunta si andan vendiendo gelatinas, de pronto se le antojó una.

— Limones, hoy tenemos este saco lleno.

— Es una lástima— dice José.

Un silencio y luego el padre le propone el negocio que viene masticando: el saco lleno de limones a cambio de algunas sandías.

José arruga la frente y mira sin ganas los limones.

— Están secos.

— Solo unas cuantas sandías, no pido demasiado — ruega el padre.

El niño solo observa, no comprende a qué vienen estas decisiones.

— Como favor puedo consentirlo — acepta el verdulero.

El padre vacía el saco de limones y lo carga con las frutas. Luego se marchan.

— No entiendo papá, ¿para qué queremos sandías?

— Hay que hacer algo.

— ¿Hacer qué papá?

— Partirlas en pedazos, así se venderán más fácil, especialmente con este calor.

— El sol está picante, pero ¿dónde las venderemos?

— En la escuela de los grises, allí hay dinero.

— ¿Tú crees?

— Eso espero, partidas las sandías solo queda aguardar no tener que comérnoslas.

— Con este calor hasta yo quiero un trozo — dice el pequeño.

— Ya te daré uno. Ahora hay que buscar cómo sacar adelante la empresa.

Y siguen andando con las sandías y la ilusión de venderlas.

Los niños salen a recreo. Al principio ninguno le presta atención al vendedor de sandía.

— ¿Puedo comer ahora un trozo, papá?

— Es el momento justo — dice el hombre.

El niño toma la sandía y le pega un mordisco gigante. Un escolar le mira desde largo y le entra curiosidad, parece que está revisando las bolsas de sus pantalones, quizá buscando alguna moneda. Cuando encuentra un par se acerca con timidez.

— Deliciosas sandías por dos monedas — anuncia el hombre.

— Señor, me da una por favor.

— Claro niño, escoge la mejor.

— Está, está bien — toma una y se marcha.

En eso llega otro niño empujando al que recién ha comprado.

— ¿Son gratis? — pregunta.

— Casi gratis, sólo dos monedas.

Revisa sus bolsas y no encuentra dinero.

— ¡Fideo! — grita el niño.

Y un niño flaco se acerca rápidamente.

— Invítame a una sandía o si no ya verás.

El delgado niño tiembla de miedo y dice:

— Deme una sandía por favor señor.

— Dos sandías, para darle una a Karen — sentencia el niño bravucón que le llamó.

— Está bien — dice con temblor en la voz — Deme dos sandías por favor.

— Toma las mejores — sugiere el vendedor.

Saca un monedero de la bolsa de su pantalón y paga. El bravucón toma las dos sandías y le advierte.

— Estamos en paz por ahora, pero ya verás...

Y se fue a buscar a la tal Karen.

Desde entonces llegaron más y más niños hasta que no quedó un solo pedazo de sandía.

El negocio había prosperado y ahora tenía dinero en las bolsas.

¿Le alcanza para un traje nuevo? No lo sabe, nunca ha preguntado cuánto cuestan.

No se espera al próximo día e inmediatamente va a algunas tiendas a quitarse la duda.

Algunos vendedores le miran extraño cuando pregunta por un traje para su muñeco. Otros responden sencillamente que no tienen de ese tamaño.

Ya empieza a desilusionarse cuando encuentra un local diminuto, donde se exhiben ropas para niñas.

El padre se acerca y no mira a nadie atendiendo. Pero ha visto un trajecito negro. Quizá haya otro blanco y más pequeño.

— Nunca había visto esta tienda — dice el niño.

— Yo tampoco — admite el hombre.

— Debe ser la tienda de una bruja — comenta asustado el pequeño.

— Hay brujas buenas — bromea el padre.

— Pero ¿dónde está?

— No lo sé, quizá hay que llamarla.

— ¿Y cómo se llama a una bruja papá?

No sabe de dónde escuchó su hijo sobre brujas, pero el pequeño no duda de su existencia y ello le causa gracia.

— Creo que hay que tocarse las orejas — inventa el hombre.

— ¿Las orejas?

— Sí, primero la derecha y luego la izquierda.

— Es una tontería — se burla el niño.

Pero aun así se toca las dos orejas con disimulo para probar si es cierto.

No había terminado cuando una señora apareció de pronto detrás de ellos.

— Con permiso — dice la mujer.

El infante se sorprende por la efectividad de la llamada.

— Hace tanto que no tengo clientes que se me olvida que soy vendedora.

La mujer se mete detrás del mostrador.

— Dígame que busca. Mejor no me diga, yo adivino: un trajecito.

— Blanco — alza la voz el niño.

La mujer busca y le muestra cuatro. El último traje es perfecto.

"Debe valer demasiado", piensa el hombre.

— Nada de eso, vale lo que cuesta — dijo la mujer sin decir nada realmente, como si pudiera leer los pensamientos.

El padre pregunta el precio y descubre asombrado que cree posible que le alcance. No está seguro.

Comienza a sacar las monedas de las bolsas y a ponerlas en el mostrador.

La mujer toma la iniciativa y comienza a contarlas de una en una hasta que ya no quedan monedas en las bolsas ni monedas que contar.

— Está completo — anuncia la despachadora y antes de saber si el hombre comprará el traje toma las monedas y las echa en un tarrito.

Por otro lado, su hijo abraza su ropa nueva. Nunca ha estado tan feliz, o eso piensa.

Al llegar a casa sabe que no hay nada que comer, pero no importa. Toma una taza y una cuchara, y comienza a fingir que le da de comer al muñeco.

— Está deliciosa, ¿qué es? — pregunta el niño.

— Puré de papa.

— Nunca lo había comido.

— Uno no imagina qué cosas no ha comido.

— ¿Qué no has comido tú, papá?

— No lo sé, tal vez, tal vez una pera.

— ¿Estás seguro?

— Creo que sí, no me parece recordar su sabor.

— Yo tampoco la he comido. Tal vez sabe como el puré de papa.

— Pero con azúcar, como un dulce.

— Como una manzana.

— ¿Has comido manzana?

— Un día encontré una en el suelo.

— Seguro estaba sucia.

— Solo tenía un mordisco.

— Es una suerte que no te hayas enfermado.

—No recuerdo haberme enfermado.

Toma otra cucharada de puré de papa y se la da al niño.

Cuando termina de comer le limpia los labios con el pañuelo.

El traje nuevo descansa en el sillón. El niño corre y lo toma, luego se lo lleva a su cuartito, se sienta en su cama y lo extiende al frente suyo. Y allí se queda observándolo por gran rato, fascinado con su regalo de cumpleaños.

El hombre le mira de nuevo por la rendija de la puerta

— Papá — dice el niño sintiendo su presencia.

— ¿Sí?

— ¿Podemos hacer una fiesta?

La sola pregunta le duele al hombre, otra vez es consciente de sus limitaciones.

— No hay campo donde hacer una fiesta — se excusa.

— Ya lo sé, pero nunca he tenido una fiesta.

El hombre entra en el cuartito con nostalgia, como con ganas de decir: "Perdóname hijo".

— Y muchos niños me cantarían cumpleaños.

— ¿En serio?

— Sí. Y tendría un pastel.

— ¿De cuál color? — pregunta el padre viendo imposible detener la ilusión de su hijo.

— Blanco.

— ¿Y tendríamos una piñata?

— Blanca también, con mucho maní.

— ¿Y helados?

— Con gelatina — dice emocionado el pequeño.

— ¿Y yo estaría en la fiesta?

— Como invitado de honor.

— ¿Y cuáles regalos recibirás?

— Un balón y un tambor.

— ¿Y vendría la niña que viste el otro día?

Su hijo de pronto entristece.

— Un día le hablaré, ya verás.

—¿Y serán novios? — bromea el hombre.

— No lo sé. Tal vez ya tenga uno y no quiera otro.

— Puedes preguntarle, ahora no verá ninguna mancha en tu ropa.

El niño mira el traje nuevo.

— Pero tal vez no soy tan inteligente. A las niñas les gustan los inteligentes.

— Eres brillante, no digas tonterías.

— Pero no voy a la escuela.

— Mejor escuela que la vida no existe.

— Pero no sé si ella lo sabe.

— Debes preguntarle.

— Tal vez lo haga — dice el niño para terminar la conversación.

— Mañana iremos al parque, quizás la veas de nuevo.

El pequeño no responde, se ve triste. El hombre no sabe qué hacer o qué decir.

V

Llegan al parque cerca de las doce. Quiere que su hijo luzca el trajecito blanco. Que vea a la niña y que hable con quien quiera.

— Ve, ve a los columpios si quieres.

— No quiero papá.

— ¿De verdad?

— Sí, me siento extraño.

— Siempre sucede eso cuando se usa ropa nueva.

— No, quiero decir que me siento enfermo papá.

— ¿Qué tienes?

— Me duele el estómago. Y me siento débil.

— Es cierto: estas pálido. Quizá es mejor irnos.

— No, ella puede aparecer — luego dice —. Ayer no dormí bien

— Y pensaste en ella.

— Un poco.

— Yo me enfermé así un día.

— ¿Así?

— Más bien fueron muchos días.

— Y cómo te curaste.

— Uno se acostumbra a todo, incluso a estar enamorado.

— Yo no estoy enamorado — chilla el niño.

— Ya lo sé, ya lo sé.

— Quiero sentarme, pero también quiero quedarme de pie.

— Anda, vamos a sentarnos.

Y fueron a sentarse en una banca del parque de Paraíso.

El niño parece vigilar en todas direcciones, espera que ella aparezca.

Pasa mucho tiempo, el hombre mantiene el muñeco en su regazo. Y le mueve la cabeza en esta o aquella dirección.

En eso se acerca un niño bastante grande, similar al bravucón de la escuela de los grises.

— Ese muñeco es suyo.

Y el padre se alegra porque su hijo por fin podrá hablar con un niño de su edad.

— Vamos háblale — insta.

Y entonces él mismo hombre afina su voz y, moviendo las manitas del muñeco, dice:

— Hola, me llamo...

Pero no terminó de hablar cuando el otro niño se echó a reír. El hombre se detiene.

— Hágalo otra vez señor — pide entre carcajadas.

El padre se pone rígido.

— ¿Se está burlando de mí, papá? — pregunta el muñeco.

— No, más bien lo hace de mí. Es un niño maleducado.

Y el otro jovencito no para de entretenerse con aquel acto, cree que es un artista callejero.

— Vamos, vamos, hágalo otra vez — sigue pidiendo y ahora invita con aplausos.

El hombre se siente incómodo.

— Mejor nos vamos papá.

— No hay que hacerle caso, ya se cansará.

— Pero haz algo.

El padre entiende la preocupación de su hijo y grita:

— Basta niño.

Y el pequeño suelta otra carcajada.

— ¡Basta, basta, basta! — repite entre risas.

— He dicho que basta.

— ¡Que bueno, que bueno!— se emociona el niño, piensa que están bromeando.

— He dicho que pares — grita el hombre.

— He dicho que... — repite el niño.

Un brazo suelto cruza el aire.

Una mano abofetea al pequeño y cae al suelo sosteniéndose la mejilla. Le ha quedado roja por el impacto.

Un silencio y luego empieza a chillar.

Chilla y grita, pero no se mueve, quizá del miedo.

Se da cuenta de su error incluso antes de haberlo cometido. Pero ya todo está hecho.

— Yo no quería...

Intenta levantar al niño, pero este grita aún más fuerte.

Algunas personas han visto la escena y se acercan corriendo.

— Yo no quería hacerlo — dice el padre.

Sostiene su muñeco contra el pecho y no sabe cómo remediar la situación.

— No lo toques — grita una mujer.

Pero el hombre no la escucha y sigue intentando levantar al niño.

Entonces siente un empujón. Un señor fornido ha llegado a rescatar al infante.

— Lo siento, me ha obligado — dice mientras se aparta.

— ¿Qué le sucede? — pregunta el señor enfadado.

— Ha sido su culpa — dice afinando la voz y poniendo al muñeco en frente de sí, como si fuera este quien hablara.

— ¿Por qué se esconde?

— Fue culpa del niño, es un maleducado — chilla de nuevo con la voz del muñeco.

— Me está viendo cara de imbécil, yo lo he visto todo.

— Es un canalla — grita la mujer que se ha acercado. Y se lleva al niño que llora.

— No fue mi culpa, ese niño es un maleducado — grita el hombre ahora con su voz.

Abraza fuerte al muñeco.

Otro brazo cruza el aire. Y un puño apretado le da justo en el ojo al hombre del muñeco.

Cae al suelo. El anillo que decora la mano del agresor le ha hecho una herida.

Algunas gotas de sangre.

El que le ha golpeado planea volver a agredir. El hombre pone al muñeco como escudo.

Y el agresor en vez de pegarle de nuevo le arrebata el muñeco.

— Imbécil —le dice y se lleva al muñeco.

— Papá— escucha gritar el hombre a su hijo.

— Lo siento, no fue mi culpa — ruega tirado en el piso

—. No se lleve a mi hijo.

— ¡Papa! — Grita desesperado el niño pidiendo ayuda.

El hombre se para, pero está mareado.

¿De dónde viene la voz de su hijo?

— ¡Papá!

Le siguen arrastrando, su hijo lucha con toda su fuerza, pero no puede zafarse.

— ¡Hijo! — grita el hombre.

Ahora puede caminar, pero ¿hacia dónde?

— ¡Papá!

Camina hacia el origen de la voz.

— ¡Hijo!

Pero ya no lo escucha más llamarle, en cambio escucha algunas risas.

Camina hacia un callejón repleto de basureros. Se adentra y percibe un olor a muerto.

Las risas siguen sonando y ahora escucha un chapoteo.

— ¡Hijo!

— ¡Ven papá!

Abre la tapa de un basurero y no encuentra nada más que basura.

— ¡Ven, ven! — escucha cómo lo llama el niño.

Abre la tapa de otro basurero, uno demasiado grande.

Está oscuro, pero allí está el niño.

— Es una piscina papá.

Un caldo negro y pestilente se ha acumulado en el fondo del basurero y allí juega su hijo.

— Es divertido, ven, entra.

— Está muy oscuro, mejor sal de ahí.

— Es una piscina, ven. Es como estar en un río.

El hombre duda y luego se mete al basurero y la peste se desata aún peor, pero él no lo percibe ahora.

Toma el muñeco y comienza a jugar con él, como si fuera un niño en una bañera.

— ¿Verdad que es divertido papá?

— Sí, muy divertido.

— Te lo dije — dice feliz el niño.

Algunas personas pasan por la entrada del callejoncito y se tapan la nariz.

Sus ropas al salir de aquel sitio no debieron seguir acompañándolos, pero el hombre piensa que un buen jabón es todo lo que necesita, no le sobran camisas para botar alguna de ellas.

— Ya no es blanco — dice el niño mostrando su traje.

— Ahora es mejor

— ¿Y por qué?

— Porque ahora no hay otro igual en el mundo.

— Es cierto.

— ¿No te dará vergüenza que esté un poco manchado? — pregunta el hombre.

— Es más interesante así — dice el pequeño.

— Deberás explicarle eso a las personas.

— Mejor me lo guardaré para mí, será más divertido.

El hombre no dice nada.

— Y ya no quiero ver a la niña.

— ¿Estás seguro?

— Su vestido estaba demasiado limpio.

— Sí, lo recuerdo.

—¿Recuerdas que no tenía ninguna mancha?

— Estaba impecable.

— Por eso ya no me interesa.

— ¿Eso?

— Me gustan las manchas.

— Son como las arrugas de un anciano — reflexiona el padre.

— ¿Las arrugas?

— Dicen que entre más arrugado sea un viejo más historias puede contar.

— ¿De verdad?

— Eso dicen.

Y siguen hacia su casa para asearse de una vez.

Fin del Fragmento

Comunidad de analfabetas

M. solo quiere una pastilla para el dolor de cabeza. Nada más. Podría haberla comprado en una farmacia de camino a su casa. Sin embargo, no sabe cómo, ahora no es opción. Se encuentra esperando en una sala fría y triste. Esperando algo que no sabe muy bien lo que es. No recuerda cómo llegó hasta allí. Un momento antes salió de su trabajo. Largo día: lleno de llamadas y conflictos. Ayer despidieron al gerente y le tocó reemplazarlo mientras contratan uno nuevo. Le ofrecieron el puesto, claro, pero lo rechazó. No dio motivos. Pidió las disculpas y fue todo. En la sala de espera hay cuatro filas de sillas. Doce sillas por fila. Con un pasillo al centro. Tuvo tiempo de contarlas. No está solo: hay un hombre sentado en la segunda fila y tercera silla de derecha a izquierda. Cabello blanco, escaso. Con ropa celeste de paciente de hospital. Tal vez duerme. O espera, con los ojos cerrados, en una posición única y lastimera. Al frente hay una ventanilla de atención que se mantiene tapada con una cortina azul. Hay un timbre a su derecha, señalado con un rótulo de fabricación improvisada. Adelante y a la izquierda de la sala hay una puerta que lleva a la salida. A la derecha, dos puertas: una da al consultorio de algún doctor; la otra, cerrada con seguro y un poco más grande, lleva a un pasillo. Hace frío. Atrás de las sillas hay ventanas grandes, con celosías arriba que dejan entrar la brisa. Es de noche. Afuera no se ve nada. No se escucha nada, ni un carro. Adentro huele a limpio, a desinfectante, a sala de hospital. Lleva allí algún tiempo y nada ha sucedido. Arriba de la ventanilla de atención hay un televisor viejo y grande, encerrado en una prisión de metal. Está encendido, pero solo se ven rayas blancas y negras. No hace ruido. En la sala, a la derecha de M., de vez en cuando, una de las luces parpadea. Le han dicho que espere sentado. Pero quizá si toca el timbre de la ventanilla alguien le atienda. M. se levanta, camina de lado entre las sillas y sale al pasillo central. Avanza hasta el timbre. Alza la mano para tocarle, no obstante, lee una advertencia apenas visible que dice: «Tocar solo en caso de emergencia». Duda y decide que es mejor esperar. Regresa y se sienta en la sexta silla de derecha a izquierda, de la primera fila. Aguarda algún cambio. Mira todas las puertas: parecen incapaces de ser abiertas. Quizá debería irse. En la bolsa delantera del pantalón anda el puño de llaves. Trece llaves y de cada una sabe exactamente la puerta que abre. La cuadrada es la del auto. Blanco, elegante. En eso escucha por fin un ruido. Alguien camina hacia la sala. Una mujer habla mientras avanza. Un hombre se queja. Parece viejo. Entran por la puerta de la izquierda. El anda apoyado en ella, con su brazo derecho sobre el cuello de la mujer. Parece desorientado. La señora busca ser atendida de inmediato. Se acerca a la ventanilla. «Ya, ya, mi amor. Ya casi lo curan», le dice al sujeto mientras avanza. Toca el timbre, pero este no suena. Toca varias veces. El hombre apenas se mantiene en pie. Nadie corre la cortina azul. «Aguante mi amor, aguante», murmura la señora. M. siente que debe ayudar. La mujer toca el timbre otras veces: parece descompuesto. Entonces alguien corre la cortina azul lo suficiente para echar una ojeada. Dura menos de un segundo. Se esconde de nuevo. «Aguante mi amor». En eso suena el seguro de la puerta de la derecha, la que da al pasillo. Es un seguro eléctrico. Pasan unos instantes y luego sale un enfermero con una silla de ruedas vacía. Viene vestido completamente de blanco. Se acerca y la mujer se quita el brazo del hombre del cuello. Y entre ambos, la mujer y el enfermero, le sientan. M. les observa. Le suben los pies a los soportes y le ponen las manos sobre las piernas. El sujeto no parece enterarse de nada. Una vez listo el enfermero le da la vuelta a la silla y se lo lleva. La mujer los sigue. Pero, antes de entrar al pasillo, le hace un gesto impidiéndole seguir. Le ordena que tome asiento. La mujer hace lo que se le pide. Se sienta en la segunda silla, de derecha a izquierda, de la primera fila. Detrás de ella está el viejo con la ropa de hospital. No se ha movido, ni ha abierto los ojos. La mujer se ve claramente alterada. Hasta entonces mira a M. «Va a estar bien», le dice ella como si M. se lo hubiera preguntado. O quizá solo quiere convencerse sola. Pasan algunos minutos. Silencio. M. comienza a alterarse. Quiere irse. Entonces se abre la puerta del consultorio. Un hombre con una bata blanca se asoma y dice: «Martínez Ferreto». Lo leyó de una tablilla como si anunciara el ganador de alguna rifa. Se volvió a meter al consultorio, pero dejó la puerta abierta. Pasa un momento y vuelve a salir, ahora sin la tablilla. Tiene un estetoscopio en el cuello. Cabello corto y negro. Cejas pobladas. Ojos, nariz y boca como pegados, demasiado juntos. Y cuerpo grueso, notablemente trabajado con algún tipo de ejercicio. Se acerca a la mujer y le dice: «¿Martínez Ferreto?». Ella responde que no con la cabeza. Mira entonces a M. y él también dice que no moviendo la cabeza. No quedando más que el viejo dormido, el doctor se le acerca y le mueve por el hombro. «¿Martínez Ferreto?». El viejo, saliendo del sueño, murmura tartamudeando: «Martínez, sí, soy yo». Le ayuda a pararse, salen de las sillas y avanzan a paso de tortuga al consultorio. M. se alegra: pronto será su turno.

El doctor cierra la puerta después de ingresar. Y otra vez se hace la calma en la sala. La lámpara parpadea. Las rayas del televisor cambian de dirección. «Va a estar bien», murmura la mujer como si hiciera una oración. Una y otra vez. Entonces se oye a lo lejos la sirena de una ambulancia. Se está acercando. La lámpara se estabiliza: da una luz constante. Rápidamente el sonido de la sirena aumenta. Pasa un intervalo y el sonido inunda la sala. La mujer no parece enterarse. M. soporta hasta que no puede más y se tapa los oídos con las manos. Parece que la ambulancia está afuera, justo al otro lado de la ventana. Sin embargo, no se ve nada. En eso otro ruido: el seguro eléctrico de la puerta. Salen corriendo una enfermera y una doctora, ambas muy jóvenes. Diferentes solo por la vestimenta, aunque las dos van de blanco. Pasan la sala a toda prisa. El sonido de la sirena sigue fuerte. Luego se detiene en seco y deja a M. con un timbre en la cabeza. Se pregunta lo que habrá sucedido, con impotencia para formular una respuesta. Tal vez si sale se dará cuenta de todo. No obstante, no quiere presenciar algo repugnante. Pasa el tiempo y la enfermera y la doctora no regresan. Tal vez hay otra entrada. Eso debe ser. Aún no conoce aquel hospital, lleva allí tan solo unos minutos. La señora a su derecha tose, se levanta en silencio. Se acerca a M. y le pregunta por el baño. M. duda y le dice que no con un gesto. Ella entiende que no sabe dónde está. La señora parece haber perdido salud en aquel poco tiempo desde su llegada. Parece incluso que su espalda cedió y muestra ahora una joroba. «Él va a estar bien», le dice la mujer. Y se marcha a pasos lentos hacia la salida. Abre la puerta y desaparece al cruzarla. Queda solo él en la sala. Silenciosa. Mucho más grande que antes por el vacío. Más triste. Entonces suena una voz. ¿De dónde viene? Es de mujer, de muchacha. No es español, quizá portugués. M. mira las puertas, la ventanilla y por último las rayas del televisor que comienzan a tener colores. De poco se ve una imagen. Una joven cantando. Es linda. Quiso reconocer la canción. No recordó haberla oído. Es casi una niña. La melodía no alcanza a ser completada. Las rayas blancas y negras vuelven. Ahora acompañadas de un ruido necio: de canal sin señal. M. mira su reloj: van a ser las seis y media. Quizá deba avisarle a alguien. ¿Quién podrá estar de humor para escucharle decir que se encuentra en un hospital? Que seguramente será inútil la espera. Y que llegará a casa más tarde de lo habitual. No viene a su mente persona alguna que aprecie tales datos irrelevantes. El tiempo avanza. Y no sucede nada hasta que se abre la puerta del consultorio. Sale el viejo lentamente. Arrastrando los pies, mirando el piso y con las manos recogidas. El doctor le sigue. Caminan a las sillas. El viejo se sienta en la primera silla de la derecha, de la primera fila. Parece falto de fuerza. Falto de la energía necesaria para vivir. M. aprovecha para llamar la atención del doctor. Quiere preguntarle algo. No sabe muy bien qué. El doctor le mira. Hace el intento de hablar. Las palabras se traban en su garganta. No sabe qué decir. No sabe por qué está allí. Quizá el doctor tenga una pastilla para el dolor de cabeza. Recuerda esto y vuelve a intentar preguntar. Sin embargo, el doctor se le adelanta y le dice: «Debe esperar su turno». Claro, piensa M. Eso es lo lógico. El doctor se voltea y camina a su consultorio. Entra y cierra la puerta. Allí nota que pegada a esta hay una hoja blanca que dice: Dr. Montealegre. Su vista le falla. Tiene que entrecerrar los ojos para leer. Mira su reloj. Se dice que esperará diez minutos más. Si no le llaman se irá. No debe haber muchos autos en el parqueo. Encontrar el suyo le resultará fácil. Otra vez observa el televisor, las puertas, las ventanas. Cuenta las sillas. Mira al viejo que parece dormido. Ve su reloj: han pasado dos minutos. No tiene más que hacer que volver a observar lo visto. Se levanta decidido a irse. Pero no quiere causar inconvenientes. Piensa en tocar el timbre de la ventanilla. Se acerca a esta. Lee: «Tocar solo en caso de emergencia». Aun así, toca. Nadie corre la cortina azul. Espera. Mira al viejo. Vuelve a observar la cortina que permanece inmóvil. Espera todavía un instante más. Luego se voltea y camina a la puerta de la izquierda. Nadie parece impedir su partida. Cruza la puerta y se encuentra en un pequeño pasillo. Camina unos pasos. Se haya otro pasillo que forma con este una te. Allí está la salida a la izquierda. Pero hay un guarda en una silla mirando hacia afuera. La puerta es de correr. Apenas está abierta. M. camina derecho, decidido a irse. El guarda, al escuchar sus pasos, le vuelve a ver. Le hace un gesto de aprobación con la cabeza. Empuja la puerta y da campo para que M se marche. «¿Le vio Montealegre?», pregunta el guarda. M. se sobresalta, no comprende y el otro hombre aclara: «¿Que si lo atendió la doctora Montealegre?». Le parece extraño. Montealegre es hombre, piensa. Pero duda de haber leído bien el papel en la puerta del consultorio. El guarda espera una respuesta. M. es incapaz de mentir: dice que no con la cabeza. «¿Pero ya le atendió alguien?», pregunta el guarda.

M. vuelve a decir que no con la cabeza. «¿Se marcha sin ser atendido?», lo dice con algo de reproche en el tono de voz. M. se pone nervioso. «Busco el baño», aclara. «Oh, está allá dentro, la primera puerta a la derecha», y señala el sitio con el dedo. Conociendo que M. no pretende salir el guarda vuelve a correr la puerta de la entrada. Esta vez del todo. Y siguió mirando hacia afuera. Adentro es un pasillo ancho aunque, poco después de la puerta del baño, no se puede seguir. Hay una puerta doble, como de cantina. Cerrada con seguro, o eso piensa M. Por otro lado, creyó responder su duda de por donde había entrado la persona que llegó en la ambulancia. Y por donde volvieron a ingresar la doctora y la enfermera que habían salido corriendo. Caminó a la puerta del baño. Una ventanilla en esta le informó que adentro estaba oscuro. Abrió la puerta e ingresó. Palpó la pared en busca del apagador. No le encontró. Ya iba a salir cuando la luz se encendió sola. Quizá algún sensor de movimiento. A la derecha lavatorios. Más adelante dos pequeñas puertas, allí los inodoros. Revisó ambos: están limpios. Solo quiere orinar. Se mete en el más lejano a la entrada principal. Intenta cerrar la pequeña puerta. No tiene cerradura. Tampoco picaporte. Aun así, le cierra y espera que se quede en esa posición mientras orina. Nadie entra. Siente gran satisfacción. No había notado las ganas de orinar que mantenía. Jala la cadena. El inodoro tarda, pero se limpia. Sale y va a los lavatorios. Hay dos. El primero tiene la llave mala. No hecha agua. Intenta con el segundo y también está malo. Solo echa un chorrito mínimo. No hay jabón. Se lava lo mejor que puede y luego se seca la humedad en el pantalón. Sale del baño. El guarda, desde la silla, le vuelve a ver solo por un instante. M. se siente extraño: no quiere intentar salir del hospital antes de ser atendido. Dobla a la izquierda, al pequeño pasillo. Allí está la puerta. La abre e ingresa de nuevo a la sala de espera. Se sienta en la cuarta silla de izquierda a derecha, de la primera fila. Vuelve a ver al viejo con su ropa celeste de hospital. Nota algo: se ha vuelto a sentar en la segunda fila, tercera silla de derecha a izquierda. Parece dormido. Pasa el tiempo. El doctor no vuelve a salir. La cortina de la ventanilla no es corrida. El televisor sigue sin funcionar. Entonces se escuchan unos pasos. Pasos pausados. La señora vuelve a aparecer. Cruza la puerta de la izquierda. Camina a las sillas y se sienta en la segunda, de izquierda a derecha, de la primera fila. Vuelve a ver a M. y le sonríe. Parece menos ansiosa. Tal vez consiguió información sobre el hombre que acompañaba. Quizá es su esposo. Pensando en que al siguiente minuto le atenderán, M. espera media hora. Entonces se oyen otros pasos. Vienen de la entrada. Alguien habla, un hombre. Se abre la puerta de la izquierda, entra un enfermero acompañado con un sujeto del que es difícil adivinar la edad. Pelo exageradamente largo, entre rubio y plateado. Bajo y vestido con ropa desaliñada, como hombre que vive en la calle. Mira a M. y le sonríe. Sus dientes son amarillos y torcidos. El enfermero le lleva a la cuarta silla de derecha a izquierda, de la primera fila. Le sienta y le dice que tiene que recoger una muestra de orina. Es un enfermero calvo en la coronilla, pelo rojizo, cara redonda, ojos grandes y un bigote, de pelos largos, que no es más ancho que su boca. Deja al hombre diciéndole que va a buscar un frasco para la muestra. Se acerca a la ventanilla. Toca el timbre dos veces rápidamente, espera y luego toca una tercera vez. Suena de inmediato el seguro eléctrico de la puerta, la que da al pasillo de la derecha. El enfermero ingresa en él. M. observa al hombre desaliñado: tararea una canción como si la estuviera escuchando. Mueve el dedo índice de la mano derecha siguiendo el ritmo y la cabeza también. Está envuelto en tal actividad. M. le mira detenerse de pronto y subir la cabeza. Alzar los brazos. Le considera extravagante y entonces el hombre estornuda ferozmente. En seguida sigue tarareando y moviendo el dedo y la cabeza. Poco después aparece el enfermero, trae dos frascos para muestra, plásticos y de tapa roja. Protegidos cada uno en una bolsa. No obstante, no se acerca al hombre sino a la mujer: «Señora, ¿viene acompañando a alguien?». La mujer le responde que su esposo acaba de ser atendido. «Tiene que esperar afuera, aquí solo se permiten pacientes». La mujer obedece: se levanta, camina y sale por la puerta de la izquierda. M. duda si el enfermero también le va a decir algo. Pero no lo hace en su lugar se acerca al hombre y le dice que le acompañe al baño. El sujeto, al parecer deficiente de capacidad de atención, sigue tarareando. Le habla con más fuerza y el hombre reacciona. Se levanta y es conducido al mismo baño que fue M. Ya van a pasar la puerta de la izquierda cuando se detienen. El hombre calvo mira a M. y le dice: «Usted también señor M.» Es extraño. Se levanta y les sigue al baño. Le dan un frasco y le aconsejan cuanta cantidad de orina debe recoger. M., confundido, hace todo al pie de la letra, aunque con cierta dificultad. Luego trata de explicar que no es necesario un análisis. Solo le duele un poco la cabeza. El enfermero ignora esto. «La doctora lo ha solicitado», le aclara. El otro hombre por el contrario requiere de más ayuda, el enfermero le explica cada paso a seguir como si fuera un niño. El hombre dice que sí con la cabeza y se mete al inodoro, cierra la puerta. Poco después se oye el chorro de sus orines. «En el frasco, por favor», le dice el enfermero al presentir que sus instrucciones han sido ignoradas. Mientras el sujeto sale con la muestra, a M. le da un lapicero para que, en un papelito adherido al frasco, escriba su nombre y su cédula. Luego fue el turno del hombre que se mostró incapaz de escribir y por ello dictó los datos al enfermero. La luz se apaga de repente en el baño y se prende un segundo después. Salen y se encaminan a la sala de espera de nuevo. «En un momento les traigo su ropa», les dice el enfermero mientras se sientan. M. ocupa la sexta silla, de derecha a izquierda, de la segunda fila. El otro hombre, se coloca justo delante de él. El enfermero vuelve a tocar el timbre. Suena el seguro eléctrico de la puerta. Entra y poco después sale. Trae dos juegos de ropa celeste de hospital. Le da uno al otro sujeto y uno a M. «¿Es necesario?», pregunta M. «Si quiere que le atiendan», responde el enfermero. Pero fue una respuesta poco seria. Lo nota por la prisa para formularla. Aun así M. se levanta, quiere cambiarse en el baño. El enfermero hace un gesto para que lo haga en aquella sala. «Están solos», dice. El otro hombre pelea con su camisa, no puede quitársela. M. piensa en ayudarle, no obstante, en ese momento el sujeto logra lo que viene intentando y después se cambia en media sala con bastante facilidad. M. se cambia un poco contrariado por lo absurdo del acto. Luego se sienta en la quinta silla de la primera fila, de izquierda a derecha. Poco antes del pasillo central. El hombre de larga cabellera está en la silla inmediata después del pasillo, primera fila. Entregan la ropa que se quitaron al enfermero junto con todas las pertenencias. M. se muestra consternado. Le quitan el teléfono, las llaves, la billetera y, de lo que llevaba, solo le quedan los zapatos, sin medias. El enfermero se marcha prometiendo a M. dejar todo a mano para cuando le dejen irse. Se hace la calma. Nada sucede. Ni una mosca se escucha. El otro paciente se escarba la nariz. Una y otra vez. La fosa derecha un rato, la izquierda otro rato. Una batalla interminable y silenciosa. M. vuelve a ver la puerta que lleva a la salida. Deja en ella la mirada clavada. Entonces se abre la puerta del consultorio. Sale el doctor. Carga un bolso en su espalda y ha dejado su estetoscopio. M. nota que ha terminado su turno y que se está marchando a casa. Lleva unos papeles en la mano. Quiere preguntarle algo, pero el doctor no se acerca. Más bien va donde el viejo que sigue aún dormido. «Señor Martínez», le dice moviéndole por el hombro. El viejo sale del sueño. «¿Listo doctor?», pregunta. «Todo listo, acompáñeme por favor», responde este. Se levanta con dificultad. Salen de las sillas y avanzan a la salida. El doctor le abre la puerta y ambos la cruzan. Luego ya no hay más que contar de ellos.

Solo quedan los dos hombres en la sala. El otro sujeto comienza a jugar con su larga cabellera. M. se siente cansado. Tiene hambre. Quiere irse. En eso vuelve a ver la puerta del consultorio y en efecto el papel dice: «Dra. Montealegre». Necesita anteojos. Nunca los anda. Es posible que ya no le atiendan: es muy tarde. Duda si la doctora trabajará por la noche. Quizá tenga que esperar allí hasta la mañana. No puede faltar a su trabajo. Ni siquiera llegar tarde. El gerente tenía exceso de trabajo, quizá por ello no pudo cumplir con todo. Ese fue uno de los motivos por los que M. rechazó el puesto. Es una empresa de pocos empleados. Aunque hay muchas personas a quien atender: clientes viejos principalmente. Siempre ha preferido mantenerse en un puesto bajo, así puede llegar temprano a casa y preparar una buena cena. Pocas veces lleva trabajo a su residencia, es una regla personal. Lleva cuatro años en la empresa. Era más grande al principio: últimamente no hay tantas ventas. «Son tiempos duros», se dice por todo el edificio. Pero los teléfonos suenan todo el día, como si marchara de maravilla. Ahora más que nunca hay en qué ocupar el tiempo. El gerente llevaba once meses. Y el anterior a ese duró poco más de un año. Está recordando estas cosas cuando suena algo rodando. Viene del pasillo de la derecha. Se activa el seguro eléctrico de la puerta y una camilla golpea contra está haciéndola abrir. Es una camilla de tubos redondos y plateados, con una colchoneta negra arriba. El enfermero del bigote la empuja y la acomoda al frente, tapando la ventanilla con la cortina azul. Se escuchan las ruedas de otra cama. Otro golpe abre la puerta e ingresa a la sala otra camilla, empujada por otro enfermero calvo por completo y más joven. Camina con una sonrisa en la cara. Ambos enfermeros acomodan las camillas pegadas a la pared del frente. Aseguran las ruedas. Las sábanas vienen dobladas arriba de cada colchoneta. El del bigote nota que se les ha olvidado las mantas que se usan de cobija. Vuelve a ingresar al pasillo para traerlas. El más joven se queda poniendo las sábanas a las colchonetas. Tiene práctica haciéndolo, eso nota M. Cuando termina se voltea y mira a ambos sujetos sentados. Palmea una colchoneta y dice, con una sonrisa que contagia la alegría por la existencia: «Listo, ya pueden usarlas». M. duda. ¿Acaso su situación amerita tales medidas?

Solo quiere una pastilla para el dolor de cabeza. Y así se lo dice al enfermero. «La doctora es la que manda la receta», le aclara el alegre empleado del hospital. Les informa además que están haciendo unas reparaciones en los cuartos y que, solo por esta noche, deberán dormir allí. Después será diferente. M. se altera, no piensa durar más de una noche en aquel lugar. «Todo depende de la doctora», le responde el enfermero. Entonces aparece el enfermero más viejo con las mantas abrazadas. Pone una sobre cada colchoneta. «Ustedes escogen la camilla», les dice a ambos pacientes. Luego entre los enfermeros se hacen una señal y se marchan por la puerta que habían ingresado. El otro paciente inmediatamente se levanta y avanza hasta la camilla de la derecha. Hace un esfuerzo, con un quejido, y se tira arriba. Se acuesta. Las camillas quedan exactamente bajo el televisor que en ese momento comienza a sonar de nuevo. A canal sin señal. Un instante después M. ve que los colores regresan y de poco se define una imagen. Es un reportero. Habla, aunque no se escucha nada, de los candidatos a la presidencia: un viejo y una mujer. Todos los conocidos de M. van con la mujer. Él no tiene bando. No obstante, si le obligan a elegir, preferiría que ganara ella. El volumen de poco aumenta, como si alguien estuviera subiéndolo y la nítida imagen hace sentir por un instante a M. como si estuviera en su casa. «Malditos políticos», se queja el otro paciente en su camilla. Se sienta, claramente hostigado. Luego, con todo costo, se pone de pie sobre la cama. Alza los brazos y con los dedos rasguña los botones del televisor. Batalla hasta que logra apagarlo. Lanza un sonido de satisfacción. Vuelve a ver a M. y le pregunta con un gesto si estaba observando. M. responde que no con la cabeza. El hombre se vuelve a acostar. Se sitúa de lado, mirando la pared, o más bien, la ventanilla y la cortina azul, y se queda quieto. Entonces la sala otra vez le parece a M. enorme y triste. Las paredes blancas, el cielorraso cuadriculado y las lámparas demasiado brillantes. Y precisamente les está mirando cuando la de la derecha comienza a parpadear. Se siente cansado. Le duele la espalda. Mira la puerta del consultorio y se convence que allí no hay nadie. Más vale ponerse cómodo. Se levanta. Camina a la camilla de la izquierda y se sube. Pone la colcha color verde de almohada, cruza los brazos y es todo. Se da cuenta que hizo cuanto podía hacer. Solo queda esperar. Y espera. No sabe cuánto pasa hasta que suena el seguro eléctrico de la puerta. Escucha otras ruedas, presiente que viene otra camilla. Un golpe abre la puerta y entonces M. se percata que es un carrito más pequeño. Trae algunos vasos, una olla de aluminio y un pichel. Quien le empuja es un hombre, con algo de barriga, pero ningún rasgo particular. Trae una malla en la cabeza que impide que caigan cabellos en la comida. El otro paciente se sienta en la camilla, se frota las manos y pregunta que qué le traen. «Atol», le dice el hombre. Parece disgustado o cansado quizá. M. se levanta. Tiene hambre, no lo oculta. Se sitúa al lado del carrito. El sirviente destapa la olla. Toma el pichel y saca un poco de atol. Toma un vaso y sirve. Toma otro vaso y sirve el otro. El sujeto de larga cabellera se adelanta y toma el primer vaso. Son vasos plásticos y transparentes, de paredes bastante gruesas. M. toma su vaso. Da un sorbo y se quema. Comienza a echarle viento con la boca. Entonces se da cuenta que no podrá disfrutarle: el servidor les mira deseando que acaben. Sopla y toma. Una y otra vez. El estómago se le calienta. Agradece no pasar hambre. No comprende cómo el otro sujeto termina primero. Se apresura a beber lo que le queda. Ya no esta tan caliente. Devuelve el vaso con ganas de pedir un poco más. No, mejor no. El servidor empuja el carrito, cruza la puerta y se marcha. M. vuelve a acostarse. Se recuesta mirando la ventana del fondo de la sala, no se ve nada. Las celosías siguen abiertas pero la brisa no llega hasta donde él está. El otro paciente cruza la sala. Quizá va al baño. Minutos después aparece el enfermero del bigote. «Es hora de dormir, voy a apagar las luces», anuncia. M. contrariado le pregunta si no se espera que alguien llegue. Tal vez una emergencia. «Esta es la zona de observación, aquí no hay emergencias». M. recuerda a la señora que llegó cargando a su esposo, pero no contradice al enfermero. Primero apaga el televisor. Luego apaga la luz de la sala. Las lámparas de los pasillos siguen encendidas. La claridad se filtra a medias. El enfermero da las buenas noches y se marcha. Poco después vuelve el paciente de larga cabellera. Se sube a la cama, que cruje bajo su peso. M. se acomoda. Cierra los ojos. Los segundos corren como pequeños arroyos que se unen a otros y forman grandes bandadas, que se unen todavía a otras y llegan al cielo. Con este delirio se durmió M. Pasan las horas. A veces en sus sueños escucha hablar quedamente a alguien. Y así llega el siguiente día. Incluso ha entregado su reloj por lo que, cuando se enciende la luz y les despiertan, está desubicado en el tiempo. «¿Qué hora es?», pregunta. «Hora de bañarse», le dice un enfermero. No es ninguno de los conocidos. Es un hombrecillo bajo y grueso, de cabello negro recortado en forma militar. Aunque se nota que le ha descuidado. Su ropa es blanca y lo único extraño es que anda botas de lechero, plásticas y altas. Una canasta enorme y cuadrada, utilizada

230

para sostener una bolsa de tela, descansa junto a las camillas. M. se sienta somnoliento. «Sabanas y cobijas en la canasta», les dice el enfermero. M. se levanta, mira la puerta del consultorio. «¿A qué hora llega la doctora?», pregunta. Explica que tiene que ir a trabajar y que no puede perder más tiempo. «Después del desayuno», le contesta el enfermero. ¿Acaso significa que tiene que esperar aún más tiempo? No puede quedarse un segundo más. «Verá, solo necesitaba una pastilla. ¿Sabe usted donde están mis cosas? Necesito irme», dice con seriedad. El enfermero se ríe. «Tiene que hablar con la doctora». «No entiende, necesito irme», vuelve a decir. «Sabanas y cobijas en la canasta», le ordena el hombrecillo de blanco, no parece dispuesto a escuchar. No puede irse: no tiene las llaves. Quita la sabana de la colchoneta mirando cómo el enfermero levanta a la fuerza al otro paciente que insiste en dormir. Después le ordena que quite la sabana y el sujeto no parece entender. El enfermero se lo explica de nuevo. El hombre mira a M. y entonces le imita. Quita sus sabanas. Consumado esto el enfermero empuja la canasta y entra al pasillo de la derecha. «Síganme», les dice. Ambos pacientes hacen caso. Las puertas están abiertas, pegadas a la pared. M. ingresa en el pasillo. Anda con la vista baja. Está preocupado: debe avisar que llegará tarde a trabajar. Será algo imperdonable. Su reputación caerá, eso es seguro. No acostumbra llegar tarde y es el peor momento para cometer tal falta. Se desvían a la derecha entrando en una puerta. La canasta es dejada afuera. A la izquierda cuatro lavatorios, a la derecha cuatro cubículos con inodoros. Al fondo una verja gris. El enfermero llega hasta el final y saca unas llaves. Tantea y mete una de ellas en la cerradura de la verja. Se equivoca. Busca otra llave. Acierta. Gira y jala la verja. La corre a la derecha y M. mira un pasillo diminuto y justo después las regaderas. Cada una en un cubículo apenas tan grande como para moverse. Cada uno con una puerta. Todo pintado de blanco. «Hoy tenemos agua caliente», les dice riendo el enfermero. Y antes de ingresar M. recibe una sábana limpia y dos pedazos de un jabón de tocador. Pregunta que para qué es la sabana. «Es el paño». M. es empujado a una de las regaderas. Se quita la ropa. La pone guindando en la puerta. Abre la llave y recibe el agua casi congelada. Por un instante piensa que le está quemando la piel. Luego comprende que es ilusión suya. El otro paciente hace lo mismo, pero cuando abre la llave y recibe el agua lanza un grito. Cierra la llave y hace a salirse sin haberse bañado. El enfermero le vuelve a meter y le obliga a bañarse. M., a su lado, se baña lo mejor que puede, apresurado por el enfermero. «Al final del pasillo tiran la ropa sucia». M. se seca y se cubre con la sábana blanca. Sale del cubículo y camina por el pasillo, con la ropa que se ha quitado en la mano. Allí hay otra canasta o quizá es la misma donde tiró la sabana y la cobija. Arriba, en un estante, hay camisas limpias y pantalones celestes. Algunos sin botones y sin bolsas. M. toma un juego. Hay allí cubículos para mudarse. Se mete en uno, cierra el picaporte. Se viste. A la camisa le falta un botón, pero termina de ponérsela. Recuerda que debe salir de allí, del hospital. Su jefe le mirará de mala manera, no tiene duda. Sale al pasillo principal y espera. El otro paciente tarda pero sale al fin. El enfermero los conduce de nuevo a la sala de espera. M. se sienta en la cuarta silla de izquierda a derecha de la segunda fila. El otro sujeto hace a acostarse en la camilla que todavía está en la sala. El hombrecillo de botas blancas le ve y le saca de allí. Le obliga a

232

sentarse en la primera fila. Tercera silla de derecha a izquierda. «A las siete es el desayuno», les informa. Se acerca a una camilla. Quita el seguro de las ruedas y se la lleva por el pasillo. Pasa algún tiempo y regresa. Quita el seguro a las ruedas de la otra camilla y se la lleva empujada. Esta vez cierra tras de sí la puerta. M. comienza a sentirse encerrado. ¿Será que ya no puede salir? Eso teme y para comprobarlo se levanta. Cruza la puerta de la izquierda, la que da a la salida. Llega al otro pasillo, más ancho. Dobla a la izquierda y encuentra a un guarda diferente al de anoche. La puerta está abierta. Entonces hace, solo por prueba, el intento de salir. Camina derecho. «Eh, amigo, no puede pasar. ¿Busca a alguien?», le detiene el guarda. Al tiempo jala la puerta y le cierra. M. pregunta por la doctora. «No le he visto hoy», le responde el sujeto. Y comprendiendo su situación se enoja: se encuentra encerrado en aquel lugar. Que estupidez. Después del desayuno le atenderá la doctora, eso le dijo el enfermero. Y no dudará en reprocharle lo absurdo del sistema del hospital. Solo quería una pastilla. La hubiera comprado en una farmacia de regreso a su casa. ¿Qué hace en un lugar como aquel? Tan grande, tan amenazador. Y ni siquiera había conseguido la pastilla. Ya no le duele la cabeza. Está enojado. Realmente enfadado. Pero M. nunca lo demuestra. Vuelve a la sala de espera y se sienta en la cuarta silla de izquierda a derecha, de la primera fila. El paciente de larga cabellera está sentado dos sillas a la derecha. Después del espacio o pasillo central. Se ha cambiado de sitio. El televisor se ha encendido y él mira una película. La imagen es clara, aunque el sonido débil. M. se concentra en la pantalla. No le queda otra y de poco comprende la trama. Una mujer no se decide entre dos hombres:

uno era artista; otro, adinerado. Le parece un argumento insulso. En unas escenas la mujer enamora a uno, en otras al otro. Todos estos acontecimientos son seguidos de los silbidos del otro paciente que hace tonos distintos según su parecer ante algún hecho. Claramente va con el artista. El tiempo pasa y la trama se profundiza. Las circunstancias llevan a que los hombres se encuentren. Se pelean por el amor de la mujer. Una lucha de golpes, de mesas rotas. El otro paciente, en su silla de hospital, lanza puñetazos al aire como si fuera él quien está peleando. Al final gana el adinerado y la mujer se va con él. Un silbido largo y grave les despide. Pero la mujer no complace los deseos del adinerado pues añora al artista. Esta es la parte que más entretenido mantiene a M. pues no sabe si el otro paciente va a obtener lo que quiere: la unión del artista y la mujer. El artista sufre en una cantina y no pudiendo más, toma su sombrero y va a buscar a la mujer. Sabe que ella le estará esperando. Pasadas algunas escenas se encuentran, M. no entiende muy bien cómo: es de noche y todo parece el mismo lugar. Los enamorados se escapan. Se escucha en la sala de espera un último silbido, agudo. Y luego los actores se aman. Se aman insaciablemente. En este punto ya el otro paciente ha perdido el interés por la película, y escarba una hendija de las sillas. Ni siquiera ve el televisor. M. sigue observando y resulta que por la mañana el artista ha perdido el interés en la mujer. Ella no puede hacerlo volver a quererla. Se marcha llorando. Busca entonces al adinerado y este tampoco la quiere. Miserablemente, así termina la mujer y la película. Justo a las siete de la mañana: hora del desayuno en el hospital.

Aún deben esperar unos minutos para que suceda algo. Suena el seguro de la puerta. Entra en la sala una muchacha. Enfermera, vestida de blanco. Lleva lentes grandes. Cabello negro, lacio y largo. Es alta, quizá tanto como M. Delgada, aunque se nota la curva de sus caderas. Pechos pequeños, manos delicadas. Trae una mesita con una bandeja y comida arriba. Todo tapado. En eso aparece el otro enfermero, el que les llevó a bañarse. Trae otra mesa y otra bandeja con comida. Las acercan a los pacientes. La enfermera se aproxima a M. con la vista baja, jala la mesa con mucho cuidado. La pone delante y ella queda al frente. M. le mira esperando conocerle la mirada. Deja de mover la mesa y entonces levanta la vista. A través de los lentes M. ve unos bonitos ojos cafés, grandes, quizá por el cristal. Pestañas tupidas. La forma es un poco achinada. Arriba las cejas delgadas y largas. Nariz recta, no muy grande. Labios casi carnosos. «Bonita», así le juzga M. en menos de un segundo y le sonríe con la intención de que ella le imite. La muchacha se contiene, pero ríe un poco. «Es bonita», volvió a pensar M. Eso es todo. Luego mira la comida y se envuelve en el acto de destapar cada cosa y olerla. Ambos enfermeros se marchan. Cruza la puerta primero él y luego ella, que en último instante vuelve la cabeza y mira a M. O tal vez a las ventanas o la luz que parpadea. Quedan los dos pacientes solos con su comida. M. mira al otro sujeto. Este también le vuelve a ver y le alza las cejas como diciendo: está buena la comida. Y comen. Casi se escucha como sus dientes machucan los alimentos. Otros pasos interrumpen su comida. Vienen del pasillo que da a la salida. Zapatos de tacón. M. imagina a una joven, pero la señora que entra a la sala está en sus cincuentas. Lleva la bata

235

blanca que usan las doctoras aunque debajo se salen unos pantalones anchos y rojos. Zapatos negros, de tacón bajo. Guindando del hombro izquierda un maletín. Parece pesado, negro. En la mano derecha carga un bolso para merienda. Cruza la sala dedicándole una mirada rápida a cada paciente. «Provecho», dice con prisa. Llega a la puerta del consultorio. De la bolsa de la bata saca las llaves. Abre. Entra y cierra. No se escucha nada. Esa debe ser la doctora Montealegre. M. termina de comer. Deja los platos en la mesa, y la aparta a la izquierda. Esta lleno. Impensablemente tranquilo. Se ha olvidado del trabajo. En el televisor hay otra película. No ha seguido la trama. El otro sujeto tampoco muestra interés en el aparato, está casi acostado en su silla. Con las manos unidas sobre la barriga. Al igual que M., reposa los alimentos. Permite que trabaje la digestión, dejándose llevar por el adormecimiento que esto produce. Pasan algunos minutos. Apenas M. comienza a reconocer el papel que juega un niño en la película se abre la puerta del consultorio. «Lorenzo M.», llama la doctora. M. se levanta aliviado, pero no por estar pronto a regresar a su vida normal. Sino por el simple hecho de que ha llegado su turno de ser atendido. La doctora camina al fondo. Se sienta. El consultorio es más pequeño de lo que M. imaginó. Hay un escritorio, Una computadora y una impresora. Muchos papeles. En la pared un calendario. Y una silla para él. «Siéntese señor M,», le dice la doctora al ver que se conserva en la entrada. Él cierra la puerta, y se sienta. Silla café con apoya manos de metal: tubos cuadrados pequeños. Hasta entonces mira a la doctora: cabello negro de colochos con rayitos plateados. Expresión amable. Cuerpo grueso. Brazos y manos rellenas. Dedos cortos, uñas pintadas: flores. «Soy la doctora Villalobos, mucho gusto señor M.», se presenta. M. ya iba a preguntar sobre la doctora Montealegre cuando la mujer se le adelanta. Le informa que Montealegre se encuentra en una reunión y llegará avanzada la mañana. Le dice que no debe preocuparse: «Yo estoy enterada de su caso y le daré toda la información». Hasta ahora M. recuerda su prisa por llegar a su trabajo y le informa de esto a la doctora. Ella le escucha y, mientras lo hace, teclea sin descanso asintiendo con la cabeza. Tiene práctica, ni siquiera mira el teclado. M. le dice que necesita sus cosas y que se siente en un buen estado. Que, a pesar de no conseguir algún medicamento, ya no lo necesita. Y comienza ahora a quejarse sin darse cuenta. Que le han hecho perder una noche. Que llegará tarde a su trabajo. Que espera cien llamadas este día, y que se le acumularán las tareas. Todo esto lo escuchó la doctora sin interrumpir. «Veo que ya está bien», dice ella. «Perfectamente», responde M. La señora deja de teclear. Relee lo que escribió. Corrige una coma o una tilde. Sigue leyendo y luego termina. Mira entonces a M. «Bien, ya podemos pasarlo a uno de los pabellones», anuncia con alegría. Sin embargo, la expresión que pone M. no comparte tal felicidad. ¿Acaso piensan hacerle perder más tiempo? «Normalmente el proceso de observación dura una semana, pero su caso es particular: un asunto demasiado leve. ¿No le alegra eso?». M. duda y responde que sí con la cabeza, con ganas de preguntar si lo dicho tiene algo de sentido. Quiere salir. ¿Acaso le está diciendo que no lo hará? Pregunta esto con vergüenza. «La salida solo la puede dar la doctora que lleva el expediente —le contesta la mujer—, en su caso es la Dra. Montealegre. No obstante, ella misma fue la que me sugirió pasarle a uno de los pabellones». M. comienza a inquietarse, pide con la mayor calma posible que se entienda su posición. Quizá le han confundido con otro paciente. Solo quería una pastilla para el dolor de cabeza. «En ese caso, porqué venir a un hospital», le dice la doctora. M. no sabe qué contestar. La mujer vuelve a la postura inicial y continúa escribiendo en la computadora. Él aguarda en silencio. La doctora termina de teclear. Relee y lo deja así. Entonces vuelve a hablar. «Pasa un asunto especial señor M.», anuncia. Le dice que los dos pabellones están llenos y por este motivo reacondicionarán una parte del hospital para albergar los nuevos pacientes. Por ello, él será el segundo integrante del nuevo pabellón C. Y entonces la doctora saca un sello de un cajón. Lo ajusta. Le pide a M. que extienda el brazo y le pone el sello que dice: «02 — C». «Este será de ahora en adelante su número». Informa que normalmente no llaman a las personas por su nombre. Tiene que recordar el número antes de que se borre el sello. M. quiso saber quién es el número 01. Tal vez en sujeto de cabellera larga. «Ya los enfermeros le ayudarán en el resto señor M. Buen día». La consulta ha terminado. Parece irreal el resultado. M. quiere preguntar muchas cosas: ¿Cuánto tiempo debe esperar? ¿Avisarán a su trabajo? Se levanta desorientado. «Llámeme al otro paciente cuando sale por favor», le pide la doctora. M. abre la puerta, sale, llama al sujeto de larga cabellera. Deja la puerta abierta y va a sentarse. Segunda silla, de derecha a izquierda, de la primera fila. El otro paciente se mete al consultorio y cierra la puerta. M. piensa: no tiene más remedio que irse. Irse por la fuerza. Duda si es capaz de hacer tal cosa. Pero se levanta, mira por última vez el televisor, la ventanilla, la puerta del consultorio. Lanza un suspiro. Se acomoda la camisa celeste. No desea quedarse perdiendo más tiempo. Quizá exagera, sin embargo, no puede permitirse más atrasos. Camina a la puerta de la izquierda. La abre, la cruza. Está en el pequeño pasillo. Está nervioso. Avanza al otro pasillo y dobla a la izquierda. Anda derecho, fingiendo determinación. La puerta está medio abierta. Allí está el guarda. Su uniforme es gris con muchos y pequeños detalles rojos. La gorra es negra. Este, al ver a M. pone la mano en la abertura en señal de que no hay paso. M. ignora esto. Se acerca. Hay campo suficiente debajo del brazo para salir. Se agacha. «No puede salir», le dice el guarda. M. no hace caso. Ya tiene medio cuerpo afuera cuando es agarrado por la cintura. Le detienen dándole la opción de retroceder. Pero M ahora está enojado. «Señor deténgase», le dicen. Deseoso de libertad, M. intenta terminar de salir. «No puede salir», escucha. La libertad está a unos centímetros. Puede sentir la brisa de afuera en el rostro. «Suélteme», grita M. En eso, con fuerza descomunal, el guarda le jala hacia adentro. «No me obligue a usar la fuerza», le advierte. No obstante, M., aunque no agrede al oficial, usa toda su energía para llegar al otro lado de la puerta. Forcejean. Caen al suelo. Están ahora hincados. Sigue forcejeando. M. se arrastra. El oficial intenta pararlo. M. se resiste. Solo quiere salir. Entonces un golpe le hace caer por completo. Sujetan sus manos tras su espalda. Le esposan y todo termina. M. entiende que no llegará a su trabajo. Que ha perdido por ahora la libertad. ¿Cuánto tiempo durará allí adentro? Una hora, un día… Quizá un año o una vida. Tal vez exagera. La luz parpadea todavía. Ahora espera esposado en la sala. Tercera fila, sexta silla de izquierda a derecha. Se ha salvado de más medidas por prometer que no se moverá de aquel sitio. No tiene heridas, solo sueño. Desde allí no puede leer los subtítulos de una nueva película. Su acto reunió a algunos empleados del hospital, pero no a la doctora Villalobos. Ella sigue en el consultorio. Y justo ahora se abre la puerta. El paciente de larga cabellera sale. Sonriendo se sienta al frente a la derecha. Vuelve a ver a M. y le muestra el brazo. «Soy el tres», le comunica contento. Parece que es un número que le agrada. Se besa el sello y luego ve el televisor. «Maldita película», se queja. Y desde allí no muestra interés por ella. Seguramente si hubiera podido lo apaga igual que hizo anoche. M. se pregunta quién podrá tener el número uno en el sello, acaso aquel hombre que llegó en hombros de su esposa. Ese debe ser. Y detiene allí su curiosidad. El tiempo transcurre lento. Solitario y silencioso, como parecía funcionar aquel hospital. Hasta entonces M. recuerda a la enfermera joven, pero no otra cosa de ella que sus lentes. Eran demasiado grandes, cristal demasiado grueso. Juzga que debe tener la vista muy dañada. Piensa esto quizá porque no ve con nitidez la imagen del televisor. No por culpa del aparato, sino por una miopía aguda que le acompaña desde hace años. A veces cree que mejora. Otras, como ahora, se convence que debe usar sus anteojos. Quizá más gruesos que los de esa enfermera. No obstante, pensando en sus lentes también recuerda los ojos de la muchacha y otra vez le parecen bonitos. Ligeramente achinados y profundos. Tal vez esto último fue imaginación suya. Se encuentra sumergido en estos pensamientos cuando ve entrar en la sala al guarda. Se le acerca. Se sienta en la silla del frente, mirando hacia atrás y comienza a hacerle preguntas. Quiere saber qué es lo que ha ocurrido. M. se lo explica con calma. Solo quería una pastilla y por ella ha perdido una noche y el comienzo de una mañana. Y perderá, según parece, todavía más tiempo. No lo puede permitir. El guarda parece entender y al final decide quitarle las esposas. M. promete seguir las reglas del hospital. Se convence que perderá el tiempo necesario. El guarda asiente y se marcha. Suena el seguro de la puerta. Aparece el enfermero con corte militar. Ya se ha quitado las botas de lechero. Se acerca a M. y le coloca en la mano izquierda un brazalete de papel rojo que dice: «Peligro de caída». M. no entiende el motivo y la única explicación que se da es que aquello quiere decir: «Peligro de fuga». Como si estuviera en una cárcel. No lo pregunta y el enfermero se marcha. Para poder leer los subtítulos de la película decide cambiar de posición. Se levanta y va hasta la sexta silla de izquierda a derecha de la primera fila. Se sienta. El otro sujeto también se levanta, pero no se sienta, más bien comienza a caminar lentamente por la sala, sin rumbo. Quizá se ha cansado de la quietud a la que obliga el lugar. Entonces M. se sorprende al conocer que las letras de los subtítulos no le son conocidos. Y no se parecen a ninguno de los signos vistos de otro idioma. Los protagonistas hablan, no obstante, ahora no está convencido que sea alemán. Es algo demasiado raro y pierde interés inmediatamente. Por capricho, como si la silla en la que está solo sirve para observar el televisor, se levanta y camina por el pasillo central hasta la última fila. Se mete a la derecha y se ubica en la primera silla de izquierda a derecha de la cuarta fila. Y allí se queda largo tiempo, esperando. Quizá a la doctora o a que todo comience a tener algo de lógica. Entonces oye el seguro eléctrico de la puerta. Poco después un carrito de madera la abre. Es un cajón ancho de madera y lata, no muy alto. Arriba tiene dos puertas que no dejan ver su contenido. Abajo cuatro ruedas pequeñas. Y una palanca para moverle con mayor facilidad. M. mira que un hombre alto empuja el carrito y maniobra con la palanca. Es seguido por un joven de menor estatura. Ambos visten igual: zapatos negros, quizá de punta de acero, pantalón azul, camiseta café, con un logo negro en el pecho izquierdo. Y a la cabeza, una gorra de beisbolista del mismo color de la camiseta y el logo en la parte frontal más grande. Parecen padre e hijo. La única diferencia es que el joven lleva las faldas afuera y la gorra puesta hacia atrás. Al pasar traban la puerta para que quede abierta. Detienen el carrito un poco después. El mayor de los hombres abre el cajón y jala algo en el interior. Se abre como una flor: salen estantes repletos de herramientas ordenadas cuidadosamente. M. está demasiado lejos para apreciar el contenido. Sin embargo, los estantes tienen desatornilladores de todos los tipos y tamaños, alicates, martillos, tenazas, llaves, grifas... Además de herramientas eléctricas: taladro, esmeriladora grande y pequeña, patín... Y en otro estante hay brocas de todo tamaño, tornillos, cintas, cubos, clavos, pegamento... Pero lo primero que saca el hombre más viejo es una extensión negra y se la da al muchacho para que busque un tomacorriente. El joven se va y el viejo saca ahora el taladro. En eso llega el muchacho y conectan el taladro a la extensión. Prueban si funcionaba y sí lo hace. Entonces el viejo se acerca a las bisagras de la puerta, que está abierta, la que da al pasillo de la derecha. Busca los tornillos que le sostienen y comienza a sacarlos uno a uno. M. mira cómo al poco tiempo la puerta es removida de su posición. El viejo cambia de herramienta, tiene ahora un alicate y corta los cables del seguro eléctrico. Entonces el más joven de los trabajadores carga la puerta y se la lleva por el pasillo con alguna dificultad. M. tiene la sensación, al mirar el pasillo despejado, que agrandaron aquel lugar. «Traiga la escalera, Roberto», ordena el viejo. Y poco después aparece el muchacho con una escalera de aluminio de abrir. Se la da al viejo y este va a las sillas. Coloca la escalera justo debajo de la luz que parpadea de vez en cuando. Se sube. «Traiga el Fluorescente», ordena. El muchacho busca y extrae del cajón un fluorescente nuevo. Lo saca de la caja que le protege y, con un cuidado exagerado, se lo da al viejo. Este hace el cambio con bastante facilidad: luz blanca y constante. Acto seguido, se llevan la escalera y guardan todas las cosas en el cajón. Lo cierran y lo empujan hacia adentro. Se van dejando aquella pasada totalmente libre. Y al cruzarle M. de poco encontrará más de lo que espera.

El paciente de larga cabellera es el primero en animarse a ingresar al pasillo. Caminando lentamente como si nada más buscara una excusa para pasar el tiempo. M. le pierde de vista. Sigue sentado con leve dolor en las piernas. Como un calambre apenas perceptible. Atribuye este mal a las sillas demasiado duras. Y para olvidar la molestia se levanta. Camina al frente de las sillas. Mira el pasillo: ahora no hay nadie. Despacio se acerca al marco del que estuvo agarrada la puerta. Ve seis agujeros diminutos allí donde estuvieron los tornillos y las bisagras. Continúa adentrándose. A derecha e izquierda hay puertas cerradas. Cada una tiene arriba un rótulo. Sin embargo, M. no entiende las letras o símbolos que allí se exponen. Continúa y entonces llega a una recepción; a la izquierda de esta, una sala con sillones. La recepción es rodeada por un mueble alto de madera, como si fuera un mostrador. No hay nadie. O más bien eso aparenta. Sobre el mueble hay un timbre. M. lo toca para recordar el sonido que estos aparatos producen. Suena un agudo tín. Entonces se asoma, desde un cuartito sin puerta al fondo de la recepción, el joven y calvo enfermero que había visto anoche. Este al mirar a M. sonríe y deja lo que está haciendo. Sale del cuartito, siempre alegre. En la pared hay un gran reloj de manillas. El enfermero lo observa. Abajo hay una pizarra de tiza. «¿Cómo durmió anoche señor M.», pregunta. M. responde: «Bien». «¿Ya desayunó?», quiere saber el enfermero. Pero antes de escuchar la respuesta comenta: «Apuesto a que le pareció más bien una cena. La cocinera fue la culpable: es nueva. Están contratando, no hay mucho personal. Pero no se preocupe, el nuevo pabellón C será mejor que los otros dos. Ya lo verá». M. le escucha atento y como comentario dice que solo para dos pacientes no son necesarios demasiados cocineros, doctores o enfermeros. «Tres», le interrumpe. «¿Disculpe?», dice M. El enfermero le aclara que no son dos sino tres los pacientes del pabellón C. El numero 01 está en la biblioteca. No sale de allí. «Es una suerte para ustedes, ninguno de los otros pabellones tiene acceso a libros», dice el enfermero. «Además están por traer un futbolín. ¿No es genial?», está verdaderamente emocionado. Así se entera M. que 01 existe en algún lugar del hospital. Pero no pregunta por él, en cambio, interroga si puede cambiar el canal del televisor de la sala de espera. El enfermero de inmediato comienza a buscar tras el mueble de recepción. Abre gavetas, desordena las cosas y, al final, encuentra el control remoto. «Me lo trae después», le advierte. M. asiente. Toma el control y se lo echa en la bolsa del pantalón. «No va a ir a conocer a 01?», cuestiona el enfermero. M. dice que no, que esperará a la doctora Montealegre en la sala. Porque ella le dará la salida. No se quedará mucho tiempo. No más de unas horas. «Está bien, pero 01 quería conocerlo. Incluso, previendo que usted no tendría interés en verlo, me dijo: dígale a Lorenzo que no presentarse es de mala educación». El enfermero se disponía a volver a su cuartito. «¿Cómo sabe ese sujeto mi nombre?», pregunta M. «No lo sé. El primer día que lo vi adivinó que tengo treinta y dos años. Yo le pregunté que cómo sabía y solo se echó una risilla». Parece un sujeto interesante, murmuro M. El enfermero vuelve al fondo de la recepción. «Si ocupa otra cosa 02 solo toque el timbre». Luego desaparece. Es la primera vez que le llaman por su número. No le gusta, sin embargo, tampoco le desagrada demasiado. Quiere tocar de inmediato el timbre para preguntar cómo llegar a la biblioteca, por si no encuentra algo que ver en el televisor. Pero no lo hace. Se da la vuelta y regresa a la sala de espera. Lee el papel que dice Dra. Montealegre. Se pregunta si sigue allí la doctora Villalobos y si habrá llegado ya su doctora. Se sienta en la sexta silla, de izquierda a derecha, de la primera fila. Saca el control. Cambia el canal. Y es todo, solo le queda esperar. Lo mejor que encuentra es un documental sobre animales. Ahora no piensa en su trabajo. No recuerda cuando fue la última vez que disfrutó de ver televisión por la mañana. Incluso ríe de algunas escenas. El tiempo sigue su marcha. La brisa que entra por las celosías cambia, ahora es tibia. Se cansa, cambia de canal. Encuentra la repetición de un partido de fútbol. Lo deja un momento y luego lo cambia. Una película, parece vieja, la ropa de los actores lo revela. La mira hasta que sus ganas de orinar le obligan a pararse. Toma el control. Apunta al televisor y le apaga. Camina a la puerta de la izquierda, sin embargo, al intentar abrirla nota que le han puesto seguro. No puede pasar. Emprende la búsqueda de los otros baños, cercanos a la recepción. Pero al dar tres pasos el televisor se vuelve a prender. Es extraño. Se detiene. Vuelve a apagarle. Espera un momento para ver si se prenderá. No lo hace. Se echa el control a la bolsa izquierda del pantalón y se adentra en el pasillo de la derecha. Al llegar a la recepción mira que el sujeto de larga cabellera y un nuevo paciente están parados frente a una puerta cerrada. Es un joven, quizá es 01. No obstante, M. sigue caminando y entra en los baños. La puerta del cubículo al que se mete no tiene picaporte. Aun así, orina tranquilo. Luego va a los lavatorios y nota que de los cuatro, solo uno tiene la perilla buena. Encuentra un trozo de jabón. Se lava. Se mira en el espejo. Recuerda su imagen. Sale de los baños y camina a la recepción. Los dos pacientes siguen esperando. Quiere saber qué aguardan. El enfermero ha salido del cuartito, ahora mira un monitor en un mueble que abarca casi toda la recepción. Hay muchos papeles. Entonces observa a M. y le dice: «Faltan cinco», señalando el reloj en la pared. M. pregunta que para qué faltan cinco. «El café», le responde el enfermero. «Ahí va la fila, pero como son tan pocos casi que ni hace falta», mira a los dos pacientes. M. no quiere esperar parado. Observa la sala que hay allí con los dos sillones. Uno negro, otro café. Decide sentarse en el café porque es más grande y parece más suave. Está de espalda. Le rodea y entonces se encuentra con un hombre durmiendo. Tiene ropa celeste de hospital. Cabello gris, cuerpo grueso y, adivinando su estatura, es más bajo que él. No quiere incomodar su descanso, a pesar que hay espacio suficiente para sentarse a su izquierda. Se dirige al otro sillón: el negro. Ve que tiene, viéndole de frente, un agujero en la parte derecha. Se sienta en la parte buena. Entonces nota que en la orilla hay un periódico. Lo saca, es viejo. No puede saber que dice el encabezado son letras extrañas. Sin embargo, le llama la atención una imagen en la esquina inferior izquierda. Es un anciano. Al pie de la foto dice, en español: «Murió sin darse cuenta». Es lo único que puede comprender. Le parece una frase estúpida. No es una noticia, no aparece el numeró de página para buscarle. Sin embargo, examina el diario pasando páginas rápidamente. Se convence que no encontrará más información. En eso se abre una puerta a la derecha del sillón negro. M. se sorprende, no pensaba que esta estuviera en funcionamiento. Entra un carrito con vasos y una olla de aluminio arriba. Es el mismo carro y la misma olla que ayer contenía atol. Lo empuja una mujer que lleva una maya negra recogiéndole el cabello. Aparenta más energía y paciencia que el servidor de anoche. Cruza la sala. Llega hasta donde esperan los dos pacientes. El enfermero se ha adelantado y ahora intenta abrir la puerta del comedor. El hombre que dormía se levanta. «Por fin el café», dice con voz fuerte y de saxofón. Mira a M. y le sonríe. Luego va a hacer fila. Da un bostezo, se estira la pereza. El enfermero logra abrir la puerta. El carro pasa. A los pacientes los retienen un momento más. M. deja el diario, se levanta y se acerca a los otros pacientes. No está seguro de lo que hace. Entonces los dejan entrar al comedor en orden. Primero el paciente de larga cabellera. Sin embargo, antes hay un diminuto pasillo. Dobla a la izquierda. Hay una pila y jabón. Se lava las manos. Ahora dobla a la derecha y entra en el comedor. Cuarenta y ocho sillas. Tres mesas largas. Dejan entrar al muchacho. Parece rígido. Mantiene las manos recogidas y aparenta dificultad para lavárselas. «Rápido, rápido», se queja el siguiente en la fila, el viejo. El muchacho sacude sus manos para secarlas y entra al comedor. El paciente de cabello gris repite el proceso y entra. M. también. En el carrito ya habían servido los vasos de café con leche. Cada paciente toma el suyo y busca asiento. El lugar parece inmenso para cuatro personas. «¡Maldición!», se queja el viejo. No dice porque se queja. M. entiende de lo que habla con el primer sorbo: no tiene azúcar. El enfermero también toma un vaso de café, pero se lo toma parado. M. mira al muchacho y al viejo. Alguno de ellos es 01 y sabe cosas sobre él, al menos su nombre. Pero no les habla y se toma el café en silencio. El primero en terminar fue el paciente de cabellera larga. El siguiente fue el viejo. «Ahora solo falta cagar», dice en broma y se marcha. Quizá a seguir durmiendo en el sillón. M. es el próximo, pero no entrega el vaso sino que espera que el muchacho termine. En parte porque no tiene ninguna prisa. El enfermero deja a medias su café. Terminado todo, la señora se retira empujando el carrito. El enfermero les remolca afuera del comedor y cierra la puerta. M. no sabe qué cosa hacer ahora. No le interesa seguir leyendo el periódico. Y el televisor no captura su atención. El muchacho se va a sentar en el sillón café. El viejo no está allí. El enfermero se mete a la recepción. M. se acerca allí para preguntar por la doctora Montealegre. «Llegará en la tarde, ahora está atendiendo los pacientes de consulta externa», le responde el enfermero. M. se altera, pero no por tener que quedarse allí más tiempo sino por experimentar una desocupación insoportable. Comenta esto al enfermero y este le dice: «Aquí es así. Hay que acostumbrarse». Decide caminar en dirección opuesta a la sala de espera. Pasa los baños. Y encuentra grandes cubículos, en los que caben seis camillas por cada uno. Los dividen paredes que de altura le llegan entre el estómago y el pecho. Están desolados. Hay ocho. Cuatro a derecha y cuatro a izquierda. El pasillo en el centro. Las entradas están desalineadas entre ambos lados como las sisas de los bloques en una pared. No hay mucho que ver. Sigue caminando. Hay ventanas, pero el vidrio a la altura de la cabeza no deja mirar al exterior. Las más elevadas dejan apreciar el cielo celeste. Algunas nubes. Parece afuera un día feliz. Y M. recuerda su idea de que hay días felices: te despiertas y no sabes si aún sueñas. Te levantas y el piso no está ni frío ni caliente. Ni buscas tus sandalias: no hacen falta. Y sin darte cuenta estás comiendo tu desayuno. ¿Quién lo hizo?, ¿en qué momento? No lo sabes. Pero miras el cielo por la ventana mientras masticas y es celeste. Feliz. Como el que M. observa ahora. Algunos domingos disfrutó de tal sensación. La felicidad le penetró por un momento e incluso se sintió en armonía con todo lo demás. Recuerda esto mientras llega al final del pasillo. Ahí, debido a la disposición de los grandes cubículos, queda a la derecha un espacio. Es un cuarto de paredes altas. No se ve hacia adentro. Tiene una puerta pequeña con una ventana en ella, pero está tapada por dentro con una cortina blanca. Arriba hay un rótulo azul con letras blancas. Intenta leerlo sin éxito. Queda preguntándose el uso que le dan a tal cuarto. No trata de abrir la puerta, piensa que está cerrada con llave. Da la vuelta y emprende el regreso por el pasillo.

Quizá vuelva al televisor o al periódico. No hay mucho más que hacer. En eso se abre la puerta del extraño cuarto. M. se detiene. Ve hacia adentro: no hay nadie. Se escucha un golpe. Unos pasos. Y por fin sale un joven que le da la espalda. Se saca del cuello un collar y M. nota que allí amarrada tiene una llave. Le pone seguro a la puerta mientras dice: «Hay días felices: te despiertas y no sabes si aún sueñas. ¿No crees lo mismo, amigo?». M. duda. No responde, pero piensa que es rara aquella coincidencia: justo lo que había pensado. No se altera. El muchacho se da la vuelta. Tiene los ojos cerrados. «Hazme un favor Lorenzo, descríbeme tu rostro antes de verlo», le solicita. M. se siente extraño: es raro que sucedan tales cosas. El joven espera. M. queda en silencio, pero, mirando que el joven no abre los ojos, dice dudando: «Cabello negro...». «¿Qué más?», alienta el muchacho. «Cejas grandes y ojos extraños: al sol son verdes; a la sombra, cafés. Nariz salida. Y labios delgados». «¿Cuál es la forma de tu cara?», pregunta el joven. M. responde que alargada. Y entonces el muchacho abre los ojos y muestra su sonrisa. Una sonrisa sincera salida del corazón. «Nunca te imaginé así Lorenzo», le dice. El joven tiene ropa celeste, de paciente. Aunque un abrigo verde oscuro cubre su camisa, de la que solo se ven las faldas saliendo abajo. Cabello corto y negro, cejas bonitas, ojos cafés y amables, nariz ancha y labios bien formados. De semblante amigable. Risa simpática debido a la separación de los dientes frontales. Es un poco más bajó que M. «¿01?», pregunta M. «01. Es un placer conocerte amigo». Dice y extiende su mano. M. se la estrecha extrañado y aprovecha la ocasión para preguntarle que cómo sabe su nombre. «Está escrito en algún papel. Pero no perdamos más tiempo, hay que salir a caminar». Los dos andan por el pasillo hasta la recepción. Doblan a la derecha. M. encuentra que han abierto la puerta por donde entró el carrito del café. «Después de las nueve dejan salir a todos», le informa el joven. Salen. Justo afuera hay unas sillas pegadas a la pared: duras y blancas. Y hay un camino o sendero ancho de concreto que pronto dobla a la derecha. Está techado. La brisa es imperceptible. Allí en la esquina se levanta un teléfono público. 01 camina sin prestarle atención a estos detalles. Quizá ya ha visto todo en más de una ocasión. M. observa cada cosa: al frente del edificio hay una plazoleta de cemento con canchas de básquetbol. Y debajo de estas hay canchas de fútbol formadas con tubos metálicos redondos. Todo está desolado. El camino rodea el edificio. M. pregunta por los otros pacientes, los de los otros pabellones. «No vienen por aquí, aquí está demasiado solo», le dice 01. A la derecha hay césped recortado con cuidado. Hay árboles altos, cargados de hojas verdes. Entonces habla 01 como si lo que dice fuera la continuación de una conversación cortada en el pasado: «Dejó de hacer su trabajo para que le despidieran». M. pregunta que de quién habla. «Carlos, el exgerente. Podría decir que le conozco», aclara el joven. M. se sorprende, ¿acaso 01 sabe más que su nombre? Acaso lo conoce de antes en su trabajo. Y tratando de recordarle y de no mostrar su duda dice que no llegó a formar amistad con el exgerente. «Es una lástima, Carlos tiene importantes conocidos», comenta el muchacho. M. no le contradice aunque siempre le pareció un individuo solitario. Sin embargo, 01 cambia de tema de pronto y dice: «Apuesto a que quieres saber sobre 04, tiene una historia interesante». M. no sabe de quién habla. «El viejo que dormía en el sillón», le aclara 01 mirando su expresión. ¿Cómo sabe que dormía en el sillón? Caminan un poco en silencio, luego se detienen y el muchacho dice: «Fue cantante en la juventud». Y le sigue contando que es talentoso con los instrumentos musicales, especialmente con la guitarra. Según sabe, aprendió leyendo un libro. «¡Un libro!», recalca no ocultando su admiración. Y siguen caminando por el pasillo. A los diecisiete formó una banda. Nadie los conoció: tocaron solo dos veces en un bar en declive. Nada más. La banda se desintegró. 04 siguió tocando en una esquina del parque, algunos le dejaban monedas. Así pasaron semanas hasta que se le rompió la guitarra. Luego consiguió trabajo en un supermercado. Comenzó a escribir canciones y compró una guitarra de segunda. Tocó algunas veces en otros bares. No sobresalió, es todo lo que se sabe de esa época. Así hasta que compuso una canción llamada El sol de mayo. Se la envió a un cantante de cierta popularidad. No recibió respuesta. Meses después otro cantante sacó un tema llamado Un día de mayo. Una copia de su canción. Sonó en todas las emisoras por algunas semanas y 04 no recibió ni una moneda. Ni una mención. Luego desapareció la canción y nadie la volvió a escuchar. M. intenta recordarla: no puede. 01 sigue contándole que un día 04 logró que le dejaran cantar en una fiesta. Y la primera canción fue El sol de mayo. Su interpretación, según dicen, fue la más hermosa jamás vista. Algunos lloraron después de oírle. A la siguiente canción su voz se había ido. Solo le quedó ese sonido de saxofón con el que ahora habla. Ese fue todo su éxito y dejó de luchar. Han pasado muchos años, el pelo le ha cambiado de color. Se detienen de nuevo. Termina el relato así: «Nadie sabe por qué lo han internado. Sospecho que es por haber soportado tantos años una vida insignificante», lo dice sin ocultarse. O quizá lo inventó todo, así de fácil como yo he inventado esta pequeña historia de la que me avergüenzo un poco menos que de las otras.

Fin del Fragmento

La noticia

Para mis tres sobrinas, por su cariño sincero.

I

Ha pasado tanto tiempo desde que cerró la ventana de su habitación que está convencido que no volverá a dormir con claridad si no le obliga la vida a comprar otro condominio desajustado a sus preferencias. En esa oscuridad se puede confundir el inicio de un jueves con el de un sábado o un martes. Así porque de otra forma no consigue dormir a gusto. Sin embargo, hoy es lunes. Y siempre a la mañana siguiente de una alegre noche le queda en la cabeza un zumbido semejante al de una chicharra y, cuando no se le va con el café del desayuno, le incomoda hasta el almuerzo. Hablo, por supuesto, del respetado señor Rodríguez; quien, a pesar de su juventud, es el director de la universidad desde hace cuatro años y nadie en ese tiempo le ha visto dudar al tomar una decisión o equivocarse al pronunciar algún discurso. Ancho de hombros y no tan alto ni tan apuesto como él lo hubiera deseado.

En un minuto sonará su viejo despertador de batería e inusualmente él sigue dormido de la manera más profunda. He dicho que tuvo una noche alegre, pero seré más preciso y contaré que llegó a su condominio, a las dos de la mañana, invadido de una sensación parecida a la felicidad. Todo debido a que la señorita J. le mantuvo entretenido al punto de no contar las copas de vino ni enterarse del paso del tiempo. Casi todos los días en la mañana ese ruidoso aparato resulta inútil ya que, con los años, el señor Rodríguez ha perfeccionado el arte de despertar veinte minutos antes de las cinco, hora a la que tiene programado el despertador.

El aparato craqueó por dentro y luego comenzó a sonar con furia. El director visualizó el ruido como una tela roja que invadió su sueño y un instante más tarde cayó en la cuenta que se ha quedado dormido hasta las cinco. Estiró su brazo y con la mano apagó el despertador. Se dio la vuelta y quedó mirando hacia arriba aún medio dormido.

Ahí está ese zumbido en su cabeza que le recuerda y confirma al mismo tiempo que ayer conoció un poco más a la señorita J. Cenaron en un bonito lugar, y hablaron de tantas cosas que en el momento parecieron tan relevantes y que ahora no logra recordar. Y, tal como esperaba el señor Rodríguez, la señorita se comportó con tal altura y cuidado en su proceder que él no dudó en admirar su profesionalismo. Aunque no fue por asuntos de trabajo que se reunieron ayer o las otras noches, han sido más bien citas para el fortalecimiento de lazos. Y váyase a saber qué cosa es eso, no obstante, a ellos parece funcionarle.

Después de la cena y de una charla envolvente que, según ambos, duró demasiado poco tiempo, procedieron a terminar la velada y, como ella no fue en su auto, el director terminó llevándole en el suyo. Todo con el adecuado formalismo. Ya de camino al apartamento de ella, agotados temporalmente casi todos los temas de conversación, la señorita J. mencionó que participará en un certamen de poesía convocado por el museo local. Es ella profesora de literatura y por ello la mayoría de su vida tiene relación con este campo. Y esto, contrarío a incomodar, al señor Rodríguez le hace entrar en una burbuja imaginaria de alta cultura. Él le mostró su entusiasmo por la idea y se guardó de decir que días atrás le propusieron ser miembro del jurado de dicho concurso. No por su experiencia en poesía claro, que es más empírica que académica, sino porque todos respetan su posición y le consideran un hombre instruido. Caviló que el dato sería recibido como un pavoneo innecesario y además no estaba seguro de querer aceptar. Fue en este momento que ella señaló un edificio de cuatro plantas y anunció que allí vivía. El director acercó el auto a la acera y le detuvo por completo.

—Ha sido una bonita velada— dijo él.

—Así es— confirmó ella.

Se levantó un silencio incómodo y quizá por él fue que la señorita dijo:

—¿Gusta pasar a tomar una copa de vino?— y, como no recibió respuesta inmediata, aclaró —Es aún muy temprano y acostumbro dormirme tarde.

El director dudó por la posibilidad de estropear la excelencia de la noche en el informalismo de un apartamento. Pero la sola invitación le emocionó más que lo que le sorprendió y, luego de una pausa, aceptó con aires de vergüenza o timidez.

Como ya he mencionado, el tiempo avanzó, la conversación se avivó y la botella de vino se fue acabando cerca de las doce. Aún siguieron hablando, como por impulso, durante una hora más. No está de más comentar que de un entusiasmo infantil y encendido no hubo desvío hacia lo impensado o imprudente. Reitero que llamaron a su velada una cita de fortalecimiento de lazos, así no levantarán incomodas sospechas y no tendrán que explicar aquello a nadie en particular.

A falta de cafetera el señor Rodríguez calienta el agua y luego chorrea el café como lo hacían las abuelas: con una bolsita de tela colocada en un soporte. Tiene la idea, heredada de su madre, que quien prepara el café no es capaz de saborearlo en su totalidad. Le pasa esto cada mañana y deja sin tomar media taza porque se le termina el pan o las galletas y humedecer la boca es el único propósito de un café a medio sabor. Extrañamente cuando va de visita donde un conocido o se convence de entrar a una cafetería disfruta sin disminución ese sabor hogareño y ligeramente endulzado de un café preparado por otro. La mayoría de veces incluso queda con ganas de pedir otra taza, aunque nunca lo hace porque piensa que se puede hastiar hasta del mejor café. Ya le sucedió un día que compró lo suficiente para tres personas y, como ninguna de ellas bebió, él se lo tomó todo para no desperdiciar. Llegó a aborrecer el café por un tiempo y luego tomó la costumbre de no beber más de una taza por sentada.

No solo tiene una hora fija para despertarse sino que todo en su vida tiene un momento adecuado y prestablecido: luego de encender el calentador de agua, inmediatamente después de levantarse, se dirige a vaciar su vejiga. Cepilla sus dientes a continuación por cinco minutos y luego se ducha con agua fría pues piensa que el agua calentada le hace presa fácil de las enfermedades. Y termina caminando en ropa interior hasta su cuarto donde, en una silla, le espera siempre su ropa faltante.

Ya sea en el momento de chorrear el café o, un instante después, cuando se sienta a desayunar, don Manuel, el guarda de los condominios, toca tres veces la puerta y espera para entregar el periódico. Tienen estos dos hombres un acuerdo firmado por la costumbre: el guarda recibe el diario en la mañana e inmediatamente se dirige al condominio central de la planta baja para dejarlo sin haber ojeado ni siquiera los títulos de la portada. Una vez facilitado el periódico se queda bajo la puerta mientras el señor Rodríguez observa la primera página y dice:

—¡Vaya, otro accidente!— o un comentario semejante.

Luego viene la misma invitación que desde hace tres años y medio se repite diariamente, aunque ahora no hacen falta las palabras:

—¿Quiere usted un poco de café? Parece que queda una taza.

Y el guarda, ya con la confianza de los años, se adentra en el condominio, cruza la sala por detrás de los muebles, va a la cocina y se sirve café en una taza grande que solo usa él. Está claro que el director prepara adrede dos tazas y eso es conocido por don Manuel. Mientras uno hojea el periódico sentado en un sillón individual de la sala, el otro recorre el mismo camino, pero a la inversa, haciendo equilibrio para no derramar café.

—Por la tarde le regreso la taza— promete antes de salir.

—No se preocupe por eso— le dice el señor Rodríguez. Busca una galleta o su café y bebe un sorbo sin quitar la vista de las noticias.

Nada le interesa más que estar al tanto de todo: desde el último pronunciamiento del presidente hasta los avances del gobierno municipal. Sucedió una vez que don Manuel no le llevó el periódico porque estaba en cama víctima de una fiebre descontrolada, y el resultado de la desinformación fue verse atrapado en un atasco de autos en la carretera que va a la universidad durante una hora. Y ya en su trabajo, avergonzado, pidió disculpas, no obstante, a la única que le interesó un poco el asunto fue su secretaria, una arpía según su juicio, que le reprochó el incumplimiento del horario con una mirada fría. O quizá fue de extrañeza, nunca estuvo seguro.

Que recuerde él, se pueden contar con los dedos de las manos las veces que no ha leído el periódico desde que es director de la universidad. Tiene un método: primero lee la noticia más sobresaliente y luego se devuelve hasta la segunda página y lee continuo, como si el diario fuera una novela. Sin embargo, hoy está sucediendo algo nunca visto: pasa párrafos enteros y no logra entender que es lo que está leyendo. Por esto tampoco entiende qué relación tienen las imágenes con los hechos. Su mente está ocupada por la señorita J. y, empeorando su concentración, el zumbido en su cabeza no ha hecho más que empeorar. Por todo esto y contrario a toda su rutina, dobló el periódico y lo puso sobre la mesita sin haber comprendido ni siquiera un título. Bebió todo el café esperando que este ahuyentara el zumbido y luego se levantó. Fue a la cocina, lavó la taza y a continuación también la bolsita de tela que contenía el polvo de café humedecido. Pensó, al término de esta actividad, volver a tomar el periódico y hacer un nuevo intento de leerlo, sin embargo, no lo hizo a pesar de predecir inconvenientes por su decisión. Así que comenzó su día inusualmente desinformado.

Salió de su condominio ya peinado, con su acostumbrado traje negro y una corbata amarilla. Como siempre con su maletín en la mano y el periódico bajo el hombro derecho. Es otra costumbre suya darle a don Manuel el diario antes de irse a su trabajo. Cruzó el parqueo y encontró su auto cubierto de gotas minúsculas de agua producto del sereno. Se subió, tiró el maletín en los asientos traseros y el periódico, en el del acompañante. Encendió el motor y avanzó hasta las agujas que se levantan cuando el guarda presiona un botón en su casetilla. Como es habitual, don Manuel salió y se paró al lado de la ventana del conductor. Y no solo espera el periódico sino que también algún comentario sobre la noticia más importante del día. Sin embargo, esta costumbre es hoy un obstáculo para el señor Rodríguez, porque no tiene idea de lo que dicen las noticias. No puede confesar que no ha leído el diario, ¿qué pensará en ese escenario don Manuel? Que está pasando por malos momentos o algo peor. La única diferencia con los lunes anteriores es la ausencia de unos cuantos minutos de lectura y eso es una cosa insignificante. Bajó el vidrio y de inmediato habló el guarda:

—Estaba esperándole señor Rodríguez— parece ansioso —. Hoy tengo especiales ganas de leer.

—¿Y a qué se debe lo especial?— preguntó el director.

—Ya debe usted imaginárselo: dos personas que han pasado por la calle iban hablando del asunto ese de la universidad y yo quiero empaparme del tema—

263

luego indagó—. ¿Y usted, señor, que opina? Por lo que he oído la profesora ya ha puesto la denuncia.

El tal asunto de la universidad está lejos de su conocimiento y es inaceptable en un director no estar enterado de lo que pasa en la institución que dirige. Le dieron ganas de devolverse a leer la noticia, no obstante, no le sobra ni un minuto. Y no existe la posibilidad de leer al llegar a su oficina por no puede llevarse el diario.

Ante todo, no puede parecer extraño al tema y respondió:

—Es precipitado sacar ahora una conclusión— está más incómodo, ahora ya no puede aceptar que no ha leído nada en lo absoluto.

Soltó el freno una milésima y el carro avanzó quizá veinte centímetros. Quiso decir con ello que lleva prisa, sin embargo, don Manuel no comprendió la señal.

—Es una acusación seria, ¿no le parece a usted?— preguntó el guarda.

No es acaso su obligación ser quien primero se entere de asuntos referentes a la universidad. ¿Cuán seria es la denuncia? No lo sabía, pero aun así respondió:

—Es un asunto con la importancia debida para merecer salir en la prensa.

—Tiene usted razón.

De nuevo hizo avanzar el auto, un poco menos que antes. Don Manuel siguió al lado de la ventana y más bien continuó diciendo:

—Como ya ve, el asunto me interesa bastante porque me siento cercano a usted y pronto todo pasará por sus manos.

—Así es, pero ya voy tarde don Manuel. Si lo desea hablaremos después del asunto.

—Me parece bien y será mejor si para entonces estoy enterado de los pormenores— y lanzó una mirada al periódico que descansaba en el asiento del acompañante.

El director cayó en la cuenta de su descuido. Tomó el diario y se lo entregó al guarda.

—Hoy se me ha olvidado todo. No deje de leer el horóscopo— bromeó porque sabe que esos asuntos no le interesan a don Manuel.

El guarda se despidió, entró a su casetilla con el periódico en su mano izquierda y presionó el botón con la derecha. Las agujas se levantaron y el señor Rodríguez emprendió su camino al trabajo.

De viaje se imaginó, al no tener el dato, los motivos que llevaron a una profesora a interponer una denuncia. No recibir el pago del salario o recibirlo sin extras le pareció bastante posible. Ya habían ocurrido varios casos durante su gestión y algunos funcionarios ganaron su proceso. No obstante, otro asunto también le sonó aceptable: un caso de acoso. Una persecución dañina que no solo se da entre estudiantes sino que llega a docentes y administrativos. Ya había sucedido que un profesor denunció ser acosado por una mujer. Con toda vergüenza, pero cansado ya, expuso su caso y al final le dieron la razón.

El camino despejado le permitió llegar con diez minutos de antelación a la universidad. Aun así su secretaría ya ha llegado y le recibió con una seriedad inusual.

—Buenos días— saludó el señor Rodríguez.

—Hoy tiene reunión— le recordó ella. Su voz no concuerda con su figura.

Falta algo de tiempo y tiene un asunto pendiente: leer la noticia. Pero encontrar un periódico en las oficinas es misión imposible, debido a que cierta vez reprendió con una autoridad marcada a un administrativo que, en lugar de trabajar, se mantuvo leyendo de inicio a fin la sección de espectáculos de un diario y luego, para colmo, continuó con una revista especializada en el tema. No creyó correcto borrar con su proceder aquello que ha impuesto con su boca. Y no fue hasta que se sorprendió revisando su correo electrónico que comprendió que su desinformación podía desaparecer de un solo clic. Se levantó, rodeó su enorme escritorio de madera y fue a la puerta de la oficina.

—Que nadie me interrumpa en veinte minutos, tengo que redactar un documento— le dijo a su secretaria y cerró la puerta de vidrio.

Se sentó aliviado por haber encontrado una solución al inconveniente de su mañana. Ya no tiene el zumbido en la cabeza y la imagen de la señorita J. no está en el primer plano de sus pensamientos. Ingresó la dirección en el buscador y al presionar un botón se enteró de su mala fortuna: en media pantalla y con letras rojas leyó el aviso que dice «En mantenimiento». Por más que buscó en otros sitios no dio con la noticia. Cansado ya lanzó un suspiro y miró afuera. Su secretaria le está viendo. Él intentó sonreírle sin éxito. Luego pensó: «¿Acaso esa mujer quiere saber si le he mentido?». Será que ha estado observando la quietud de mis manos y ha deducido que no redacto ningún documento. Es una arpía y lo es porque está buscando en mí sus propios defectos. Cuántas veces le he solicitado algún informe y se ha negado alegando saturación de trabajo, cuando desde aquí he visto que su inactividad se alarga por horas. De nuevo pensó: «Es una arpía».

Pero aun así no quería que le tomara por mentiroso y decidió redactar un correo electrónico que quizá nunca enviaría. Comenzó a teclear y las palabras fueron uniéndose formando grandes párrafos. Tiene la inquietud, casi la certeza de que ella, su secretaría, seguía mirándole y para comprobarlo levantó la vista de repente. Entonces se dio cuenta de su error, ella no está en su silla; tal vez ha ido al baño. Aun así continuó redactando el mensaje y no pudo no mencionar, aunque nada sabe, el asunto al que hacía referencia la noticia del periódico. La mención fue rápida:

«Como ya debe saber, en la universidad se ha presentado un caso particular que involucra a una profesora. Estamos, en estos momentos, confirmando si es verídica la información sobre que existe una denuncia interpuesta en un órgano competente. Por ahora no puedo revelar detalles, pero será usted de las primeras personas en saber sobre los progresos alcanzados».

Se abrió la puerta de su oficina y la secretaria le anunció de la llegada de los tres hombres con los que se reuniría. El señor Rodríguez agradeció el aviso e inmediatamente comenzó a buscar un folder rojo donde tiene algunos documentos derivados de los encuentros previos. Le encontró en la segunda gaveta de su escritorio. Ahora está listo para enfrentar cualquier eventualidad, pero no se levantó de inmediato. Tiene una preocupación. Hay una grieta diminuta en su armadura contra el mundo: desconoce la noticia. Acaso aquellos tres individuos saben de ella y si es así, ¿cuánto detalle manejan? Será que no solo están al corriente sino que son parte del asunto. Entonces qué podrá decir si el tema sale a la luz, él, el director de la universidad. Se imaginó lo ridículo de la situación si se sincera y dice: «No sé nada». Será inaceptable. O puede pretender que el asunto es de carácter privado, no obstante, si no es así y él lo afirma el resultado será aún más negativo. ¿Cómo manejarlo? Ante todo no debía caer en la desesperación, sin embargo, como no hacerlo ante semejante falta en su labor. El caso está claro: debe leer la noticia, pero ¿dónde? De pronto su respiración se aligeró y llegó a él un mareo que le hizo recostarse en su silla. Le falta aire o calma, ambos indispensables. En eso se abrió la puerta de nuevo y su secretaría informó, con su dispar voz, que le esperan en la sala de reuniones.

—Dígales que en seguida voy— alcanzó a decir porque le faltan las fuerzas.

¿Está sudando acaso? Es anormal un cambio tan repentino. Y es que a veces así pasa: dejarse llevar por la conjeturas del pensamiento nos hace caer, al final, en lo imaginario. Por ello, consciente de que el problema está en su mente, como en contrataque, se levantó de golpe, respiró hondo, tomó el folder y salió de su oficina. Avanzó con tal falsa seguridad que terminó creyendo derrotado el decaimiento. Y entró a la sala de reuniones con la solemnidad de un dictador.

—Disculpen mi retraso— fue lo que dijo.

Ninguno de los tres hombres se sintió con la energía necesaria para hablar con un individuo tan eminente. El director se sentó con toda tranquilidad, abrió el folder rojo, tomó una hoja y la observó mientras la levantaba con su mano derecha.

—Me parece que habíamos quedado en el nuevo proceso de evaluación de docentes. ¿Estoy en lo correcto?

—Así es— acató a responder uno de ellos —. Ya hemos revisado sus sugerencias y traemos al menos dos propuestas terminadas.

—Me parece perfecto y lo mejor será que me las expongan de inmediato.

Los tres hombres se miraron y luego se levantaron al mismo tiempo. Uno sacó una hoja y se la entregó al director, los otros encendieron el proyector y bajaron una lona blanca.

Los actos se presentaron sin complicaciones y al parecer estaba desenfundada la idea de requerir leer una insignificante noticia. Incluso, ya adentrado el tiempo, el señor Rodríguez les detuvo en un detalle importante tomado a la ligera e hizo una pregunta que creyó difícil y que fue solventada a la brevedad por los tres sujetos. Además sintió un deseo frustrado de apuntar algunas cosas porque olvidó su bolígrafo en la oficina y creyó inoportuno pedirle uno prestado a los expositores. Cerca de una hora permanecieron en aquel sitio. Al término dijo:

—Ha sido un placer verles— cerró el folder y se levantó.

Salió con la cabeza en alto y sin preocupación alguna por su desinformación matutina.

En sus cuatro años de director nunca ha perdido los quince minutos del café de la mañana, pero no bebe porque no quiere sentir el subidón de energía que termina más tarde en un bajonazo que llega incluso al sueño o la pereza.

En el momento de volver a su oficina, llegó a su mente una preocupación válida: en cualquier momento el señor rector le llamará para ponerse al tanto del asunto del que hace referencia la noticia. De seguro le preguntará hasta el último detalle, con el gran inconveniente de que él, en estos momentos, no puede responderle nada en lo absoluto. Debo, se dijo, encontrar la manera de recibir los pormenores de la denuncia. No obstante, no puede preguntarle a cualquiera ya que no confía en nadie de la universidad. Presiente que si le pregunta a alguno de ellos, se regará el chisme de que el último en saber del asunto ha sido él. No, no puede cometer tal error. Jamás pensará en el señor rector perdiéndose valiosa información por encontrarse invadido por el pensamiento de una mujer. De seguro ese impecable hombre prefiere un libro académico a una botella de vino y una atractiva dama. Además todos saben que solo se ha enamorado dos veces: una en la infancia y otra, de su esposa, quien, al igual que él, es impecable en su oficio de doctora. Cómo pensar que alguno de ellos deje de leer una noticia protagonizada en su lugar de trabajo por un zumbido en la cabeza producto de una alegre noche. Imposible.

Ya cavilaba en desconectar el cable del teléfono para alegar luego su avería, cuando se abrió la puerta y su secretaría dijo:

—Le busca la señorita J., dice que es urgente.

Aquello le sorprendió y le apartó de golpe todas sus preocupaciones, como si aquella señorita fuera una salvadora, su salvadora. Él no es capaz de recordarle en su totalidad, en su mente solo hay imágenes separadas donde se aprecia la perfección de sus labios y la delicadeza de unas manos delgadas, como si fueran piezas separadas y no pertenecieran al mismo cuerpo. Divagó rápidamente hacia esos detalles y se olvidó de su secretaria, quien se cansó de esperar:

—Veo que está ocupado, le diré que venga en otro momento.

Aquello despabiló al director porque es contrario a todos sus deseos y por ello se apresuró a decir:

—Dígale que pase, pero solo si es urgente— añadió como recordatorio de su posición. Ha aprendido que lo que se piensa de una persona es tan importante como lo que se percibe al tenerle de frente. Una vez habló con un buen escritor por cuestión de unos minutos y, cuando confirmó que este también era buen orador, se enteró que era incapaz de hablar. El hombre solo había seguido la plática afirmando o negando con su cabeza.

—Buenos días señor director— saludó la señorita J. al entrar en la oficina.

¿Cómo describir a esa mujer? A la manera de ver del señor Rodríguez, ella no llamaría la atención al caminar por una avenida concurrida, pues su atractivo más importante reside en su excepcional memoria. Ella sabe al dedillo los nombres de todos los poetas que marcaron alguna huella en el tiempo y a veces los acompaña con algunos de sus mejores versos. No sorprende por ello que sea una poeta sin comparación. Pero ahora algo distinto vio el director en esa dama, un detalle menor que terminó por encantarle a primera vista: la señorita J. se ha colocado labial de un color rojo intenso. Ya iba a destacar este hecho cuando le detuvo su profesionalismo. Caviló el momento inadecuado para cumplidos menores y se limitó a recibir con bastante alegría a su visitante.

—Es, como siempre, un gusto verle. Pero admito que no le esperaba.

—No le hubiera interrumpido de no ser necesario— se disculpó ella.

Aunque el señor Rodríguez no lo sabe, la señorita J. viene esperanzada en que él note el cambio en su rostro pues no solo se ha aplicado labial sino que, de manera mínima, también se ha colocado maquillaje. Así lo notó la secretaria, pero nada dijo al director quien carece de sentido para notar estas pequeñeces. Él no está ni siquiera seguro de poderle llamar por su primer nombre, como ella le sugirió en la velada de anoche. Quizá lo más adecuado es continuar diciéndole «señorita J.»

—He venido a aclarar el motivo de mi denuncia— dijo ella aún de pie.

Y esto tomó por sorpresa al hombre ya que, al tiempo, le recordó su traspié de no leer el diario y le indujo un acto de clarividencia con los motivos de la denuncia que imaginó mientras conducía.

La señorita continúo hablando:

—Ya seguramente está usted enterado de todo porque ha salido la noticia en el periódico que usted me ha dicho que lee a diario. Y como debió haber notado, allí no se aclara mi posición de manera correcta. Yo solo he denunciado un error tan humano como cualquiera, pero que me afecta si le dejo pasar. Usted comprenderá.

Sin embargo, el director no comprende nada. ¿Qué cosa ha denunciado ella? Un error humano, ¿qué quiere decir con eso? Y ¿Por qué viene a aclarar el asunto con él? Acaso él tiene algo que ver, acaso se trata de un error suyo. Imposible, no ha hecho nada incorrecto o ¿sí? Ha hecho el mismo trabajo durante cuatro años, seguido la misma rutina y lo único distinto fueron las pocas salidas con ella, ¿qué puede denunciarse de ello? Tomaron vino, no puede negarlo. Aun así las cosas no calzan en su cabeza. De pronto recordó el caso del profesor acosado por la mujer. Será que la señorita J. ha sentido alguna clase de persecución de su parte. Soy su superior, ¿ha influido este detalle? Acaso ella asistió por obligación a las reuniones. No, imposible nuevamente, tendría ella que haber fingido todo y solo una actriz con experiencia puede mantener un mismo papel durante horas. No obstante, todo es posible. Tal vez cometió una falta de manera inconsciente. No hay otra explicación. Sí, eso seguramente ha sucedido. «¿Me ha denunciado a mí?», pensó por fin un poco alterado. Comenzó a palpitar con prisa y fuerza su corazón.

Ahora debe responder algo, ahora que se sabe denunciado, debe comportarse con el máximo respeto y enfrentar el asunto con la importancia debida pues, lo dedujo en un solo instante, no solo peligra su puesto de director sino su carrera completa. Y es que está en desventaja, ya que no sabe nada de la denuncia. ¿Cómo defenderse? Otra vez se arrepintió de no haber leído el periódico por la mañana.

La mujer, al no recibir respuesta, se apresuró a aclarar:

—Debo decirle que todo ha sido por sugerencia de mi abogado. Y, ante todo, deseo que no nazca rencor entre nosotros, ya las autoridades se encargaran del debido proceso. ¿No está usted de acuerdo?

—Así parece— alcanzó a decir él, que aún no salía de la sorpresa de sus conjeturas.

—He querido hablarle antes que a nadie porque también quisiera hacerle una petición.

—Tiene toda mi atención señorita J.

—Que guardemos distancia hasta que se resuelva la denuncia. Según dijo mi abogado, el proceso no durará tanto tiempo y pienso que es lo más adecuado.

El director se dio cuenta que tiene que decir algo más que frases simples para no parecer desinteresado en el tema y respondió:

—No solo es lo correcto sino que tiene todo mi apoyo. Es claro que tendré que declarar en algún momento y debe saber que no puedo decir nada erróneo de su actuar.

Ella sonrió como si aquello fuera un cumplido y luego, quizá para no atrasar más al señor Rodríguez, se despidió diciendo:

—Entonces adiós Lorenzo.

Y salió de la oficina.

El director pensó entonces que ella no solo había interpuesto una denuncia en su contra sino que se atrevía a hablarle con tal libertad, olvidando la formalidad, que en vez de decirle, como es correcto, «señor director» o cosa semejante, se atrevió a despedirse diciéndole su primer nombre como si nada ocurriera entre ellos. Qué se podía esperar de una mujer que utiliza la sorpresa como arma de ataque y sigue consejos de funcionarios de segunda como ese abogado suyo que de seguro desea sacar alguna ganancia económica. Sin embargo, con respecto a la denuncia, fuera la que fuera, demostrará su inocencia.

«¿Ahora qué debo hacer?», especuló. Una cosa le falta: leer la noticia. Empaparse, como dijo don Manuel, de todo el asunto. Y recordando a este hombre, le vio como la única persona confiable para dar una opinión no muy manipulada sobre el caso que le rodea. Además, si va a verle, puede pedirle el diario y leerlo en la comodidad de su condominio. No obstante, ¿cómo llegar hasta allí? Está en plena hora de trabajo. Y la respuesta la encontró por impulso porque miró afuera y vio que la arpía de su secretaría de nuevo le está observando. Esta vez se sintió juzgado por la mirada. ¿Acaso ella me cree culpable? Sí, eso es. Y no soportó tal injusticia, se levantó, tomó su maletín y salió de su oficina.

—¿Va a ausentarse señor director?

—Voy a solucionar un asunto personal— fue lo que dijo y se dispuso a marcharse.

—Entiendo— murmuró la secretaria.

«Entiendo», acaso quiere decirle algo esa simple palabra. Como si fuera de lo más natural la precipitada decisión de marcharse. «Es lo que hace un acusado», debe de estar pensando esta mujer. Y entonces no supo cómo lidiar con tal falta de respeto.

—Iré a casa y no me reuniré hoy con mi abogado— dijo, luego se dio cuenta que esto sonaba extraño y añadió —Eso por si él me llama. Volveré en unas horas si todo sale bien.

La secretaria le quitó la mirada de encima y se enfrascó en el monitor de su computadora, como si todo estuviera arreglado. El señor Rodríguez no entiende como aquella mujer no hace por donde buscar otro trabajo. Está convencido de que o le odia o tiene algún tipo de resentimiento contra él. Consideró por un instante que para ella es un martirio tener que verle todos los días y tener que hablarle con una amabilidad a todas luces fingida. O es al contrario, quien le odia es él y no desea admitirlo. Se sorprendió pensando esto al salir del edificio.

Al caminar hacia su auto tuvo conciencia de que evadió la llamada del señor rector, aunque de una manera deshonesta. Tal llamada hubiera sido una mancha en su pulcro expediente de director. Tiene nada menos que una denuncia en su contra, de una señorita que ha llegado a interesarle o eso se decía. En ella estaba pensando en la mañana en el momento que dejó el periódico en la mesa y esto le ha causado más preocupaciones de las debidas. Cualquiera puede reírse si se le cuenta la historia completa, excepto claro don Manuel, que nunca se deja llevar por las primeras impresiones.

El director sintió la necesidad de ocultarse, no quiere ser visto y menos que alguien le pregunte por su asunto. No, no desea hablar y menos con algún funcionario de la universidad, pues ellos están esperando cualquier tropiezo suyo para empujarle al vacío. Así piensa de todos sus colegas, porque todos los que llevan años trabajando en un cubículo desarrollan odio por sus superiores. Con el tiempo se dan cuenta de lo absurdo de su trabajo: rutinario siempre, estático, atascado. Y culpan al director, es decir, le echan las culpas de su propia monotonía. Subió al auto, le encendió y partió hacia su hogar.

Al salir de una curva se encontró una fila interminable de autos, quizá producto de un accidente. Presionó el pedal del freno hasta que se detuvo tras un auto blanco. Apagó el motor, se recostó en su asiento y aceptó la impotencia que producen estos atascos. Lejos, atrás suyo, viene una ambulancia con la sirena encendida. No mucho después le alcanzó. Los autos se movieron lo justo para dejarle pasar y se perdió adelante en la fila. Todo parece detenido, incluso el tiempo, pero unas gotas de agua anunciaron que la quietud es simple ilusión. Un instante más tarde se vino un aguacero.

Encendió el radio y sintonizó la emisora local. A veces habla un hombre y otras, se escuchan canciones estrenadas muchos años atrás.

Al señor Rodríguez le pareció haber entrado en un cuento famoso que habla de un atasco de autos persistente en el tiempo. Y al igual que el final de ese relato, de pronto, los autos comenzaron a pitar y a moverse: primero con lentitud y después a mediana velocidad. Al avanzar, no se dio cuenta qué cosa provocó aquello. Tal vez por estar concentrado en la carretera que le llevará a su hogar. Metió las marchas con fuerza, como si estuviera enfadado y, de cierta manera lo está, no solo con la señorita J. por denunciarle, sino más bien con su manera inconsciente de cometer un error.

Las agujas que dejan entrar al parqueo están bajas y el guarda, es decir, don Manuel en lugar de presionar el botón para levantarlas, salió de la casetilla y se paró al lado de la ventana del conductor.

—¿Ha ocurrido algo señor Rodríguez?

—Nada que usted no sepa— contestó el director.

—Ah, por un momento llegué a preocuparme. Pensé, al ver su auto, que algo grave había sucedido

—No cree de suficiente gravedad la noticia de la que hablamos por la mañana. Es un asunto que me afecta mucho como ya debe figurarse.

—No debe preocuparse tanto por ello. Leí dos veces la noticia y estoy seguro que nadie creerá eso que dice que en su universidad está impuesta la norma de aceptar solo marxistas

He aquí otro detallé que también desconoce: la señorita J. ha usado cuanto han hablado. Y es que se dice tanto cuando se disfruta de la compañía. Se dio cuenta que fue un error hablar en sus reuniones de la cultura de su lugar de trabajo y, peor aún, un simple comentario sobre las ideas marxistas ha sido deformado para atacarle y crearle una reputación negativa.

278

Don Manuel siguió hablando:

—Pero ya verá usted que pronto todo quedará en el olvido. No debe inquietarse.

—¿Cree usted que no corro peligro?

—En lo absoluto señor— respondió el guarda, con tal seguridad que el señor Rodríguez descartó en parte su preocupación.

Aun así le pidió con amabilidad el periódico, con miedo de que le preguntara la razón de quererlo de vuelta, y este se lo alcanzó sin decir nada, justo antes de presionar el botón que levantó las agujas. El director estacionó el auto, tomó el diario y se dirigió a su condominio con levedad en el cuerpo producto de saberse aún a salvo. El guarda, caviló, ve el asunto con claridad y me cree vencedor. Por esto disfrutó de una seguridad reconstruida. Antes de abrir la puerta se acordó del señor rector. De seguro ya ha llamado y se cansó de escuchar el repiqueteo de la línea, si no fue que su secretaria le contestó. Pero qué importa aquello, en la tarde tendrá tiempo para ocuparse de asuntos sin valor.

Introdujo la llave en la cerradura y la giró, haciendo abrir la puerta. Sintió cierta inquietud o cosa similar, por estar dándose aquel tiempo libre en hora de trabajo. Es como si estuviera robando, pero sabe que nadie se lo reprochará. Caminó a la sala y se dejó caer en el sillón individual. El periódico lo dejo en la hendija derecha con el pretexto de tenerlo a mano para leerle en cualquier momento. Reclinó el respaldar y se quedó mirando el techo. Luego se cansó de ver lo mismo y cerró los ojos. Es raro verle dormir durante el día y menos si hay claridad, sin embargo, aún con todo eso, un instante después, se quedó dormido.

Dos días a la semana una joven muchachita, Leticia, le hace las labores domésticas por un pago nada despreciable. Resulta ella bastante bonita y en su físico el único defecto es una leve diferencia entre la posición de sus ojos. Por esto, es su costumbre andar mirando el piso. Por lo que sabe el señor Rodríguez, es empleada en tres casas diferentes. Su condominio lo limpia las tardes de los lunes y las mañanas de los jueves, con tal tranquilidad que no se comprende como hace en pocas horas incluso hasta tareas no planeadas. Ella ha sacado el instituto con buenas calificaciones, pero por pereza no ha seguido estudiando en la universidad. Más bien, tiene el sueño de ser estilista y ha sacado dos títulos menores en esta rama: cortes básicos de cabello y algo relacionado a las uñas. Por lo demás no sabe mucho de ella, y las veces que le ve le saluda con bastante formalidad.

Un ruido hizo despertar al director. Leticia abrió la puerta, entró al condominio y cerró de nuevo mientras alzaba una bolsa a medio llenar.

—¿Cómo está usted?— dijo el señor Rodríguez con voz profunda por la somnolencia.

Ella volteó su cabeza y casi dejó caer su carga por la impresión. Le miró con rapidez y luego clavó sus ojos en el suelo.

—Me ha asustado señor Rodríguez. No esperaba que estuviera en casa.

—No haga caso de mí Leticia, en un momento me marcharé.

La muchacha acostumbra traer cosas para prepararse el almuerzo antes de empezar a trabajar. Esto con la previa autorización del director y con la condición de no mover las cosas de lugar. Fue a la cocina.

—¿Quiere que le prepare algo de comer?— se oyó preguntar a la joven.

Él nunca había requerido este servicio. Ella tenía tanta hambre que imaginó a su empleador con el mismo vacío de estómago.

—Ya yo he comido— mintió el señor Rodríguez aún desde el sillón.

Con el codo tocó el periódico y se acordó de la noticia, pero conocerse a salvo le detuvo de leerle inmediatamente. Tiene una duda, una simple, que quizá su joven empleada puede responder. No obstante, cómo transformar una idea dudosa en una pregunta terminada. Además no quiere sonar desesperado porque no es eso lo que siente y no desea transmitirlo.

Entonces llamó a la joven:

—Leticia— dijo —. ¿Puedo hacerle una pregunta?

La muchacha no pareció escucharle y le llamó de nuevo un poco más fuerte. Ella, para atenderle, dejó un sartén al fuego, aunque bajó la intensidad de la llama.

—¿En qué le ayudo señor?— exclamó al acercarse.

—Tengo una pregunta, no es gran cosa.

Sin embargo, la estructura de la cuestión no está formada en su cabeza y se descubrió incapaz de preguntar. Quiere saber si ha cometido alguna falta invisible a sus ojos en las citas con la señorita J. Saber si está mal una conversación libre y fluida con la ayuda de un poco de vino. Acaso se puede denunciar a alguien por ello o puede alguien pensar mal de él por haber aceptado la invitación a entrar al apartamento de ella a deshoras de la noche. ¿Dónde estuvo su error? No hubo nada indecoroso y recordaba todo a la perfección.

—Espero su pregunta— dijo la muchachita.

Y, sin más tiempo para pensar, el director comenzó a formar la pregunta mientras hablaba:

—Supongamos... que yo le invite a usted a cenar. ¿Qué pensaría en ese caso de mí? ¿Lo vería como un asunto desagradable u obligado?

Los ojos de Leticia se levantaron del suelo al escuchar aquello.

—¿Está invitándome a una cita señor Rodríguez?

—Bueno, verá, es más bien una pregunta sin importancia, es... quiero decir...— y no supo explicarse.

—No se preocupe, yo le entiendo— dijo la joven sonriendo y luego añadió —Ya sabía que le causé buena impresión el día que me contrató.

«¿Qué es lo que a dicho?», pensó el director. No solo ha comprendido mal sus intenciones sino que ha hablado sin medir sus palabras. ¿Cómo arreglar la situación? Durante sus años de estudiante su habilidad para darse a entender oralmente eran deficientes, no obstante, año con año mejoraron y ahora cree que es un problema resuelto.

En eso la joven siguió hablando:

—Y vaya que ha tardado. Ya empezaba a pensar que esa mirada suya tan peculiar y llena de deseo era pura imaginación mía.

—Se equivoca usted Leticia y en mucho. Ha sido esto un gran malentendido, olvídelo todo.

—Me gusta la levedad de su pudor, pero no tanto como sus brazos— dijo la joven y se tapó la boca mientras disfrutó de una risilla.

—Esto es inaceptable Leticia, no lo esperaba— se levantó sobresaltado.

Que puede hacer, es una situación insoportable. Decidió huir. Salió del apartamento a pasos gigantes, olvidando el periódico en la rendija del sillón.

Se fue sintiéndose tan violento que se subió a su auto y condujo a la entrada sin darse cuenta. Tampoco escuchó el comentario de don Manuel antes de que alzara las agujas.

Forzó una situación de lo más incómoda. Y su empleada demostró carecer de algo indispensable: el sentido de la compostura. Ha insinuado cosas absurdas. Acaso su mirada tiene ese «deseo» de los insatisfechos y entonces, se preguntó, ¿verá en mí eso toda mujer que me cruza la mirada? Acaso soy de esos hombres que parecen necesitar saciar sus inmundas fantasías lanzando ojeadas inapropiadas a cuanta mujer se encuentre por ahí. No, imposible. La culpa la ha tenido la muchacha por ser, como lo ha manifestado, una chiquilla fácil. De seguro, es de esas que leen novelas para adolescentes donde ponen sobre un pedestal al sexo y las libertades salvajes. Sí, pensó, esa jovencita debe ver el mundo no solo con ojos bizcos sino también, corrompidos. Pero no podía echarle toda la culpa: su pregunta mal planteada desató todo. Una falta de preparación al hablar, cosa no muy común en su rutina. Ahora comprendió su error. Debe pedir una disculpa por no tomar en cuenta todos los factores. Es ella todavía muy nueva y le falta el recato de un adulto instruido.

Resuelto el asunto anterior tuvo tiempo para pensar en otras cosas. Sabe que debe volver a la universidad, de seguro allí le espera la arpía de su secretaria y le dará cuanta solicitud haya llegado en su ausencia. Es él como un comandante que autoriza o no a placer. Lo cierto es que a veces piensa que hasta un niño con buena ortografía puede hacer con éxito gran parte de su trabajo. Por ejemplo, hace una semana recibió una solicitud por parte de un grupo de estudiantes de informática: quieren hacer una pequeña investigación en el departamento de computación. Y él puede meter dos papeles en un sombrero y, sin ver, dependiendo de cuál saque, darles la autorización o no. No solo se siente remplazable sino que juzga injusto poseer un buen perfil por un puesto tan absurdo. Todos saben qué hacer y también, como hacerlo; si le piden permiso u opinión es, sobre todo, por protocolo. Ha analizado esto muchas veces y siempre concluye que debe, a pesar de todo, ser un profesional hasta en la farsa. Es decir, hacer sus tareas con gracia y gusto, como si le gustara realmente su trabajo y su oficina, y su maldito escritorio de madera exótica. Ese mueble, que le aparta de los mortales, antiguo y costoso, es una incomodidad. Al principio le guardó cariño porque sentado en el lado correcto da a la persona la sensación de tener gran poder. Aunque esto no se lo dijo a nadie y cuando alguien le preguntó sobre ese grandísimo mueble, dijo, fingiendo al principio, confesándose después, que hubiera preferido, si estuviera a su alcance, utilizar uno más sencillo.

Ya después de dos años en el puesto de director, y por curiosidad, se animó a preguntar sobre la posibilidad de remplazar el escritorio, pero la respuesta le hizo entrar en razón:

—Ese mueble estuvo ahí antes que usted y seguirá allí cuando usted se marche.

Esto es de las pocas cosas que de verdad le incomodan, no obstante, no se lo ha dicho a nadie. Ni siquiera se lo contó a la señorita J. cuando, no teniendo de que hablar, se mordió la lengua para no revelar esto.

La carretera ya no muestra evidencia de la lluvia, aun así el señor Rodríguez conduce despacio. El radio lo mantiene encendido con la esperanza de escuchar hablar del asunto de la universidad, sin embargo, una canción es seguida por otra y otra sin pausas intermedias. Esto hasta que interrumpieron la música para dar una noticia de última hora: un hombre había muerto en un barrio de mala fama porque el despachador de la pulpería, cansado de que le asaltaran, estrenó un arma de fuego. Un solo disparo fue suficiente.

En toda su vida el director no ha experimentado lo que es ser víctima de un maleante. Desde siempre inspecciona con cuidado los caminos que transita. Por esto cada vez que oye una noticia semejante tiene que esforzarse para tomarla en serio. En su mente, estas cosas solo son verosímiles en novelas o teatros. Y, cada vez que se cuestiona esto, siente con más fuerza su desconexión con la realidad compartida.

Pasó con su auto al frente del parque, siguió avanzando a velocidad de caminante y pasó después delante del mercado. Luego enfrente del museo que observó con pintura nueva. Al llegar a la intersección dobló a la derecha, anduvo una cuadra más y luego giró de nuevo a la derecha. Pasó ahora por delante de la farmacia; luego por el mercado, por el lado opuesto al de antes, y terminó atravesando de nuevo el parque. Allí apreció un lugar para estacionar y, por impulso, movió la manivela y se acomodó en el campo libre con una facilidad que resultó hasta elegante. Cosa, por lo demás, no extraña en situaciones protagonizadas por él.

Bajó de su auto y comenzó a caminar sin tener un destino establecido. Habían algunas personas aquí y allá, pero no vio a nadie conocido excepto a Pepe, un vagabundo adoptado desde tiempos antiguos por la ciudad. No había mucho que apreciar y, al poco tiempo, queriendo sentarse, se encontró una banca de cemento a la sombra. Se acercó y se sentó en ella como si no tuviera más cosas que hacer. Entonces levantó la vista y miró los inmensos árboles que parecen rascacielos. En sus ramas de pronto apareció una ardilla que se desplazó, quizá al verse descubierta, con tal gracia que el director juzgó inútiles las calles y las aceras para aquel animal. De niño solía leer novelas en una banca semejante en la plaza del pueblo porque su padre se enfadaba si le veía en la casa perdiendo el tiempo, como él decía, en historias imaginadas en vez de aprender matemáticas o ciencias. Sin embargo, desde ese entonces el director mostró su gran capacidad mental pues, con solo poner atención a lo que explicaba su maestro en clase, mantuvo tan buenas calificaciones en la escuela que le concedieron, en quinto grado, una beca sin siquiera haberla pedido.

En eso vio con el rabillo del ojo que alguien por la derecha se acerca a él. Al mirar bien se encontró con Pepe, el vagabundo. Viene renqueando y avanza muy despacio, no obstante, al momento llegó a la banca y, sin mirar al director, se sentó a su lado.

—¿Hace cuánto tiempo está buscando trabajo?— preguntó Pepe.

—¿Habla usted conmigo?

—Cada vez que veo a un hombre vestido así como usted y sentado a esta hora en una banca del parque pienso: «Ese es otro que no sabe respirar». Y me enojo porque la solución es fácil.

—Disculpe, pero no entiendo lo que me quiere decir— aclaró el señor Rodríguez.

El olor a licor barato le salía del aliento y se combinaba con la peste que salía por los poros de su cuerpo. Sin mirarle aún, siguió hablando:

—Digo que ya puede dejar de aparentar pues solo hay dos opciones: o está desempleado y aparenta no estarlo al vestirse así, o tiene trabajo y aparenta no tenerlo ya que está aquí sentado un lunes por la tarde.

El vagabundo hizo un gesto con su boca y se le desacomodó la plancha de dientes. Luego volvió a colocarla en su sitio con otro movimiento de mandíbula antes de decir:

—Míreme en cambio a mí, contrario a usted, tengo armonía: no tengo trabajo y por ello puedo rondar estos lugares a estas horas. Y mire mi ropa: acaso no calzan estos trapos viejos con lo que se espera de un vagabundo. ¿No lo entiende? El que no respira ignora lo fácil que es mantenerse con vida.

—Soy el director de la universidad— dijo el señor Rodríguez.

—En ese caso, solo le aconsejo suicidarse cuanto antes, así tendrá armonía. Y si le parece bien yo le puedo acompañar. Hace años quiero hacerlo y no he encontrado a alguien que me haga el favor de morirse conmigo.

—Está usted equivocado, yo no deseo morir.

—¿Está seguro?

—Sí, pero le agradezco la invitación.

El vagabundo, aún sin mirar al director, lanzó un quejido como si el rechazo a su propuesta le provocara dolor físico. Entonces se levantó y se fue renqueando con la misma lentitud con la que llegó.

II

Hoy martes al faltar diecinueve minutos para las cinco de la mañana el señor Rodríguez abrió los ojos y ya no sintió sueño o cansancio. Ha sobrevivido a un día sin haber leído el periódico pues no lo encontró, como esperaba, el día anterior, al regresar a su condominio y atribuyó la falta a que de seguro Leticia le había sacado junto a la basura. Pudo, si hubiera querido, ir a buscarle entre las bolsas negras y el contenedor de basura, pero ni siquiera tomó en cuenta esta opción y se convenció que ya no leería las noticias del lunes.

La tarde del día anterior, después de haber regresado a su oficina, no hizo más que resolver un conflicto protagonizado por dos profesoras. Una discusión, digámoslo así, controlada entre dos profesionales. El caso fue que debido a la falta de aulas y a algún error al asignarlas, a dos grupos se les situó en el mismo salón y a la misma hora. El asunto es que no se podía simplemente buscar otro espacio porque no lo había, excepto claro por un aula en el gimnasio. La discusión había pasado por varios niveles de funcionaros. Ninguna profesora quería perder el aula asignada y tampoco estaban de acuerdo en turnarse: un día en el gimnasio y otro en el aula. Ambas mujeres reclamaban tener más mérito que su oponente para ocupar el sitio adecuado. Así fue como la discusión siguió pasando de escritorio en escritorio hasta llegar al del director aún sin el más mínimo avance. Las dos profesoras estaban ya cansadas de la inutilidad demostrada por el personal administrativo. El señor Rodríguez recibió el informe del caso apenas al entrar en su oficina. Y atrás de este entraron las dos profesoras.

Leyó algunas líneas de páginas separadas y luego les dijo:

—Parece que ambas empezaron a dar clases el mismo año y son prácticamente de la misma edad.

Las dos mujeres confirmaron el dato y luego se quedaron en silencio mientras el director terminó de examinar los documentos. Ordenó los papeles y los puso a un lado, como si ya no los necesitara.

—A nadie le gusta el aula del gimnasio— comento él —, pero no tenemos de otra por ahora. Profesor L., ¿tiene usted una moneda?

La señora arrugó el entrecejo. Después, algo sorprendida, buscó en su bolso y en su monedero. Sacó una moneda dorada y la colocó sobre el gran escritorio.

—Me parece que ya imaginarán el proceso, este asunto es entre ustedes. Yo solo seré testigo y cuidaré de que no se cometa alguna trampa.

Nadie podía dudar de su método y menos cuando estaba sentado atrás de ese escritorio digno de un dios antiguo. El señor Rodríguez vio que la profesora L. estaba de verdad preocupada. Su rival fue la que tomó la iniciativa: agarró la moneda y se dispuso a lanzarla al aire. La profesora L., quizá por su temor, dio a su oponente la facultad de elegir la cara de la moneda, y esta no dudó en escoger.

Arreglado esto, lanzó la moneda al aire. Giró a toda velocidad mientras fue perdiendo velocidad ascendente y luego cayó dando aún vueltas. Cuando estuvo a la altura de los hombros, la misma mujer que le lanzó, la atrapó con las dos manos. Puso las palmas en forma horizontal y luego, con extremo cuidado, levantó la mano de arriba, y miró la moneda: entonces se conoció terminantemente derrotada. La profesora L. suspiró de alivio.

Luego de que se fueron las dos mujeres quedó haciendo eso que un niño con buena ortografía podría hacer y no salió de su oficina sino en la tarde para retirarse a su hogar. Nadie le visitó. La noticia parecía habérsele olvidado al mundo entero y juzgó que era debido a lo absurdo de la denuncia. Se sabía vencedor.

Es un martes como cualquiera. Se levantó, encendió la luz y miró la ropa que había dejado la noche anterior en la silla. Caminó a la cocina y encendió el calentador de agua. Avanzó luego al baño y orinó sin haber cerrado la puerta, cosa infrecuente que le hizo sentirse más bien varonil que incómodo. Inconscientemente continuó con su rutina aunque en diferente orden al de siempre pues se dio cuenta mientras se duchaba que había olvidado cepillarse los dientes por los cinco minutos usuales. Corrigió este desvío al terminar de ducharse con agua casi helada como ya se sabe. Otro tropiezo sufrió al percatarse que había olvidado su ropa interior y por esto hizo algo que le avergonzó aunque tal vez sin razón: camino desnudo hasta su habitación, y la agitación no se le fue inmediatamente luego de vestirse.

Después fue a la cocina. Notó que solo tiene polvo de café para una taza.

Un gallo cantó a lo lejos, un acontecimiento desacostumbrado.

Sonaron tres golpes en la puerta y, como el señor Rodríguez está esperando, abrió al instante.

—Buenos días don Manuel.

—Buenos días señor. Aquí tiene, como siempre, su periódico.

Al tomarlo notó algo distinto. ¿Acaso pesa menos? No, es otra cosa.

—Perdone, pero le he echado un vistazo. El repartidor pasó hoy tan temprano que tuve tiempo de leer un par de hojas.

Aclarado este asunto, miró la portada y dijo:

—¡Vaya!, ganaron los celestes— don Manuel sigue en la puerta —. ¿Quiere usted café? Ha quedado una taza.

Y el guarda entró al condominio e hizo todo como el día anterior mientras el señor Rodríguez se sentó en el sillón. Aunque a don Manuel le gusta más con azúcar, nunca pide pues esto también es parte de la costumbre. Ya iba cruzando la sala para salir y volver a su casetilla cuando escuchó al director decir:

—No dice mucho de la noticia de ayer.

Entonces se detuvo manteniendo el líquido de la taza lo más quieto posible y no pudo no comentar:

—Usted sabe cómo son esos periodistas, solo buscan armar escándalo. Y como le dieron la razón a la profesora, ya no les interesó el asunto.

«¿Qué ha dicho?» Le dieron la razón a la señorita J. Ha ganado la denuncia. Una denuncia en su contra. Esto significa que ni siquiera hizo falta su versión del asunto. ¿Cómo es posible eso? Según cree entender todo lleva un proceso, una serie de pasos para llegar a una conclusión. Acaso es tan evidente su falta.

—Entonces— titubeó —. ¿Le han dado la razón a la señorita J.?

—Así es. Tuvo suerte— comentó don Manuel.

No queda duda: él es culpable de cometer algún error, aunque no sabe cuál. Sin embargo, está claro para el resto del mundo. Ha perdido el caso en cuestión de horas. El proceso terminó y apenas se enteró de su existencia. Y ahora, de seguro, debe descontar alguna pena.

—En la tarde le regreso la taza— dijo el guarda antes de retirarse.

¿Cómo don Manuel puede estar tan tranquilo? Acaso no le importa que él de pronto se convirtió en un condenado. Uno que no tiene clara ni su condena ni la razón de ella.

—No se preocupe usted, tráigala cuando pueda— exclamó demasiado tarde y como un susurro.

De pronto se descubrió en una carrera contra su libertad. Es cuestión de horas, o minutos incluso, para que lleguen oficiales de policía y le arresten como si fuera un ladrón. Le pondrán esposas que lastimarán sus muñecas y le subirán a un auto. Le llevarán a prisión donde le espera la clase más baja: violadores y asesinos. Pero, ¿qué es él? Un condenado, sin duda, pero ¿de qué tipo?, ¿en qué forma falló?

Durante gran rato quedó divagando en sus propias conjeturas.

Ahora le preocupan dos cosas: la primera es el cambio de rutina que de manera inminente vendrá a su vida y la segunda, la perdida de toda autoridad al ser capturado. Esto último porque es lo más lógico, piensa, que le arrestarán en la universidad, al frente de todos los funcionarios que trabajan bajo su mando. Le esposarán y le sacarán, con suerte, con la cabeza tapada. Y allí llegarán también reporteros y fotógrafos que dispararán con sus cámaras peores cosas que balas: sus capturas le acompañarán en el tiempo y serán, más adelante, como pesas que tendrá que arrastrar a cada paso.

Condenado de forma irremediable. Temporalmente libre.

Queda poco tiempo y solo desea disfrutar la libertad que pronto le arrebatarán. Quiere caminar como no lo ha hecho nunca. Ir al cine y ver lo estén dando, porque no recuerda haber ido alguna vez. Y vino a su mente la imagen de un niño comiéndose un helado y quiso ser ese niño y saborear ese helado. En unos minutos habrá tanto que ya no podrá hacer, incluso estar en su condominio. Solo desea permanecer donde no estuvo o donde estuvo sin estarlo realmente.

Consiente de todo lo anterior, se sintió incomodo en ese traje rígido y cuadrado, propio de un hombre con más suerte o con más cuidado al andar por los caminos de la vida. Fue a su habitación, abrió el armario y tomó unos pantaloncillos cortos y azules.

Luego agarró una camiseta blanca. De una gaveta tomó unas medias también blancas y terminó encontrando unos zapatos celestes para hacer deporte que no ha usado nunca. Es una mudada que había comprado con el fin de hacer deporte, sin embargo, sin ejercitarse mantiene un cuerpo envidiablemente sano. Cambió de atuendo en un solo instante. Estaba decidido a disfrutar su, cada vez más pequeño, espacio de libertad. Cruzó la sala, abrió la puerta y salió a caminar. Pero, atento a no causar algún inconveniente, le informó a don Manuel en cual dirección irá y cuando planea regresar. Esto para no incomodar a los oficiales en caso de que, no encontrándolo en su oficina, llegaran al edificio de condominios con la intención de llevarle a prisión. No quiere aparentar que está huyendo de la justicia.

—¿Hoy es su día libre?— le preguntó el guarda cuando emprendió la caminata.

No obstante, lo que el señor Rodríguez escuchó fue una afirmación: «Hoy es su día libre». El último de muchos, concluyó él sin detenerse.

Tal vez está sobrepasando los límites, quizá hubiera sido lo mejor quedarse a esperar la llegada de los oficiales. No era común en su actuar quebrar las reglas o doblarlas a su conveniencia, pero hace esto último adrede porque, piensa, uno no es prisionero hasta que no le coloquen en una celda. A pesar de esto, ahora lleva una marca imborrable: es un condenado.

Mirar los árboles, acercarse planeando tocarles, observarlos de cerca, abrazarlos y dejarlos atrás porque a la distancia otro árbol se levanta; ese es el sentido de su caminata. El cielo está despejado y el director dedujo que en la tarde lloverá, en parte porque quiere que su arresto y su tristeza sean armoniosos con el semblante del día. Es su deseo: lluvia y frío.

Cierto día, cuando era niño, fue con su madre a visitar un primo que descontaba años de condena. Era todavía muy joven para apreciar la limitada existencia de aquel familiar suyo. Su primo había preparado un espacio de poco más de un metro cuadrado para atenderles como si fuera un apartamento. Y cuando él, con toda inocencia, traspasó los límites vino una advertencia llena de temor por parte del condenado pues las fronteras tenían que respetarse por completo, sino había consecuencias. Mientras avanza recordó aquella experiencia y sintió una tardía sensación de lástima por su primo. Luego, peor aún, experimento lástima por sí mismo porque eso es lo que le espera en poco tiempo.

El sol siguió subiendo. Ya no reconoce las calles por las que camina y, a pesar de ello, sigue adelante. Sus pies, desacostumbrados a la exigencia, comienzan a dolerle. Decidió detenerse en algún lugar y vio adelante una casetilla de las usadas para esperar los autobuses. Sí quiere volver a la hora planeada debe regresar de inmediato y caminar a un ritmo que creyó inalcanzable por sus pies. Algo debe hacer porque no quiere que los oficiales le esperen por mucho tiempo, podrían incluso, por su retraso, pensar que estaba fugándose y es lo que menos desea que imaginen. ¿Para qué hacerles más complicada la labor a los oficiales? De seguro, al igual que él, solo desean hacer bien su trabajo.

Al llegar a la casetilla se encontró con que una señora se guardaba allí de sol.

—Buenos días— dijo él con buen tono mientras se sentaba.

—Buenos días.

Quedaron en silencio. La mujer mira adelante, pero ahí no hay más que un lote baldío con mucha hierba. El señor Rodríguez sabe que pocos dueños recortan el monte por evitarse el inconveniente de no tener donde tirarlo y solo a veces pagan para que rieguen herbicida. La señora volteó a observarlo.

—Me parece que le he visto a usted en otro momento— comentó al fin.

—Es posible, soy el director de la universidad.

—Oh, mi hijo está en la universidad. Ahora quiere ser abogado; antes, psicólogo.

—Me parece bien— dijo él sin que se le notara el desinterés por los hijos de ella y su indecisión con su futuro.

—Yo le digo que esos sitios solo sirven para los que se esfuerzan. Él es un haragán sin remedio, pero insiste en que algún día tendrá su título.

Ya iba a levantarse para volver cuando la señora siguió hablando:

—Mi esposo le dice que el que nace para jornalero no tiene escapatoria incluso si ha obtenido un título universitario. Yo estoy de acuerdo con eso, ¿no le parece a usted lo más acertado?

—No sabría decirle— contestó el director, aunque no solo tenía una opinión sino que le creía correcta.

No ser sincero le causó molestia. Se debatió entre si exponerle su opinión o reservársela. La mujer no parece incapaz de seguir un razonamiento lógico. Sin embargo, dudó porque hay personas apegadas a sus ideas y, aunque se les demuestre que son incorrectas, les siguen defendiendo a toda costa. Aun así decidió decirle lo que pensaba. Entonces en la esquina de la calle dobló un autobús y la mujer se levantó.

—¿Va usted en ese también?— le preguntó. Él respondió que no moviendo la cabeza —Entonces adiós, que pase buen día.

«¿Qué dijo? Que pase buen día», es claro que esa mujer no le interesa los acontecimientos importantes. Quizá ni siquiera acostumbra a leer el periódico, si lo hiciera sabría de la denuncia y de que él es culpable. Quien no está enterado de ello es una persona extraña y contraria a la época actual que requiere una constante búsqueda de información. Muchos, casi todos, deben saber sobre su asunto y por ello no le pareció raro que, antes, mientras caminaba, algunas personas le observaron con detenimiento. «¿No es ese el condenado?», de seguro se dijeron. Y no hay posibilidad de que aquello fuera producto de una fuerte sugestión. Por otro lado, si la señora no sabe de su caso es porque lucha por mantenerse aislada. Pero, ¿cómo diferenciar a una persona que conoce su asunto de una que no?

En eso pasó por la acera un joven que miró al señor Rodríguez y levantó sus cejas sin detener su caminata en señal de saludo. «Es claro que ese individuo está al corriente de mi asunto— pensó —, sino por qué se ha tomado la molestia de saludarme. A mí, un desconocido». De pronto se apreció juzgado. Sintió entonces una incomodidad creciente. Deseaba estar en la seguridad de su condominio, pero no solo estaba lejos sino que, de alguna manera, perdido. Izquierda o derecha, ¿por dónde ha llegado? No recordaba. Cerró los ojos, respiró hondo y comenzó a calmarse. Ahora se acordó lo que un momento atrás le pareció confuso: ha llegado por la izquierda.

Un auto pasó por la carretera, quizá demasiado rápido. «¿Ese conductor me ha mirado?», se dijo nervioso. No había duda, ese hombre también le ha reconocido. Sin embargo, no es para tanto, ya su destino está escrito: será prisionero. Es normal estar nervioso y sentirse señalado, se dijo, después de todo perderé mi libertad. Y la razón todavía está tan oculta para él como la noticia no leída.

Su padre trabajó de comerciante y su filosofía, al igual que la del esposo de la desconocida, era bastante simple y rígida:

—El que nace para ser grande no tiene barrera que le detenga.

Y su idea no quedó allí sino que la inculcó en su hermano y él desde pequeños. Así crecieron los dos creyéndose distintos a sus conocidos. Les obligó a creer que habían nacido para ser grandes y ellos habían aceptado esto como una verdad. Fue tal el discurso de su padre que todos en la familia creían que cosecharían enormes éxitos. Incluso su madre había caído en aquello y desde antes de nacer les pronosticó grandes carreras. Del señor Rodríguez solía decir que llegaría a ser ministro con una seguridad que convencía hasta al más desconfiado. Así creció el director teniendo la idea de que podía superar cualquier obstáculo. Eso sí, nunca cayó en la arrogancia porque su padre también le mantenía unidos sus pies con la tierra. Ya destacaba en la escuela y siguió así en el instituto. Cumplía con toda tarea y siempre tenía tiempo libre para leer. Casi nunca jugaba, ni siquiera con su hermano, y solo a veces venía algún primo o vecino.

No obstante, ahora, luego de vivir miles de experiencias y derribar incontables obstáculos, se preguntó si podía modificar lo que su padre le inculcó y decir algo como:

—No se nace para algo, se aprende de camino a apreciar y el que no lo hace andará buscando algo que no existe.

Piensa esto cada vez que se siente triste y solo. Cada vez que duda de ser vencedor o que analiza el sentido de la existencia. Y ese algo que no existe es la felicidad absoluta. Así lo dedujo una fría noche de diciembre.

Pero esto es contrario a su rutina y su propósito. Si le toma por cierto, su vida entera tambaleará. Si afirma ello, sus logros perderán valor porque él no sabe lo que es apreciar, no es algo que haya aprendido. Está programado para superar barreras y vencer, vencer a toda costa. Entonces tuvo conciencia de que esta es su falta. Este error es el que ha apreciado la señorita J. Por esta idea es que debe pagar.

Allí, sentado en la parada de autobús, comprendió que le han condenado porque no sabe algo esencial, nadie se lo ha enseñado: ignoraba cómo ser feliz. Una primer lágrima corrió por su mejilla y la limpió con el brazo; pero una segunda, cruzó su rostro y cayó en su pierna. «Está comenzando a llover», se mintió.

III

Minutos después un autobús se detuvo al frente de la casetilla. La puerta se abrió y dejó ver al conductor.

—¿Va a subir?— preguntó desde su asiento.

—¿Pasa por Los jardines?— gritó el director. El chofer asintió con la cabeza e hizo un gesto con la mano para que se subiera sin demorar.

El señor Rodríguez, por arrastre, se levantó y entró en el autobús como un sonámbulo. Solo desea volver a su condominio a esperar a los oficiales para que le lleven a descontar su castigo.

«Soy culpable, sin duda», pensó. El que falla en algo tan esencial no tiene derecho a ser libre. Los que se fallan a sí mismo no solo exponen su fracaso sino que lo contagian como si se tratara de una enfermedad. Peor que un loco, un ladrón de logros que carece de sentido para apreciarlos. Ha ignorado todas las señales de su decadencia, ha caminado en la oscuridad mirando la luna y soñando con algún día llegar a ella andando derecho.

En el autobús van pocas personas: en los asientos delanteros, un par de ancianas y atrás, algunos colegiales fáciles de distinguir por sus uniformes. Ya de camino subió otro joven, quizá un universitario, y se le quedó mirando un instante. «Este muchacho está al corriente de mi asunto», pensó el director. Se sentó delante de él y ya no volvió a verle. Y ¿por qué iba a voltear? Si los muertos no llaman la atención. Eso es él ahora, un muerto o, más bien, como un espíritu que aún no ha dejado su pasado. Subieron y bajaron durante el trayecto algunas personas más, sin embargo, ninguna le dirigió la mirada, ni siquiera una hojeada rápida.

Pensó entonces que un condenado es menos que un vagabundo, porque este último solo estorba y en cambio el condenado, amenaza. Si fuera su elección dormiría en la calle, cobijado con cartones y comería los sobros que tiran en la basura; antes de ser encerrado en una celda. Siendo vagabundo hubiera buscado un propósito como el de coleccionar pequeñas alegrías a pesar de la miseria, alegrías negadas a todo prisionero.

Levantó la mano y presionó el botón de parada. El autobús se orilló y abrió la puerta. Dejó su asiento y avanzó a prisa por el pasillo, no fuera que otro pasajero llegara tarde a su destino por su demora. Ya iba a bajar cuando escuchó decir al chofer:

—Señor, el pasaje— y señaló una cajita donde tiene en grupos las monedas

Debe pagar, pero hay un problema: no lleva dinero y por esto quedó helado. Volvió a ver atrás y se encontró con la mirada atenta de las ancianas. El joven también le mira. ¿Cómo explicar su descuido? No lo ha hecho de manera consiente. Está acostumbrado a entrar y salir de su auto a placer, sin tener que pensar en dinero. Por otro lado, solo necesita un par de monedas, una cantidad mínima que a veces se encuentra tirada en la calle. Esas veces, por su insignificancia, no le junta. «Si recojo esa moneda pensaran que me alegro de encontrar una minúscula cantidad de dinero». En su mente no es causa de la suerte, sino una prueba de su ambición. Los que se emocionan por encontrar una moneda son los que más mal hacen a la sociedad, pues conciben cualquier cosa por unos cuantos billetes, incluso engañar o robar. Gana suficiente dinero para no necesitar de la suerte. Sin embargo, ahora, con la mirada penetrante del conductor, está en una situación de lo más incómoda.

—Vera... ¿cómo decirlo? Me encuentro sorprendido— terminó expresando —. El caso es que no ando dinero.

—¿No anda dinero me dice?— repitió el conductor. El director sonrió avergonzado —Le parece gracioso según veo. Déjese de bromas y pague el pasaje.

—Le digo que no ando dinero— y se tocó las inexistentes bolsas de su pantaloncillo azul. Lo dijo a media voz para que solo le escuchara el chofer, pero una de las ancianas se enteró de todo el asunto.

La vieja metió la mano en su bolso y al sacarla traía agarradas unas monedas. Las contó y luego las ofreció al señor Rodríguez diciendo:

—Aquí tiene joven.

Es inaceptable aquello, es como encontrarse el dinero botado o incluso peor. Su costumbre le impidió aceptar. No obstante, el chofer extendió la mano y recibió el pago de la anciana. Luego miró al director con lejanía en los ojos como si ahora él fuera problema de alguien más. El señor Rodríguez bajó avergonzado.

Ahora está a una cuadra del edificio donde vive. Sin nadie a su alrededor terminó de llegar a su hogar y le recibió don Manuel.

—Como siempre, llega usted diez minutos antes de lo planeado.

—¿Ya han venido por mí?

El guarda se disculpó porque no sabía que alguien vendría por el director. Aun así, aseguró no haber visto a nadie. «¿Acaso tendré que ir a entregarme yo mismo?», se dijo el señor Rodríguez. De seguro, pensó, los oficiales tienen tanto trabajo que no han podido venir, además hay asuntos más urgentes que encerrar a un infeliz: personas agresivas, por ejemplo. Y mejor así porque tendrá tiempo de ducharse. No soporta sentirse sucio.

Quizá también le alcanzará el tiempo para una pequeña siesta que nunca hace entre semana. La toma los domingos luego del café de la tarde o después de embotarse la cabeza por terminar un capítulo del gran libro de economía. Este es un tema de reciente interés para él y su exploración inicial ha sido mediocre, en parte porque el libro está saturado de teorías y frases laberínticas.

No ser prioridad para los oficiales y sus superiores le resulta comprensible. Su falta es más consigo mismo que con los demás y esto a la vista de la justicia es un caso menor. Por otro lado, un infeliz descuenta pena con solo mantenerse vivo porque su existencia es en sí un martirio. Hay quienes descuentan su pena en su propio hogar. Si fuera ese su caso, tendría la ventaja de seguir dándole el café a don Manuel y no provocar que este tuviera que incomodarse trayendo desde su casa o haciendo su propio café en su pequeña casetilla. En esto pensó al ducharse y luego se acostó con tal cansancio de cuerpo que se durmió al instante.

IV

Despertó alterado, con miedo de ser aplastado. Cuando joven le gustaba apuntar las cosas que soñaba y había llegado a describir sus sueños con un detalle tal que recordaba incluso cuantos colores habían estado presentes. Un día tuvo su sueño más descolorido pues solo tenía verde y amarillo. Después buscaba los significados en un libro que acertaba en lo que estaba sucediendo y en lo que sucedería. Cierta vez una niña le pidió el libro con algún vago propósito. A la muchachita le volvió a ver; al libro, nunca jamás. Pero le perdonó con gran facilidad porque le apreciaba de sobremanera. Se llamaba Fernanda y fue la primera en despertar en él cierto deseo de verla siempre. Y es imposible que le olvide pues cada vez que tiene un sueño elaborado se recuerda del libro y también de la muchachita. Además no le es posible al director borrar de la mente la bonita forma en que arrugaba la nariz al sonreír.

Se levantó hambriento y fue a la cocina. Revisó las gavetas y no encontró, ni siquiera en refrigerador, algo que pudiera comer de inmediato, excepto por una lata de atún olvidada en la parte de arriba de un mueble. Le abrió y con un tenedor, aún de pie, comenzó a comer directamente de la lata. Entonces se miró a sí mismo y se convenció de que aquello era lamentable. ¿Acaso no iba a ser él un ministro según su madre? Hasta hacía poco tiempo así era en la mente de quien le conocía. Está joven y ya es director de la universidad, qué no puede llegar a ser un hombre con su talento. Todo esto se tragaba con cada trozo de atún. Pero hay una realidad solo conocida por los que han fallado: «El talento no es garantía». Se requiere atención y persistencia para alcanzar un objetivo.

Ya se sabía incapaz de apreciar la belleza de las cosas, se conocía infeliz y ahora también se sintió carente de logros. Según muchos, él es exitoso y, si no lo es, lo hubiera llegado a ser pronto si no se hubiera equivocado en el camino.

Pero a qué viene esto si ya es tarde para lamentarse: el fracaso le ha caído sobre los hombros. Ahora solo desea disfrutar los pocos instantes de libertad que le quedan. Y no satisfecho al terminarse el atún, decidió conseguir algo digno de llenar su estómago. Ya en la prisión comerá tierra si le obligan, no obstante, todavía no está allí. Aún no le han esposado. Quiere salir y comer y beber. Sentir todos los placeres que le sean posibles. «Pero no puedo», se dijo de repente. ¿Qué le detiene? Su libertad a medias. Me encuentro en un estado de gracia, pensó, en un tipo de balsa donde me dejó el asunto. Pronto caeré al agua y me rozaré con tiburones. Si se resiste le devorarán. Entonces comprendió o creyó saber cuál es su verdadero estado: no pueden arrestarle por ser infeliz. Esto, de seguro, es lo que detiene a los oficiales. No es causa suficiente. No obstante, les juzgó atentos a cada uno de sus movimientos porque si cruza algún límite de su libertad le atraparán sin remedio. Están vigilándole, no duda de ello. Esperan que cometa un exceso imperdonable como lo es aparentar que no es infeliz. Comprendió que en su condominio está a salvo y, si ahí se queda, alargará el periodo de gracia, siempre y cuando viva sin aparentar, es decir, como un completo infeliz. Cerró puertas y ventanas para aislarse del peligro exterior, esconderse de sus vigilantes.

Su carencia no le hace digno de salir a la calle porque la trasmitiría a las demás personas.

Aceptada su reclusión, en el sillón de la sala y con el libro de economía en brazos, el director intenta descifrar el sentido de los interminables párrafos. Así pasa páginas sin entender de qué viene el asunto expuesto. En eso oyó unos pasos afuera, alguien se detuvo en su puerta y, luego de una pausa, esa persona tocó tres veces. No cabe duda, es don Manuel.

—Señor Rodríguez, le llama su secretaría por teléfono.

Cerró el libro, pero no se levantó ni dijo nada. ¿Qué quiere esa mujer? Ella es ahora problema de otro.

—Dice que no sabe nada de usted, parece preocupada— siguió el guarda y volvió a tocar tres veces la puerta —. Señor Rodríguez ¿se encuentra bien?, ¿quiere que llame un doctor?

Había dado aquel número telefónico por si ocurría alguna emergencia, pero no entiende por qué hoy le llamó. ¿Qué pretende? Acaso es que su secretaría quiere verlo haciendo el espectáculo de ser esposado en la oficina. Sí, es su grito de victoria. El grito de una arpía.

—¿Es acaso un resfriado?— preguntó el guarda.

—No se preocupe por mí. Ya todo está resuelto— dijo por fin.

—Si usted lo dice, pero ¿qué le digo a su secretaria?

El director tuvo ganas de abrir la puerta, caminar hasta el teléfono y gritarle a aquella mujer que es una…, como siempre ha querido hacer. Sin embargo, no puede caer en el irrespeto. La conducta correcta está asociada a él como una de sus extremidades. Nunca ha demostrado alteración alguna ante ella, ni siquiera cuando, recién tomado su puesto, ella se daba el lujo de tomar acciones por su cuenta, como por ejemplo, cuando aceptó darle vacaciones a un conserje que, a toda impresión, era un holgazán. Esa vez le habló, a pesar de su enojo, con tal tranquilidad que dudó si su mensaje de reprenda había llegado integro a su destino.

—Dígale que me ausentaré, ya ella sabe el motivo— gritó y luego añadió como sugerencia —. No pierda don Manuel más tiempo hablando con esa mujer, cuélguele cuanto antes.

—Así lo haré— acató el guarda.

Se fue. Sus pasos sonaron cada vez más débiles y por fin quedó en silencio todo.

El director sintió deseo de beber alguna cosa y fue la cocina pensando en hacerse un café. Llenó el calentador de agua y lo encendió. Colocó la bolsita de tela en el soporte y, cuando fue a buscar el polvo de café, recordó que gastó el último poco por la mañana. Vio ahora algo primordial: debe abastecerse. Pero salir al supermercado es un error imperdonable. De seguro, si lo hiciera, aparecerán oficiales y le dirán:

—Ha cometido usted el exceso que esperábamos.

Y le conducirán a prisión. No puede cometer tal falta. Pensó entonces en pedir ayuda y no imaginó persona más adecuada que la joven Leticia. Buscó su celular y le descubrió apagado y sin carga, cosa excelente porque ese aparato es una libertad evidente que tiene que eliminar cuanto antes. Y lo hará luego de hablar con la muchachita.

𝒱

Cerca de las cuatro de la tarde llegó la joven en un taxi con cuatro bolsas llenas de lo pedido por el señor Rodríguez. Al verla en la entrada, don Manuel se ofreció a ayudarle, pero ella le dijo que ya iba con impulso y no aceptó detenerse. Sus manos apenas soportaron llegar hasta la puerta del condominio del director. Bajó su carga y tocó la puerta como si tuviera prisa.

—¿Quién es?— preguntó el señor Rodríguez desde dentro.

—Soy yo— dijo la joven. Y él, por la voz, descifró que era Leticia.

Se escucharon unos pasos y luego el cerrojo. Abrió la puerta lo suficiente para asomarse.

—¿Trajo café?

—Una bolsa.

—¿Del barato?

—Del que usa siempre, solo ese había.

Sintió, el director, temor de que los oficiales se dieran cuenta que se estaba dando el lujo de comprar cosas costosas. No quiere permitirse lo imposible para un prisionero común. Así no llamará la atención. Según se imagina, la comida en prisión es mala y debe hacer entonar su dieta con estos estándares.

Espera que en cualquier momento le notifiquen alguna cosa, que le digan cuanto tiempo será vigilado y cuáles son los límites que no puede exceder. Ahora solo supone y quizá se da demasiadas libertades o al contrario. No lo sabe. Aun así debe, mientras tanto, limitarse en todo.

—¿Le han seguido, los ha visto usted?— le preguntó a la muchacha.

—¿A qué se refiere?

—Oficiales. ¿Ha visto oficiales cerca?

Ella lo negó.

—Bien— y abrió la puerta del todo. Agarró dos bolsas y dio la orden de llevar el resto adentro —. Voy a buscar el dinero, ¿cuánto le ha costado todo?

Al entrar la joven notó una oscuridad alarmante. El señor Rodríguez ha tapado todas las ventanas y apagado las luces, excepto por una pequeña lámpara esquinera que lucha, sin gran éxito, por espantar las sombras.

Leticia sacó la factura del supermercado y leyó el monto total en voz alta, luego añadió:

—Pero ya sabe usted como son los taxistas, se aprovechan de todos. Y además, hoy tenía otros planes…

Comprendió el director que la joven, como esperaba, quiere recibir algún pago.

—¿Tiene cambio de cincuenta?

—No, no tengo— dijo la joven y luego preguntó, extrañada por el ambiente del lugar —¿Padece de migraña, señor Rodríguez?

—Nunca he tenido

—Ya veo— y quedó confundida.

Volvió el silencio mientras el director empezó a buscar un tarrito con forma de canasto donde guarda monedas y a veces, billetes. Ha olvidado que se rompió días atrás.

Entonces Leticia se interpuso en su camino. Está sonriente.

—¿Qué le parece tan gracioso?— dijo el director.

—Quería decirle que decidí aceptar.

—¿Aceptar que cosa?

La joven sonrió aún más.

—Acepto tener una cita con usted.

El señor Rodríguez recordó la conversación de ayer y dio por perdida la búsqueda del monedero. Debe cerrar ese asunto y medir sus palabras porque aquella joven parece no razonar con elocuencia y solo oye lo que desea.

—Vera Leticia, yo no deseo tener una cita con usted. No solo porque me es imposible en este momento, sino porque sería incorrecto siendo usted tan joven.

—Entiendo— comentó la joven y se puso seria —. Ye me lo imaginaba: me quiere usted solo para tener sexo.

Al igual que el día anterior la conversación se desvió. Debe detener aquello, corregirlo de alguna manera porque si le deja así será hasta peligroso. Qué pensarían los oficiales si escucharan aquella conversación: los límites estarán excedidos. Aunque el señor Rodríguez no lo sabe, Leticia está tan influenciada de telenovelas juveniles que no piensa en más cosa que fantasías eróticas. Pero ¿cómo resolver aquello? No llegó una forma adecuada a la cabeza del director.

—Voy a darle un billete de cincuenta. Quédese el cambio y, por favor, no vuelva a mencionar el tema— con delicadeza acompañó a la joven a la puerta y le despidió diciendo —. Y no hace falta que venga el jueves. Yo le aviso si le vuelvo a necesitar.

Cerró la puerta, dejando a la muchachita afuera y envuelta en confusión pues cosa tan fría y poco excitante no pasa en la televisión. Se fue seriamente contrariada, preguntándose si había sido un error suyo no lanzarse a los brazos de su empleador. El señor Rodríguez, por otro lado, corrió a fijarse por las ventanas para saber si algún vigilante fue testigo de aquel ridículo acto. No vio a nadie.

Tapó la ventana con la cortina y se volteó para mirar en el vacío del condominio su propia desocupación. No tiene cosa alguna que hacer o así lo percibió en un instante. Se angustió por el rumbo que su vida ha tomado y agradeció que su padre estuviera bajo tierra, porque de otro modo, hubiera enfermado de la angustia y la cólera. Ese hombre nunca le obligó a nada porque pensaba que él tenía el don de encontrar los caminos a la prosperidad. De niño nunca le fue una carga, ni siquiera tuvo que comprarle los cuadernos y el uniforme del instituto porque su beca le alcanzó para ello. Y de su felicidad, como siempre anduvo tan concentrado, nadie pensó nunca en lo solitaria que era su vida. Por esto y otras cosas leía. Con un libro podía viajar y conocer las calles de París o Londres, y saludar a caballeros notables a su paso. Así de real fue su experiencia al leer autores brillantes. Así disimuló desde pequeño su propia infelicidad.

Ya no habla con su hermano. Al comienzo llamaba a casa una vez por semana. Se saludaban de la misma manera y las preguntas eran ya conocidas de antemano, pero no tanto como las respuestas.

—¿Cómo está mamá?

—Un poco peor.

—¿Sigue tomando pastillas?

—Todos los días y a cada cita le aumentan la dosis, ahora tiene que tomarse siete.

—Dígale que le quiero y que apenas pueda iré a verla.

—Se lo diré.

Así eran las conversaciones y no dejó de preguntar en cada llamada por su madre. Quien por periodos cortos dejaba de reconocer a las personas. Eso al cumplir los cincuenta y cinco años.

Una semana el señor Rodríguez olvido llamar a casa porque pensaba que ya lo había hecho. Nadie le llamó por extrañar su falta. Después no llamó más. E iba muy de vez en cuando para enterarse que todo había empeorado un poco más.

Cierto día montaron a su madre en un auto y le llevaron a un hogar de ancianos. Allí cuidarían de ella mejor que en su propia casa. Cada vez eran más extensos sus periodos de poca lucidez. Pasó así años y un día ya no volvió de su laberinto mental. No fue así, pero el señor Rodríguez sintió entonces que su familia había desaparecido. Se apreció solo en el

315

mundo y su motivo de existencia, lo que le impulsaba a levantarse, se extinguió. De repente, ya no importaba si llegaba a ser ministro. Así que tuvo que inventarse día a día una razón para seguir y con frecuencia se decía: «Mañana tengo una reunión tan importante que usaré mi mejor traje», y siempre usaba su mejor traje. «Debo atenderles lo mejor posible. Son personas muy importantes», se decía. Y cada vez calificaba de primordial hasta el evento más insignificante.

Porque cree que en su encierro debe llevar una vida miserablemente infeliz y limitada, quedó gran rato sentado en el sillón de la sala con las manos en las rodillas y mirando la pared del frente en la oscuridad ya descrita.

El silencio y la quietud reinan.

En eso, como el de una bomba, un ruido invadió el condominio: su teléfono comenzó a sonar y vibrar en el desayunador. «Mierda», se dijo el director. Resulta aquello imperdonable: olvidó apagarle. Ningún prisionero puede poseer un aparato igual. Ni el que mejor se comporta. Es una falta grave. Se levantó alterado y en dos pasos llegó al desayunador. Tomó el teléfono e intentó sin éxito hacerlo callar. Sus manos son herramientas inútiles producto del nerviosismo. «Maldita sea». Y siguió sonando haciendo más grande su falta. Si se dan cuenta de esto sus vigilantes, le penarán de alguna forma. Acaso no hay solo un teléfono en prisión y, para usarlo, se debe hacer una fila eterna porque la espera es parte del castigo.

Por fin el aparato dejó de sonar. Y hasta ahora comprendió las letras que había mostrado la pantalla: la señorita J. fue quien le llamó, pero ¿para qué? Acaso no está contenta con quitarle su libertad. Sin embargo, no puede odiarle, quizá ha llegado a enamorarse de ella. No lo sabe a ciencia cierta.

De nuevo reinó la calma y, para enterarse si algún vigilante escuchó el incidente, se asomó a la ventana trasera. Hay un hombre parado en la calle y habla por teléfono. «Me he sobrepasado», pensó el director. Es ese sin duda un vigilante y ahora estaba reportando el acto. Si no es causa suficiente para encarcelar lo es para alguna medida en su contra: más vigilancia tal vez.

En eso el teléfono, en el mismo lugar, comenzó a chillar de nuevo. Y el señor Rodríguez corrió enojado por el descuido, le tomó y lo lanzó contra la pared. Quería callarlo, pero el aparato no impactó contra el cemento sino que chocó contra el vidrio de la ventana trasera y provocó un escándalo a romperle en cien pedazos. Aún con todo, el teléfono siguió sonando un rato más. Es la ventana que da a la calle. Y recordando al vigilante, el director, se asomó con la esperanza de que no se hubiera enterado de nada. ¿Cómo no iba a hacerlo? Ahora no solo mira la ventana sino que parece querer acercarse. «Debo explicar las circunstancias, sino pensará que estoy perdiendo la razón». Abrió la puerta trasera y salió a un pequeño patio.

—Señor, ¿está bien?

—Perfectamente— contestó el director.

—Ya veo. Y la ventana, ¿qué ha pasado?

—Un accidente, no tiene importancia.

Notó el señor Rodríguez que aquel hombre no lleva nada que le identifique como un oficial y pensó entonces que desde ahora debe tener más cuidado porque le será muy difícil diferenciar a un civil común. Entonces recordó una duda que le nació mientras había estado sentado y no vaciló en preguntársela al oficial, en parte para desviar la atención de la ventana.

—Verá usted, tengo una pregunta— le dijo al individuo acercándosele —. Por la mañana frecuento compartir una taza de café con el guarda de los condominios y luego tengo la rutina de leer el periódico.

—Me parece bien— comentó el hombre confundido por el dato.

—Entonces, ¿le parece bien que lo siga haciendo?

—No le entiendo, ¿me lo está preguntando?

—Sí, sí. ¿Puedo hacerlo?

—Eso es asunto suyo, me parece. Hágalo si le apetece.

Es lo que quería oír y sintió como si hubiera obtenido una gran victoria. Se despidió del oficial y se fue a su condominio. Buscó el teléfono, le desarmó y así lo dejó en una gaveta. Luego echó los vidrios rotos en un saco, sin cuidado pues se hizo una cortadilla en un dedo. Lanzó una maldición y terminó de ordenar. Después volvió a sentarse en el sillón con las manos en las rodillas mientras esperaba la hora de comer.

Puede intentar seguir con la lectura de su libro de economía, pero juzgó esa actividad de menos provecho que hacer nada y dedujo que su creciente desesperación por inactividad es algo que debe soportar. Los prisioneros se acostumbran, supuso, y él no se diferencia de ellos. Allí fue cuando se lamentó de no haberle pedido autorización al oficial para salir a tomar sol al patio.

Se acostó a las siete y media porque sigue concentrado en cumplir las reglas que cree básicas para un prisionero. Cierta vez estuvo en un hospital y de allí recordó los horarios de las comidas, pero no de a qué hora se debe dormir. Lo que si sabe es que debe levantarse ni antes ni después de las seis de la mañana y meterse inmediatamente a bañar. Desayunar a las siete y leer el periódico luego de, en su caso actual, lavar la vajilla. Esto significa que debe dormir una hora más de lo rutinario y debe ofrecerle café a don Manuel hasta pasadas las siete. Por otra parte, leerá el diario por costumbre pues ahora poco importa si está informado. Después tendrá que buscar ocupación y estaba pensando en pedir algunos libros más interesantes que los que tenía. Incluso se debatió entre pedir también de filosofía o alguna que otra novela. De esto último le atormenta la buena suerte necesaria para encontrar algún escritor contemporáneo destacado. Quizá optar por clásicos es la decisión más apropiada. Así estará acompañado por personajes memorables. Y podrá decirse: «Acabaré este libro porque me dejará una enseñanza crucial», y tendrá un motivo para seguir leyendo a diario.

«Pronto estaré libre y eso es muy importante. Debo esperar», pensará.

Se durmió sin haber elegido los libros. Ya en el sueño reconoció el lugar donde se encontraba, es como un laberinto lleno de trampas. Ha tenido ese mismo sueño tantas veces que sabe dónde debe pisar, brincar o correr. Y guiado por su experiencia avanzó tanto que llegó a un lugar nunca visitado. Debe elegir entre ir a la derecha o la izquierda. Corrió a la izquierda y en un instante se enteró que ese camino era el incorrecto. Despertó con la sensación de haber fallado y no sabiendo si volverá a aquel sitio.

Es medianoche y de forma anormal se escucha actividad en el piso de arriba. ¿Quién puede ser? Nadie con una rutina común. Acaso tendrá nuevos vecinos o eran quizá oficiales. No, imposible. ¿Que ganarían vigilándole tan de cerca? Nada. Pero supuso que el acto de la ventana rota traería consecuencias. Tal vez aquello es el resultado. Vigilantes en su mismo edificio, escondidos como si fueran sus nuevos vecinos. No tendrá escapatoria, sabrán todo de él. Es un atropello a su libertad. Y de pronto recordó que era un condenado, que perdió una denuncia en su contra y que si no está en prisión es cuestión de suerte. Tal vez pondrán micrófonos como los que ha visto utilizados en animales y entonces ya no tendrá escape. ¿Qué está pensando? No tiene lógica alguna, su caso no es tan grave para semejantes medidas. Está cayendo en lo ridículo. En eso su oyó un sonido en el parqueo. Un chillido. Se levantó y caminó con la vista acostumbrada a la oscuridad. Se acercó en la ventana del frente. Corrió la cortina y observó a dos hombres bajando una caja de una camioneta. ¿Quiénes son? Oficiales quizá, no lo sabe. Y ¿qué contiene la caja? Acaso es ese el aparato de los micrófonos. No, imagina demasiado. Tiene que ser algo más real, más creíble: nuevos vecinos, eso debe ser.

Aquel edificio está compuesto por nueve condominios y solo cuatro están ocupados. Uno de ellos por el dueño del lugar, un anciano con el corazón malo que sigue vivo gracias a un aparato pegado a su pie, solo eso sabe de él el señor Rodríguez. Años atrás se le podía encontrar en la mesa del fondo de un restaurante de su propiedad. Allí le conoció el director y ahí se fraguó la compra de su condominio, el más grande de la planta baja. Fue indispensable que estuviera en la primera planta. Nadie lo ha echado de ver, pero el director le tiene pavor a las alturas aun cuando no está frente a una caída. Un metro del suelo es un kilómetro en su mente, por ello no usa elevadores y le tiene recelo a las gradas. No obstante, se guarda muy bien de no mostrar esta debilidad.

«Una familia, eso debe ser», pensó. Debieron haber comprado el condominio antes de saber que allí abajo vivía un condenado. Tuvieron mala suerte. Volvió a mirar afuera y ya no vio a nadie. Regresó a su habitación y se metió en la cama. «Oficiales y micrófonos», se dijo burlándose de la sola idea, pero no le descartó. Pronto se volvió a dormir.

VI

Siguiendo el horario autoimpuesto, se levantó a las seis en punto luego de estar despierto más de una hora pues aún está acostumbrado a la rutina de director y no a la de condenado. La silla que noche a noche usa para dejar su traje está ocupada por una ropa de lo más informal. Lo raro no es tanto la ropa, ya que los domingos usa ese tipo de vestimenta, sino que no puede recordar cuantos miércoles seguidos se ha vestido de manera apropiada para su puesto. Cualquiera que le haya visto caminar por allí de seguro le juzgó de político o banquero, profesiones que no se diferencian mucho de la de director de la universidad.

Salió de la cama por el lado derecho y se apoyó en el suelo con ambos pies al tiempo para no atraer malas energías. Aunque no creía del todo en estos asuntos. Lo hacía por aquello de estar equivocado en su escepticismo. Más joven esto le afectaba en mayor medida, en especial toparse con un gato negro. Pero al salir de la universidad, en el apartamento que rentaba, vivía uno de estos animales. Se perdía por días enteros para luego regresar, cuando menos se le esperaba, y dormía en las sillas del comedor. Él le ayudo a superar su temor, pero no sucedió esto con las escaleras y, aunque aparenta tranquilidad, no gusta de cruzarlas y solo lo hace cuando necesita ganar el respeto de algún colega más supersticioso que él. A pesar de todo, aunque cree infundadas estas ideas, las respeta porque no quiere tener obstáculos para alcanzar sus objetivos.

Todo está oscuro y al caminar hacia el baño, algo en el desayunador captó su atención. Le divisó con el rabillo del ojo y quizá hubiera sido mejor no haberse enterado de nada: es una mariposa negra, completamente negra. Se ha colado por la ventana rota, es lo más probable. En el instante que tuvo conciencia de ella el señor Rodríguez se paralizó. «Es una desgracia», se dijo. La última vez que ha visto uno de esos insectos fue el día que murió su padre. Esa vez entró por la puerta principal y llegó revoloteando con torpeza al cuarto. Fue su padre quien, al ver la mariposa y con una serenidad admirable, dijo:

—Esa es mi señal: hoy me muero sin remedio.

Poco después de esas palabras se lo llevó un ataque al corazón.

El director, mirando la mariposa en el desayunador se preguntó si era su señal. Comenzaron a temblarle las manos. Negra como la muerte y allí esta, tranquila, como si aquel fuera su hogar. Cerró las alas y luego las abrió con lentitud.

—¿Qué quieres de mí?— preguntó el hombre.

Acaso no es suficiente ser un condenado y vivir aislado. ¿Debo también morir? Acabar todo. No, no estoy listo. Aún tiene la esperanza de recobrar su libertad y poder disfrutar del tiempo restante. Aunque está marcado por la infelicidad y quizá nunca se aleje de ella. Que más da si muere hoy o dentro de cuarenta años. Acaso no va a ser una eterna agonía su existencia. Sin embargo, no quiere morir.

—Maldita seas— murmuró.

Y la mariposa, como ofendida, cerró las alas y luego las abrió a gran velocidad. Se elevó y siguió volando. A la derecha, luego a la izquierda. Arriba y abajo. Está en todos lados: la cocina y la sala. El señor rodríguez retrocedió con temor y, cuando la mariposa se acercó a él, no pudo más. Sentía la muerte venírsele encima, disfrazada de aquel insecto.

—Maldita, maldita seas.

Entró a su habitación y apenas tuvo tiempo de cerrar la puerta. Desde ahí oye la mariposa con claridad, sus alas tocan la madera como pidiéndole que abra.

—¿Qué quieres? Lárgate de aquí.

La mariposa dejó de hacer ruido. Según la imaginación del hombre, se posó al otro lado de la puerta. Miró la habitación y se descubrió en peor posición que antes: ahora está prisionero en su cuarto. Y ella le vigila. Pegó su oído a la puerta y creyó escuchar como la mariposa abre y cierra las alas celebrando su victoria. Pero aún no está derrotado o eso quiere juzgar. Sin embargo, su valentía no es completa porque, aunque se sabe poseedor de las armas para deshacerse del insecto, le detiene la sobrevaloración del enemigo.

No es una simple mariposa, es el recuerdo de una derrota ajena. Su padre no estuvo enfermo más que dos veces: al ser majado por una carreta y al recibir un disparo. De lo primero le quedó una cojera indisimulable; de lo segundo, un dolor crónico en el brazo derecho. No obstante, nadie le vio quejándose y ninguna persona pudo aprovecharse de tales circunstancias. Lo que no podía con el cuerpo lo compensaba con su dominio de la palabra: nadie le ganaba una discusión y sus socios no podían negarse a financiarle algún negocio aunque el camino se deslumbrara empinado. Muchas veces cayó, pero no vencido porque trabajaba el doble para alcanzar sus metas. Ya todos le conocían y sabían además que sus hijos traían ese carácter y nunca recibieron miradas de lastima. Su padre sacaba fuerzas del corazón y fue este, ya cansado de luchar, quien le falló al final. Esa fue su única derrota y la anunció una mariposa negra, completamente negra.

El señor Rodríguez había alzado una pared donde antes estaba la ventana del cuarto. No tiene más salida que la puerta. Sentado en la silla, sobre la ropa, está pensando en una manera de escapar o ganar. «¿Cuánto tiempo vive una mariposa?», porque prefería quedarse allí un tiempo maratónico, que ser tocado por ese insecto. Sin embargo, no puede hacerlo pues pronto llegará don Manuel con el periódico, esperando su taza de café. Cómo informar o explicar que le tiene prisionero un bicho. ¿Qué pensará de él? Cobarde, miedoso o, peor aún, poco hombre. Como si todo ser que quiere ser llamado así tuviera que eliminar la posibilidad de tener temor.

En la silla quedó largo rato, con los codos en las rodillas y las manos sujetando su cabeza.

No ideó una solución, de manera que ahora, al sonar tres golpes en la puerta principal, sigue aún encerrado en su habitación. Tiene que hacer algo, pero ¿qué cosa? Acaso su coraje le alcanza para abrir la puerta. Se levantó y fue a arrimar el oído a la madera de la puerta. Nada escuchó. Puso la mano en la cerradura y abrió lentamente. Asomó un ojo: ya no está la mariposa. Ha volado a otro sitio o ha sido una ilusión suya. Abrió con lentitud y dio un paso inseguro, después otro. No está. Caminó mirando en todas direcciones por el pasillo. Arriba, en la esquina tal vez. No está en ningún lugar. Avanzó con cautela, no está en la sala ni en el desayunador, no obstante, al ver hacia la cocina la observó posada en el soporte para la bolsita de tela de chorrear el café. Abriendo y cerrando las alas.

Volvieron a sonar tres golpes y escuchó decir al guarda:

—¿Está despierto señor Rodríguez?

—Un momento— gritó el director, le tembló la voz.

Y con la misma lentitud de antes, mirando desde lejos a la mariposa, caminó a la puerta. Debe fingir valor, así será un hombre completo. Dejó de observar hacia la cocina, respiró hondo y echó a un lado la cobardía. Abrió la puerta con tal energía que nadie hubiera notado lo trágica de su mañana.

—Buenos días señor— dijo don Manuel y extendió su mano con el periódico —. Esto es suyo.

El director tomó el diario y, contrario a la costumbre, no se movió y allí mismo miró la portada.

—¡Vaya!, otra huelga— comentó y recordó que no preparó café. Inmediatamente, buscando una solución a su problema, preguntó —. ¿Ha visto usted alguna vez una mariposa negra?

—Hace mucho que no, no que yo recuerde— respondió el guarda.

—Pues en la cocina hay una. De seguro se ha colado por la ventana. Es— añadió —hermosa sin límites. Pase usted a verla.

Y el hombre entró entusiasmado de ver el animal. Caminó a la cocina y bastó con que le mirara un instante para que dijera:

—Tiene razón: es hermosa.

Y el señor Rodríguez, que se quedó al lado de la puerta, no expresó su aberración.

—Será mejor sacarle para que vuele libre, ¿no cree usted lo mismo?

—Por supuesto— dijo el guarda.

Y sin que lo pidiera el director, tomó la mariposa entre sus manos, con cuidado de no aplastarle, salió de la cocina y se dirigió afuera. Caminó tras los sillones y pasó al lado del señor Rodríguez. Quien mantuvo una posición vertical y rígida para no mostrar su violencia interior. Don Manuel dejó el condominio y se fue por el pasillo en busca de un buen lugar donde liberar la mariposa. Se fue tan envuelto por el asunto que olvidó lo referente al café.

El director ha recuperado su condominio y sintió como si aquel lugar fuera suficiente para vivir sin perderse nada importante. Tuvo así conciencia de la libertad que disfruta aun siendo un condenado.

VII

Preparó el desayuno con la sensación de haber esquivado una estocada. Ha recobrado el dominio de sus facultades y hasta preparó una taza extra de café por si vuelve don Manuel. Y, en ese caso, le ofrecerá azúcar porque sabe que así le gusta más. Aunque también imagina que ya se ha acostumbrado al café sin endulzar. Comió y luego se sentó en el sillón con el periódico en las manos. Leyó primero lo referente a la huelga y después pasó a la segunda página, y siguió leyendo en orden de aparición. Lanzó, de vez en cuando, algún bufido por la impresión.

Hace tanto tiempo que no desperdicia nada que, antes de continuar con la sección de deportes, se levantó y fue a la cocina. El café está enfriándose en el pichel. Palpó mentalmente su estómago y se convenció que puede beberse la taza restante. Se sirvió y fue de nuevo al sillón a terminar de leer el diario.

Poco le importa si gana este o aquel equipo. No le encuentra ningún sentido, quizá por esto nunca gustó de jugar algún deporte y el único que, de manera mínima, había llamado su atención no requería más que mover las manos para cambiar de posición algunas figurillas. Por ese entonces el ajedrez era popular entre los colegiales y se armaban torneos con bastante frecuencia. Le bastó ganar el primero en el que participó para convencerse que disfrutaba más de leer novelas, incluso más que la sensación provocada por vencer a un oponente. Y se alegraba de no haber encontrado un rival demasiado difícil porque en ese caso hubiera seguido jugando solo para demostrar algo que ya sabía: «No había barrera que le detuviera». Los deportes le parecen un asunto nada más gracioso y fuera de toda importancia, pero no se permite el lujo de no saber los resultados de los juegos para no verse desestabilizado en alguna conversación de pasillo. Las que casi siempre solo imagina pues por su posición nadie consiente tales temas en su presencia.

Quien ve al señor Rodríguez como alguien correcto no se imagina que falló en la primera prueba que le realizaron en la escuela. Era todavía muy niño. Cierto día comenzó el profesor a llamar a uno por uno de los estudiantes a su escritorio, los sentaba en una silla y les hacía una pregunta sencilla. Lorenzo Rodríguez estaba nervioso y solo supo que en algún momento dijeron su nombre. Se levantó y fue a sentarse al lado del escritorio del profesor:

—Bueno Lorenzo, la prueba es esta: dígame el nombre completo de su madre.

Vaya alivio sintió por saber la respuesta. Hizo memoria y contestó con toda seguridad. El profesor apuntó su respuesta y luego le autorizó volver a su pupitre.

Ese mismo día, por la tarde, mandaron a llamar a su madre. Y cuando esta se presentó con el maestro fue notificada de que su hijo había cruzado los apellidos de sus padres. Le recomendaron entonces esperar un año más y volverlo a inscribir en la escuela cuando estuviera más preparado. Doña Ana salió avergonzada del encuentro y por la noche le contó el suceso a su esposo. Este recibió la noticia con tal escepticismo que calificó al maestro de imbécil. Al día siguiente llevó personalmente a Lorenzo a la escuela, lo paró frente al profesor y le dijo:

—Diga de memoria el nombre de todos los países del continente americano.

Y el niño, más con miedo que con nerviosismo, comenzó a decir uno por uno los países y sus capitales, de arriba abajo del mapa que su padre le había regalado. No faltó ni siquiera uno y al término el maestro, maravillado, no puedo hacer más que decir que había errado en su juicio.

No solo fue la última vez que perdió un examen sino la última que alguien del pueblo dudo de su capacidad. En los próximos meses aprendió a leer, sumar y restar casi como un autodidacta y se adelantó tanto a los otros estudiantes que a medio año le subieron un grado. Y si después no volvieron a subirle fue porque tendría entonces tres años menos que sus compañeros y muchos opinaron que esto le traería problemas.

Los viernes doña Ana, su madre, le esperaba a la salida de la escuela para pasar por la pulpería de don Víctor a comprarle un helado. Luego la señora le llevaba a casa donde esperaba el almuerzo que dejaba preparado. La mujer hacía cuanto podía por sus dos hijos y estaba tan orgullosa de ambos que, aunque no lo demostraba siempre, se entregaba a ellos. Incluso decidió lavar y planchar ropa ajena para comprarles aquello que su esposo se negaba a darles. A Lorenzo le compró libros que devoraba en pocos días y a su hijo mayor, le pagaba ilusionada la mensualidad de un equipo deportivo.

—Este será futbolista y nos sacará de pobres. Y este otro será ministro y sacará de pobres a todos los demás— así dijo alguna vez. Y los dos iban por buen camino.

Solo debía de esperar para conocer triunfadores a sus hijos, sin embargo, antes le llegó la enfermedad. Ya su hermana había presentado demencia desde joven y por ello doña Ana rezaba para que sus hijos fueran sanos igual que ella. Igual, porque siempre se creyó sana incluso cuando salía a la calle y no recordaba como regresar. Se creyó sana cuando desconoció la foto del que fue su esposo y cuando olvido su propio nombre.

Su hijo mayor fue el primero en alcanzar cierto éxito:

—Hoy me subieron al equipo profesional. Me pagaran mucho dinero— le anunció emocionado. Estaban en un cuarto y ella le volvió a ver asustada e inmóvil porque le confundió con un ladrón.

Poco después el mismo hijo llego a decirle:

—Voy a ser padre.

—Muy bien hijo, ve y cuéntaselo a tu madre— le respondió doña Ana. Ese fue el primer día que Lorenzo Rodríguez vio llorar a su hermano mayor.

No había remedio, en el hospital se los dijeron. La enfermedad le cambió y pronto dejó de parecer la madre con que habían crecido y se transformó en una persona sin más conexión con la realidad que algunos delgados hilos.

Antes de llevarla al hogar de ancianos intentaron dejarle en su casa. Acompañada y encerrada. Entonces pasaba las horas mirando por la ventana. En épocas se enteraba de su estado y pedía ayuda a algún caminante porque le tenían prisionera, no obstante, la mayoría del tiempo esto no le afectaba. Otras veces se le veía en el corredor intentando forzar la cerradura del portón. Lloraba sola tanto como reía y de pronto, era solo una persona más con problemas mentales. A veces aparecía en ella la capacidad, aprovechando algún descuido de su vigilante, de hallar la manera de salir. Y huía entonces a la casa donde vivió de soltera y al llegar llamaba a gritos a su madre, ya fallecida, porque solo de ella se acordaba. Esas veces, la señora que allí vivía salía y, acostumbrada a estas escenas, le escuchaba decir lo mismo de siempre:

—Dígale a mamá que ya llegué, que me perdone por irme sin permiso.

Esa era su realidad y la señora la sentaba en una mecedora en el patio de la casa y conversaba con ella hasta que llegaban a llevársela. La encerraban de nuevo y le daban las pastillas que nunca parecieron no hacer efecto.

Sin ninguna novedad, contrario a lo anunciado por los títulos, pasó la sección de deportes, ojeó la de espectáculos y se saltó los anuncios clasificados pues ahora de ahí nada puede ser de su interés.

Cerró el periódico y se encontró con que había olvidado la segunda taza de café. Bebió un sorbo y no le gustó. Está frio. Fue a la cocina y derramó el café en el fregadero. Lavó la taza y la secó. La colocó junto a las otras tazas y después se dio cuenta que no tiene más cosa que hacer. En eso miró el suelo y notó una basurita diminuta que le impulsó a querer barre el condominio.

Buscó la escoba y comenzó a barrer desde el cuarto. Está todavía limpio, sin embargo, no se detuvo porque no quiere llegar de nuevo a la desocupación. Entonces escuchó tres golpes en la puerta principal.

—¿Sí?— dijo.

—Le llaman por teléfono señor— anunció don Manuel.

Por el timbre de su voz notó el director que le han pedido al guarda manejar el tema con suma importancia. Preguntó si era su secretaria y recibió de respuesta:

—Es un hombre. Me ha dicho que su teléfono parece no funcionar.

—No puedo responder llamadas.

—Me parece que debe hacerlo señor Rodríguez.

El director está convencido de que aquella libertad no le es permitida. En eso llegó una idea a su mente: acaso es esa la llamada que espera, es tal vez la forma de notificarle de su estado e informarle los detalles de su condena. Sí, era lo más lógico. ¿Quién más llama a un condenado? Han tardado demasiado. Es correcto entonces responder la llamada porque tiene relación con su asunto y los oficiales nada podrán reclamarle. Abrió la puerta, don Manuel le dio campo para que pasara, y él avanzó por el pasillo a pasos grandes.

—Habla Lorenzo Rodríguez— dijo al tomar el teléfono.

—Es grato por fin encontrarle señor Rodríguez. Tengo que darle una noticia seria.

Al director se le vino a la cabeza la posibilidad de que le informara que su encierro será permanente o, peor aún, que será trasladado a prisión.

—Es respecto a su madre: ha sufrido un cambio en su salud. Los doctores no saben cuánto tiempo le queda...

Una pausa, un silencio. ¿Qué le ha dicho? No creyó entender con claridad. Acaso le ha anunciado que su madre pronto morirá. Es eso, ¿está seguro? No, imposible. Debe tratarse de una broma y una de muy mal gusto. Pero reconoció la voz del hombre, es el encargado del hogar de ancianos, no hay duda. Acaso ese hombre le considera a él alguien de confianza y por ello le juega tales burlas. No, es un hombre serio quien le habla, ha tratado con él varias veces. Y ¿qué puede responderle? Está condenado y encerrado, y ahora, aunque quizá imposiblemente, se suma otra desgracia. Nunca ha previsto vivir esta situación y menos en tales circunstancias. «Dígale a mamá que espere a que todo mejore, así será más fácil», no puede decir eso. Su madre no ha sufrido más que de su mente. «Dígale que le quiero y que iré a verla cuando pueda», desea responder como lo hizo en los primeros años. No, ahora no esperará. Quizá, si se apresura, podrá despedirse, como un desconocido eso sí, pero al cabo despedirse. No obstante, es un condenado y tal libertad está lejos de sus posibilidades.

Está ahora claro que asunto anunció la mariposa. Siempre negra, como la muerte.

No sabiendo que decir, le salió de su boca lo siguiente.

334

—Está bien, veré que puedo hacer. Ocuparan, me imagino, cubrir los gastos que vendrán, yo lo pagaré todo.

Rogó que le mantuvieran al tanto de todo. Colgó y salió de la casetilla del guarda. Don Manuel está afuera.

—Mi madre morirá pronto— le comentó.

Y se fue en dirección a su condominio con la mirada baja y rastrillando los zapatos.

VIII

Un infeliz carece de algo esencial, eso era él y de eso carecía. Pero un desgraciado no tiene escudo contra los males, y la miseria y la desolación se apoderan de su vida. Y eso es ahora también: un desgraciado.

No podrá remplazar a su madre, lo sabe porque sucedió lo mismo con su padre. Aún lo recuerda y lleva de él una fotografía en la billetera. Doña Ana es lo que le mantiene conectado con el mundo y puede perder todo excepto la esperanza de que un día ella le llamará, dirá su nombre y le pedirá que le lleve a casa, porque el dios en el que ella siempre creyó le curó. No obstante, todos estos pensamientos son inútiles pues ella agoniza en alguna cama que nunca consideró suya, rodeada de desconocidos, aunque son su propia familia. Qué más da si va a verla, al final ella se irá sin saber cuánto le quiere.

Se encerró de nuevo y terminó de barrer con lágrimas en los ojos. Se preguntó entonces si aquello está sucediendo por su culpa. Tonterías, su madre no sabe de su condena, pero si no es así… Si se enteró de la noticia, si alguien la comentó cerca de ella. La decepción le enfermó. Su hijo, el que llegaría a ministro ha sido denunciado y condenado. Que gran golpe sentiría ella. Y de pronto, tuvo la seguridad de que esto fue lo que sucedió. Toda caída y también toda muerte fue y será su responsabilidad. Y no, no podrá también cargar con la muerte de su madre. Debe hacer algo. «Está enferma por mi culpa, yo la he decepcionado».

Debe pedirle perdón, hacerlo antes de que sea demasiado tarde. Quizá así mejorará. Debe prometerle que pronto saldrá libre y que trabajará el doble para compensar el tiempo perdido.

De alguna forma debe salir de su encierro, pero ¿cómo hacerlo sin cometer un exceso? Si sale los oficiales le sorprenderán y le tomarán con sus esposas metálicas. No puede simplemente subir a su auto. Necesita autorización, no obstante, ¿quién se la dará? No se han comunicado con él a excepción del vigilante del día anterior, ese que simuló ser una persona común. De seguro ya ha reportado el incidente de la ventana y los superiores se frotan las manos al juzgarle una persona volátil que en cualquier momento cometerá una falla imperdonable.

Necesita hablar con algún oficial, explicarle la situación y rogarle libertad para despedirse de su madre. Se asomó por la ventana trasera y se sorprendió al no ver a alguien en la calle. Sus vigilantes han desaparecido en un momento inadecuado. Por otro lado, es ridículo que un prisionero sea autorizado a salir por un asunto como ese. A nadie le importa si muere su madre y menos aún si lo hace por decepción y tristeza.

En eso, llegó un sonido agudo, quizá del parqueo. Es un silbido rítmico producido inconscientemente, desapegado de toda melodía conocida. Una sombra pasó por la ventana del frente y el señor Rodríguez corrió para saber de cual persona se trataba. Al llegar y observar, ya el individuo ha salido del campo de visión. Entonces hizo algo peligroso: fue a la puerta y le abrió para asomarse. Una mujer está ahora esperando el ascensor. El director nunca le ha visto, es entonces de los nuevos vecinos. Sin embargo, de pronto llegó una idea que le hizo creer que aquella mujer es una de sus vigilantes. Eso explica la desaparición de los oficiales. Se han adentrado tanto para atraparle que se han ubicado en el edificio. Ya no tiene escapatoria, la justicia está ahora literalmente sobre su cabeza. Es esa mujer una oficial, no tiene duda. El tiempo se escurre y debe pedir, incluso rogar por libertad. No le importa morir encerrado después.

Salió del condominio esperando alcanzar a la mujer, pero al llegar a la puerta del ascensor este ya iba subiendo. Debe hablar con la oficial, no hay otra opción. Pero ahora hay un problema: tiene que subir. Descartó el ascensor y caminó a las gradas. Se sujetó de la baranda pegada a la pared y paso a paso se alejó de la seguridad del suelo.

En la segunda planta sus rodillas parecen no poder aguantarle. Aun así, avanzó por el pasillo sin mirar más que sus pies. Llegó a la puerta central y dio tres golpecillos.

Oyó unos pasos; inmediatamente después, la cerradura. La mujer de antes abrió la puerta.

—¡Buenos días!

—¿Sí?— preguntó ella.

—Vengo, oficial, a hacerle una solicitud. Nada extraordinario— la mujer arrugó el entrecejo —. Vera, mi madre agoniza en estos momentos y quisiera estar con ella. ¿No cree que es algo posible?

—¿Y qué le detiene?

—Ese es el asunto. ¿Juzga usted posible tal libertad?

—No lo sé, diría que sí…

—Es algo serio, como usted ya sabe— le dijo el director.

—¿Ya lo sé? Esta usted confundido. Seguro se ha equivocado de puerta.

—No, no. Solo debe dejarme ir donde mi madre.

—Yo no le detengo...

Es una respuesta imprecisa, pero a la vista del señor Rodríguez aquello significa una rotunda autorización.

—Ha sido usted muy comprensiva. Verá que no tardaré en volver. Gracias, oficial. Sepa que estoy enterado de la gravedad de mi caso y planeo cumplir cualquier pena que me impongan.

Agradeció una vez más y se despidió. Se fue mirando hacia el piso, hasta llegar a las gradas. Se tomó de la baranda y a cada escalón sintió más seguridad por estar más cerca del suelo. Voló por el pasillo y volvió a su condominio invadido de satisfacción.

Poco después, por su estado de ansiedad, no logró encontrar las llaves del auto. Las buscó en el sillón, en la cocina, luego en el cuarto y hasta en el baño. Nada. Después, desesperado ya, fue a revisar el llavero de la puerta, donde creía inútil buscar, y por fin las encontró.

Salió del condominio, cruzó el parqueo y entró a su auto. Encendió el motor y avanzó a las agujas. Don Manuel no salió de la casetilla sino que le hizo un gesto antes de apretar el botón que le dejó pasar. Un gesto que el director interpreto como «Se fuerte» o tal vez fue un «Dios te acompañe». Si fue el primer caso, está bien recibido; y en caso de ser el segundo, lo interpretaría como una frase hecha que se dice por la no costumbre de expresar las cosas con precisión. «Deseo que tengas serenidad», fue para él el significado más aceptable.

De viaje no sintió sueño a pesar de una brisa seca que le cerraba los ojos. Iba pensando, casi como suplicando, poder llegar a tiempo. Sucedió con su abuelo materno que murió cinco minutos antes de que llegara su esposa a despedirse y a esa mujer le agarró tal desconsuelo que enfermó y falleció tan solo dos meses después. Porque la última despedida queda sembrada en la memoria, no quiere vivir algo semejante, desea despedirse y pedir perdón a un oído todavía vivo. Este anhelo le mantuvo atento al camino. Quiso desaparecer, aparecer junto a su madre y hablarle para que esta le perdonara porque ha vivido años enteros siendo completamente infeliz.

En una intersección olvidó hacia donde debía avanzar. Izquierda tal vez. No había nada que señalara hacia donde estaba el edificio azul al que deseaba llegar. Y, sin tiempo, dobló a la derecha. Cuando se creyó perdido, corroboró que este es el camino correcto. No tardó en llegar a su destino. Dejó su auto en un parqueo apenas señalado y apagó el motor.

Bajó del vehículo sintiendo un miedo autentico. Cerró la puerta y colocó el seguro. Respiró hondo y caminó a la entrada. Una pareja entró antes que él y cuando iban a ingresar un hombre escuálido, parado junto a la puerta, le preguntó al individuo.

—¿Es usted el señor Rodríguez?— el señor le respondió que no con la cabeza —Pase entonces.

El director ingresó y recibió la misma pregunta:

—¿Es usted el señor Rodríguez?— él asintió con la cabeza, pero el hombre ni atención le prestó y le dijo —Pase entonces.

No tenía sentido aquello y en esto pensaba cuando el escuálido le gritó desde la puerta:

—Eh, señor, ha dicho usted que sí. ¿Es usted el señor Rodríguez?

—Ese es mi apellido— aclaró el director.

—No puede usted pasar, primero debe ver al señor Martínez.

¿Es necesario? Su madre agoniza. ¿Cuánto tiempo tiene? No es mucho. Tiene que verla y ahora se le presenta este tropiezo. ¿Qué querrá de él el señor Martínez? Acaso no está enterado de la situación o es que le va a dar una noticia fatal. Es acaso que ha llegado demasiado tarde. Existe la posibilidad, sino para qué poner a un hombre a esperarle en la entrada. No hay otra razón para atrasarle: ya no existe tiempo de despedirse.

—¿Acaso a muerto mi madre?— le dijo con fuerte voz al hombre escuálido.

El individuo bajó su mirada y, en vez de responder, le dijo:

—El señor Martínez le dirá todo. Yo solo cumplo con dirigirlo a él. Ve usted ese pasillo— y lo señaló con el dedo —, le llevara a una puerta roja. Toque una vez y espere que le abra, puede durar unos minutos porque el señor Martínez es un hombre ocupado.

Luego se despidió con una reverencia triste y se fue en dirección opuesta a la señalada.

No hay remedio: avanzó por el pasillo y llegó a una puerta roja, pesada y fría. Dio tres golpes y esperó de pie que le abrieran. Recostados a la pared hay tres bancos y allí dormitando se encuentra un joven. No sucedió nada en minutos y el director se cansó de esperar. Se fue a sentar al lado del muchacho que pareció despertar de repente. Miró al señor Rodríguez como confundido, como si sus ojos todavía no pudieran enfocarlo.

—Vengo a ver a mi madre— dijo el director sintiendo que tenía que excusarse por incomodar su descanso.

—Mmm— hizo el muchacho y volvió a cerrar los ojos para entregarse al sueño.

«Vengo a pedirle que me perdone», quiso decir, pero el joven ya no está para escuchar y menos tales confesiones.

De pronto se abrió la puerta, y se asomó un hombre alto y corpulento. Volvió a verle y pareció reconocerlo.

—Pase señor Rodríguez, le estaba esperando.

El director se puso en pie y se dirigió dentro. El hombre señaló el camino y, luego de un diminuto pasillo, llegó a una oficina claustrofóbica. Había un escritorio modesto en el que figuraba un teléfono demasiado viejo.

—Siéntese si gusta— dijo el hombre que resultaba ser el señor Martínez.

La silla del visitante era idéntica a la ubicada tras el escritorio. Ambos se acomodaron en sus asientos, pero el señor Martínez parece un gigante en aquel lugar.

—Vengo a ver a mi madre— aclaró el director.

—Le esperaba desde que le llamé, no tuve la oportunidad de decirle algunos detalles. Espero no le incomode demasiado.

Luego puso una expresión extraña, se recostó en la silla y se aflojó la corbata. Se volvió a enderezar, miró directamente a los ojos del señor Rodríguez y con voz sentenciosa dijo:

—Usted no leyó el periódico del lunes.

Es inesperado aquello. A la primera acertó en su fallo más reciente, pero cómo y por qué. Acaso su asunto hace allí alguna diferencia. Qué quiere decir el gran hombre con esa frase. Acaso le juzga o es que no se permite la entrada de personas desinformadas. No, es ilógico. Pero, ¿cómo defenderse ante la completa exactitud de lo dicho? Tiene que ver aquello con algo ajeno a su conocimiento. Será que existe en su condena algún tipo de impedimento. Es posible, todo es posible ante la desinformación.

—¿O acaso me equivoco?— preguntó el señor Martínez.

¿Qué es aquello? Un interrogatorio, y de lo más inapropiado. ¿Por qué le reprocha su descuido? Es, lo sabía, un error fatal, pero a qué viene la pregunta en aquel sitio. Acaso tiene conexión ese corpulento hombre con los oficiales y sus superiores. Es claro que no leyó, pero es injusto que se lo señalara, a él, quien contadas veces ha hecho lo mismo. Por qué le reclama la ausencia de un día de lectura, solo uno, insignificante además. Hay personas que no se enteran nunca de las cosas y aun así son aceptados en marchas y edificios importantes. Él es de los que conocen las causas de los levantamientos e incluso siempre da, en sus opiniones, muestras de querer encontrar soluciones. Sin embargo, no puede negar el acierto de aquella verdad: no leyó el periódico del lunes. Ha fallado y es, lo sabe, algo inaceptable. No obstante, cómo decirlo sin parecer un ciudadano mediocre.

No puede ni quiere mentir, pero la verdad le incomoda. ¿Qué clase de ministro será? Uno que no se interesa por temas vulgares. Solo fue un día, un descuido y esto le pesa como una gran roca. Sin embargo, si el señor Martínez no le reclama, cual es la razón de mencionar aquello. Ninguna respuesta llegó a su mente. Debe contestar, confesar que no leyó el periódico del lunes. Será lo correcto y servirá para liberar su disfraz de impecable persona. No hay más tiempo para conjeturas, el gran hombre le mira fijamente y entonces él decidió revelar la mancha en su perfecto proceder.

—Tiene usted razón— dijo por fin —. No leí el periódico, y, aunque tengo razones, todas son escusas.

El señor Martínez sonrió ligeramente.

—No debe explicarse. Verá como lo sé con tanta seguridad— se recostó en la silla —: hace una semana que la salud de su madre viene cambiando. Ella comenzó a... ¿Cómo decirlo? Empezó a...

—Decaer— le ayudó el director a completar la frase.

—Al contrario señor Rodríguez, ella comenzó a recordar. De poco ha vuelto de su estado y habla de nuevo, y de todo lo que creíamos que olvidó. Ha sorprendido a todo doctor y esto llamó tanto el interés en la zona que vino a verla un periodista, y sacó una noticia conmovedora en el diario del lunes.

El señor Martínez dejó de hablar y se agachó con incomodidad para sacar de una gaveta un periódico. Estaba doblado y lo colocó sobre la mesa.

—Si lo hubiera usted leído se habría enterado de las condiciones favorables de su madre.

—¿Acaso me está tomando el pelo?— dijo el director.

—No, en lo absoluto. Le ruego que lea la noticia mientras voy a asegurarme que puede usted pasar a ver a su madre.

El señor Martínez se levantó con dificultad y salió por una abertura lateral que carecía de puerta.

Allí quedó el señor Rodríguez acompañado por el periódico del lunes. Lo tomó y lo abrió. Comenzó a pasar las hojas en busca de la noticia y en eso se encontró con la fotografía de la señorita J. bajo un título que decía:

«Universidad niega plaza a profesora por no ser marxista».

Se detuvo porque aquella es la noticia, la pieza faltante en su historia.

La leyó de arriba abajo y no creyó entender nada. Confundido, se convenció que esa no era la noticia y buscó la correcta en el resto del diario. Pero no hay duda, es esa. Y no es lo que esperaba. Así que empezó desde el primer párrafo con una relectura más profunda. Sin embargo, línea a línea se describe lo resumido en el título y no hacía mención de él, el director, ni de su tangible infelicidad. Acaso su condena es una ilusión, una que reveló lo escondido en su existencia. Así parece ser pues la denuncia no es en contra suya, ni el motivo es una falla en su persona. Reclamar la reincorporación de la señorita J. en un puesto es lo único que existe en la noticia.

Al terminar su relectura se conoció avergonzado. Tremendamente humillado; pero ante todo, libre. Soñar despierto, o más que un sueño fue un delirio. Cerró el periódico y lo dejó sobre la mesa. Se recostó, miró hacia arriba y agradeció porque todo fue un maldito malentendido.

Fin

Nota final

Espero haber acertado con algún párrafo que, por aparentar belleza, haya terminado poseyéndola en alguna medida.

Es este el cierre de un ciclo que se ha extendido más de lo deseado. Ahora que he dejado volar mis escritos más queridos, es momento de detenerme, de quitarme esa máscara invisible de escritor y poeta, y descubrir qué soy realmente.

Carta al lector

Debido a mi salud mental, cada vez que termino una historia temo que sea la última. Mis dosis aumentan con los días y mi capacidad merma de gota en gota. Ahora es notable.

Mi madre, que tan bien me conoce, me ha dicho que aparento cansancio. Y no lo niego: después de años, estoy agotado.

Todo lo cura el tiempo, pero cuando el tiempo mismo es la causa no se trata de una enfermedad sino de una realidad permanente. Mi meta es mantenerme lúcido un día a la vez, atrás quedó mi ego desvanecido como la normalidad.

No es una rendición, sino un no prometer. Quizá aún pueda completar otra historia. O muchas más, Dios es grande.

No obstante, por ahora solo quiero agradecer a quien me lee, porque de cierta manera completa el sentido de mi existencia.

Con gran felicidad me despido

Gracias amigo y quizá, hasta luego.

DIMENSIÓN
——— INÉDITA

Made in the USA
Columbia, SC
17 June 2023

fd700c2e-7570-462d-bda8-1b2e93a4004aR01